福尔摩斯中国奇遇记

The Adventures of Sherlock Holmes in China

陈景韩 包天笑 刘半农 / 等著

战玉冰 / 编

上海社会科学院出版社

编者简介

战玉冰

文学博士、博士后,复旦大学中文系青年副研究员,主要研究方向为类型文学与电影。

著有《现代与正义:晚清民国侦探小说研究》和《民国侦探小说史论(1912—1949)》。

東亞旅館

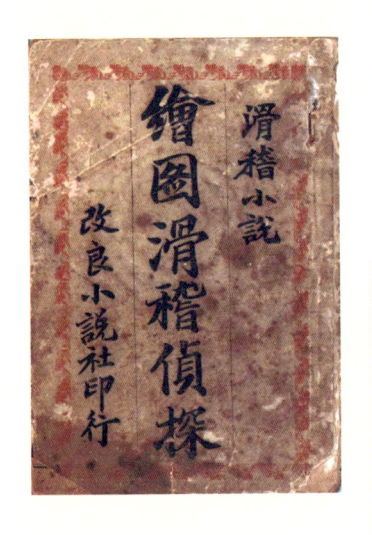

煮梦生著《绘图滑稽侦探》封面、版权页
改良小说社,宣统三年(1911年)正月初版;图片来源:藏书家华斯比先生个人收藏

杨时中著《神州亚森罗苹》封面、版权页

沪江书社，1941年4月初版；图片来源：藏书家华斯比先生个人收藏

左上：陈景韩
刊于《民众文学》第十八卷第一期，1929年3月；图片来源："全国报刊索引"数据库

右上：包天笑
刊于《礼拜六》第二十二期，1914年10月31日；图片来源："全国报刊索引"数据库

下：刘半农
刊于《论语》第四十六期，1934年8月1日；图片来源："全国报刊索引"数据库

左：涤骨
刊于《自由杂志》第二期，1913年10月20日；图片来源："全国报刊索引"数据库

右：冯叔鸾
刊于《精武》第三十八期，1924年2月15日；图片来源："全国报刊索引"数据库

编选说明

本书收录晚清民国时期中国作家"戏仿"福尔摩斯小说三十余篇，小说中福尔摩斯之足迹遍及上海、北京、苏州、宁波、成都等地。这些小说以侦探小说之人物，而行谴责、滑稽小说之故事，展现了福尔摩斯形象最初传播进入中国时，接受场域的复杂、生动。全书按照其小说中福尔摩斯所抵中国具体地域的不同，分为"上海篇""北京篇""江浙篇""巴蜀篇""台湾篇""冥界篇"。其中上海为当时中国作家最热衷书写的地域首选，其他地方大概可以视为"福尔摩斯来上海"故事的延伸或翻版。

另外，"附录一"中收录由中国作家创作的故事背景发生在英伦的"戏仿"福尔摩斯小说，与前面"福尔摩斯来中国"系列故事可互为参照；"附录二"中则收录陈景韩、包天笑、刘半农等"戏仿"作者关于福尔摩斯"正典"作品的序跋类文章，可见中国作家在"戏仿"福尔摩斯小说的同时，也在赞扬福尔摩斯和侦探小说。

考虑到晚清民国时期的汉语表达方式，为了还原小说刊载时的历史现场感和词句信息原貌，书中尽量保留了当时的一些用语习惯，比如"那"（哪）、"那末"（那么）、"惟"

（唯）、"检"（捡）、"皇"（惶）、"扒"（爬）、"子细"（仔细）、"疾忙"（急忙）、"技俩"（伎俩）、"分付"（吩咐）、"狼籍"（狼藉）、"一付眼镜"（一副眼镜）等（双引号中为报刊原文，括号中为现代汉语使用规范），都统一遵照原文，不做修改，特此说明。另外，对于原文字迹模糊、无法辨认之处，则以"□"代替。

在本书资料的搜集与整理过程中，特别感谢樽本照雄教授、许俊雅教授、黄文瀚博士和华斯比先生的帮助。樽本照雄教授的慷慨赠书，许俊雅教授一天之内就帮忙查清了小说《智斗》在《台南新报》上的连载情况，华斯比先生在全书整理、注释、校对过程中的巨大付出，都是值得感激并专门致谢的。没有各位师友的相助，这些散落在世界各地书报缝隙里的小说或片段，就不可能重新聚集在一起，获得被当代读者集中阅读的机会。

目 录

编选说明   1

上海篇

陈景韩　歇洛克来游上海第一案   3

包天笑　歇洛克初到上海第二案   7

陈景韩　吗啡案（歇洛克来华第三案）   11

包天笑　藏枪案（歇洛克来华第四案）   14

啸谷子　歇洛克最新侦案记   17

龙　伯　歇洛克初到上海第四案   23

包天笑　福尔摩斯再到上海   26

刘半农　福尔摩斯大失败（五案）   35

   附：麻鲁蚁　刘半农的"福尔摩斯大失败"   81

涤 烦 一 万	82
涤 烦 卡 片	96
涤 烦 土 钦	114
曼 倩 福尔摩斯	122
曼 倩 照 片	134
瘦 菊 习 惯	147
瘦 菊 六零六	169
孙寿华女士 歇洛克侦案失败史	186
逸 民 失 子	192
了 余 一封书	201
杨时中 福尔摩斯被骗记	207
涤 骨 中国之福而摩斯侦探谈	222
马二先生 福尔摩斯之门徒	228

北京篇

| 龙 伯 歇洛克到北京第一案 | 233 |

江浙篇

煮梦生　滑稽侦探　237
蔚　南　福尔摩斯之视察　279
平　青　福尔摩斯到宁波后　284

巴蜀篇

毋　我　侦探之侦探案　289

台湾篇

馀　生　智斗　299
　　附：福　魂　万殊一本　309

冥界篇

僇　阴司侦探案　313

附录一

觉　盦　福尔摩斯与鼠　321
小　蝶　福尔摩斯之失败　323

| 王　衡 | 福尔摩斯之失败 | 332 |

附录二

包天笑	《福尔摩斯侦探案全集》序一	349
陈景韩	《福尔摩斯侦探案全集》序二	351
严独鹤	《福尔摩斯侦探案全集》序三	352
刘半农	英国勋士柯南·道尔（Sir Authur Conan Doyle）先生小传	354
刘半农	《福尔摩斯侦探案全集》跋	358
包天笑	《亚森·罗苹案全集》序	365

| 战玉冰 | 清末民初的"戏仿"福尔摩斯小说（代后记） | 366 |

福尔摩斯中国奇遇记

上海篇

歇洛克来游上海第一案①

陈景韩②

歇洛克,系英国包探名人,前自《时务报》上译行《滑震包探案》后,又有启文社、文明书局等,继译华生(即滑震)包探案,又有商务书馆,继译《补华生包探案》,又有《新民丛报》继译"歇洛克再生"第一案、第二案,均道歇洛克包探事,读之大有趣味,大可发人心思,自是大家文字。若此作特游戏耳,借题目耳,与前种种无涉,阅者不必笑我效颦。

歇洛克抵上海之明日,时近上午十二点钟,正仰坐安乐椅上,口衔雪茄烟,与滑震谈上海异事。

---

① 《歇洛克来游上海第一案》光绪三十年十一月十二日(1904年12月18日)刊于《时报》第一百九十号第一张,后收入上海鸿文书局于光绪三十二年八月(1906年9月)初版的《短篇小说丛刻·初编》,改题为《歇洛克初到上海第一案》。
② 陈景韩(1878—1965),又名陈冷,笔名冷、冷血、不冷、华生、无名、新中国之废物等,清末民国时期著名作家、翻译家、报人,滑稽侦探小说的开创者,代表作有《歇洛克来游上海第一案》、《吗啡案》(又名《歇洛克来华第三案》)等。

忽闻叩门声"得得",歇洛克即呼之入室。开门见系一华客,年可三十有一二。入门后,见礼毕,歇洛克即速客坐,问客来何意。

客云:"久闻歇先生大名,前读包探书,知先生善探人术,能发幽烛微,知过去未来事。今知先生来,特就先生一请教!"

歇洛克问:"欲探何事?窃贼欤?亲戚失踪欤?谋杀人犯欤?"

华客皆曰:"否!此乃无与人事,我欲询先生,先生能举我,自昨夜来至现在,凡我所举动,一一告我否?"

歇洛克颔首,乃上下视华客。

歇洛克问华客曰:"我观汝两目,垢尚未去。汝起床距来此时,必尚未及一点钟,是否?"

华客曰:"是!"

又曰:"汝眼皮尚下堕。昨夜,汝睡必未醒,是否?"

华客曰:"是!"

又曰:"汝右手大二两指乌黑,色尚新。汝齿焦灼,吐气有鸦片味。汝未来之前,必先吸鸦片烟,是否?"

华客曰:"是!"

又曰:"汝指头有坚肉,汝必好骨牌。汝昨夜未睡,亦必为赌骨牌故,是否?"

华客曰:"是!"

又曰:"汝眉之下、目之上,皮赤,多红筋,两瞳常茫视。汝昨夜必近女色,且已受毒,是否?"

华客曰:"是!"

歇洛克语毕,华客尚倾听。歇洛克因又问曰:"我所问汝者,尽是欤?"

华客曰:"尽是!"

曰:"然则我所探之事已毕,汝可去。"

华客大笑。

歇洛克问何故笑,华客云:"若然!我亦能为名包探,何足奇?"

歇洛克问:"何故?"且云:"然则汝试一探我?"

华客问云:"我知汝是人,然否?"

歇洛克笑应云:"然!"

又云:"我知汝非我中国人,然否?"

歇洛克又笑应云:"然!"

又云:"汝有头、有体、有四肢,然否?"

歇洛克又应云:"然!"

又云:"汝口必言,目必视,耳必听,手必动,足必行,必食,必饮,必起,必卧,必呼吸,然否?"

歇洛克又应云:"然!"

华客至此忽不语。

歇洛克问:"何不语?"

华客云:"我所问汝者,尽然欤?"

歇洛克曰:"尽然!"

曰:"然则我所探之事已毕,复何语?"

歇洛克曰:"否!汝所云乃人生寻常事,何用汝探?"

华客嗤然曰："汝所云，独非我上海人寻常事，亦何用汝探？"

歇洛克瞠目不知所对。

华客径去。

冷血曰："以歇洛克·呼尔俄斯之能，而穷于上海。"

（原刊于《时报》，1904年12月18日，署名"冷血戏作"。）

歇洛克初到上海第二案①

包天笑②

前阅《时报》，有冷血所著《歇洛克初到上海第一案》，用笔峭冷，耐人寻味。意冷血先生必有第二案出现，为小说界所欢迎也。乃翘盼至今，依然为金玉之秘。鄙人不揣冒昧，戏为续貂。脱冷血有第三案来，则又阅《时报》者所属望也。

华客既去，歇洛克乃顾谓滑震曰："我闻上海为支那文明中心点，不信举此辈人，良可悯叹。"

滑震曰："虽然，今支那方汲汲图改革，青年志士之负

---

① 《歇洛克初到上海第二案》光绪三十一年正月初十（1905年2月13日）刊于《时报》第二百四十二号第一张，后收入上海鸿文书局于光绪三十二年八月（1906年9月）初版的《短篇小说丛刻·初编》。
② 包天笑（1876—1973），初名清柱，又名公毅，字朗孙，笔名天笑、天笑生等，清末民国时期著名报人、作家、翻译家，著有《钏影楼回忆录》《钏影楼回忆录续编》《衣食住行的百年变迁》等，曾创作短篇滑稽侦探小说《歇洛克初到上海第二案》、《藏枪案》（又名《歇洛克来华第四案》）、《福尔摩斯再到上海》等。

篚东游者，岁以千计，君不能以海上醉生梦死者概今日诸少年！"

歇洛克曰："唯唯。"

语未已，忽闻门铃声响，一少年昂然入，穿紧窄之西服，脑后黑发鬖鬖，长数寸，眼金镜而口雪茄，向歇洛克为礼曰："仆自日本归，垂两月矣。久闻歇先生大名，今日始得拜识！"语时，频以手探衣囊，出金表视之，若事甚忙迫，有分秒未可轻度者。

歇洛克拽轮椅使近火炉，曰："客姑坐！"

少年徐徐就坐，歇洛克问客来何意。

少年曰："歇先生，神探也！余无奇案，足劳钩稽，姑就日来鄙人所行事，一试先生神技！"

歇洛克曰："唯唯。"

歇洛克乃上下视少年。歇洛克曰："君日来大忙，多行路，然否？"

曰："然！"

歇洛克曰："君昨夜睡甚迟，然否？"

曰："然！"

歇洛克曰："君顷者起一稿，既而又揉碎之，然否？"

曰："然！"

歇洛克曰："君刻又须赴友人约，然否？"

曰："然！"

歇洛克曰："然则皆然乎？"

曰："皆然！"

歇洛克曰："然则君事不难知，君辈少年，方归祖国，急思有所运动。我见君履制甚新而底已敝，知君必多行路故。君衣袖多蜡泪，又多皱纹，知君必昨失睡今假寐故。又见君手掌有墨痕，是墨沈未干而揉碎故。君来频视囊中表，则必与友人约，恐愆期故。然则君事不难知，君殆欲有所运动，以为祖国益！"

少年闻言，笑而不答。

歇洛克问客何笑。

曰："向我谓先生神于探案，今知实不逮上海书寓中一侍儿。侍儿之侦我辈索缠头资也，百不失一，子何其理想之谬戾，反出彼下哉？"

歇洛克爽然曰："何谓也？"

少年曰："我归自东京，见世事益不可为，我已灰心，我惟于醇酒妇人中求生活。我来上海垂两月，我日必至张园，夜必兜圈子，不觉履之敝，而使子属目。我昨夜睡甚迟者，以与友人雀战故。我和清一色，喜极跃起，烛仆于衣袖间，故又不觉蜡泪点点沾我袖。我掌中确有墨痕，顷在一品香，拟招某校书侑觞，已书局票，既而易之。想墨沈未干，遂染指焉。至来时频视时表者，则在烟榻上朦胧睡去，醒时急起，恐误我意中人某某之密约耳。"

少年语毕，扬长自去。

歇洛克瞠目不能展一词。

良久良久，歇洛克叹曰："滑震君，为我记之。此我来上海第二次失败也！"

天笑曰:"橘逾淮而成枳,歇洛克至上海,则不及书寓中一侍儿,怪事怪事!"

(原刊于《时报》,1905年2月13日,署名"天笑"。)

吗啡案 ①（歇洛克来华第三案）

陈景韩

歇洛克·呼尔俄斯屡失策，精神稍倦，思稍食吗啡以自振，启其瓶，已罄，乃出客寓，沿途视有售者而购之。

至一药肆，肆主趋而问购何物，曰："吗啡。"

曰："君何姓？"

曰："我乃英伦呼尔俄斯！"

肆主忽谢曰："否否！我肆无吗啡，君如欲得吗啡者，则左之街，某药肆也有。"

呼尔俄斯乃果过左街，问某药肆。

某药肆之主问如前，呼尔俄斯告如前，则又曰："否否！我不售吗啡，前街某药肆或有之。"

呼尔俄斯乃又往前街，果见有药肆，又如前告之。

肆主曰："嘻！谁告汝余肆有吗啡者？余肆实无吗啡。有吗啡者，右街某药肆也。"

---

① 《吗啡案（歇洛克来华第三案）》光绪三十二年十一月十五日（1906年12月30日）刊于《时报》，后《通学报》第二卷第十八册于光绪三十二年十二月初八（1907年1月21日）转载。

呼尔俄斯诧异曰："怪哉！此地而禁售吗啡欤？何以必曰'某药肆有，某药肆有售也'？此地而能售吗啡欤？何以至其肆者之必曰'无有也'？"

姑又往右街某药肆问之，某肆之主适在内室，其徒导之入。呼尔俄斯不知，遽随之入。入室则见四五辈纷纷均在彼丸黑色之细丸，旁置吗啡之瓶无算。

呼尔俄斯大喜，以为此肆中必能得购吗啡矣。

肆主见呼来大惊，急迎为礼，问曰："先生来，何事？"

呼尔俄斯笑曰："特来购吗啡！"

肆主惊更甚，急取丸药一包与呼曰："无有，无有！我肆中真无吗啡者！"

呼尔俄斯怒曰："汝肆无吗啡，此吗啡瓶何来？"

肆主早失色不敢辩，趋至桌旁，探其屉，取一物来。

呼尔俄斯方怪售我吗啡瓶何大，及触手沉沉然，铿然有声。视之，银饼数百元也。

肆主一手授银饼，一手又取丸药一包授呼尔俄斯，曰："吗啡无有，吗啡无有！"

呼尔俄斯益不解，自思："我来购吗啡，彼何以与我药？且既与我药矣，我应与彼价，而彼反以银与我，何也？"呼尔俄斯欲勿受，仍欲得吗啡而购之。

肆主跪且哭且拜曰："请先生勿再逼我！"遂牵呼尔俄斯裾，取银与药而送之门。

呼尔俄斯雅不欲，继念此事甚奇异，曷勿且携归以觇之？乃别，归寓。入室，置银饼，先开丸药视之，色深黑如细珠，而稍有吗啡味。乃取化学器，将所有丸药悉化之，原质宛然，固有吗啡在也。

呼尔俄斯叹曰："异哉！彼华人之设肆而为贾也，明明此吗啡，而必揉揉为黑丸也，明明售我以吗啡，而必曰'无有也'。既售物矣，不我索价，而返与我以金，此何故欤？"

时适室门呀然，呼尔俄斯之华仆自外入，见呼尔俄斯化丸药，因语呼尔俄斯曰："主人，汝亦嗜鸦片欤？"

呼尔俄斯又愕然曰："我不病，安用鸦片？"

华仆笑曰："主人不嗜鸦片，安用此戒烟药为？"

呼尔俄斯因问："何谓戒烟，何谓烟？"

华仆曰："烟即鸦片。"

呼尔俄斯曰："鸦片药也，何用戒？"

华仆曰："鸦片在西为药，华人吸之有瘾而成毒矣。"

呼尔俄斯曰："然则戒烟之药亦多，何用吗啡？吗啡毒品也！"

华仆曰："吗啡之力，可以替烟瘾，名虽为戒，实则以此易彼也。故地方官府亦严禁之。主人汝独不见彼丸药包上，非有所谓并无吗啡者耶？"

呼尔俄斯喟然叹曰："嗟夫！彼华人之所为，诚有非我脑力之所能测矣。鸦片药也，而华人吸之，则成瘾而为毒；吗啡毒也，彼华人用之，又揉丸而成药。药欤？毒欤？且颠倒而莫能知矣，更罔论其他。从此后我不敢再问华人事矣！"

（原刊于《时报》，1906年12月30日，署名"冷"。）

藏枪案①（歇洛克来华第四案）

包天笑

歇洛克闻匪徒开枪击毙探伙之当晚，谓滑震曰："我来此失败者屡矣，今有此巨案，我必助沪上包探，捕其余党，以解嘲于万一。"

滑震曰："善！"

至明日，歇洛克所僦居之逆旅，其邻室中来二华客，高谭大睆，旁瞩若无人者。

歇洛克私侦之，微闻一客语曰："今海上藏枪家不少，某家藏枪数十枝，某家藏枪数十枝，咸精绝。"

歇洛克闻言大喜，念必此即同党者。阅今日各报，昨夜开枪事，仅系小盗，何其党众多如此？或者，方今中国内乱蜂起，党人所恃，皆快枪利弹，海上必有接济军械者。夫以租界地而有私藏枪械如许之多者，殊足为妨害治安虑。

既又闻一客曰："君详告我住址者，明日当往访之。"

---

① 《藏枪案（歇洛克来华第四案）》光绪三十二年十二月十二日（1907年1月25日）刊于《时报》，后《通学报》第三卷第二、三合册于光绪三十三年正月初九（1907年2月21日）转载。

于是客一一语其住址，歇洛克一一志之。

翌晨，歇先往访所谓藏枪家者，主人未起；午后又往，主人又未起；垂暮往，则主人方欠伸熨倦眼，按铃呼侍者曰："来！"

俄而侍者入，主人曰："马车备未？"

曰："备！"

主人曰："囊我枪，将往某校书家赴宴，其谨敬携将，无孟浪损我枪！"

侍者唯唯，乃携一青布囊出。

已而车门辟，一貂冠狐裘之老者登车去。

歇洛克乃至警署，请于警察长，乞协探往，并出逮捕状。疾驰至某校书家，则主人方僵卧吸鸦片，见歇洛克，傲不礼。

歇曰："君即藏枪家之某君耶？"

曰："然！"

曰："君家藏枪至数十枝，信乎？"

曰："然！"

曰："君所藏之枪皆精绝乎？"

曰："然！"

曰："然则制自何厂？来自何国？克鲁卜耶？毛瑟耶？"

主人瞠目曰："我枪皆制自名手，有象牙者、有犀角者、有玳瑁而翡翠者、有金相而玉质者，不知客之何指也？"

歇喑曰："君所言之枪何枪也？"

主人曰:"我亦不知君所言之枪何枪也!"

歇探囊出披斯托尔曰:"我言是物耳!"

主人双手举鸦片烟枪曰:"我言是物耳!"

歇洛克大窘,嗫嚅者久之,乃曰:"休矣!不图中国之枪乃是物也!虽然,子何藏枪之多也?"

主人大笑曰:"先生乌知者!我家有妻妾若干人,人各备一枪,已有若干枪;我子若干人,又若干枪;我女若干人,又若干枪;我子妇若干人,又若干枪。数十枝枪,犹至少之数。况今日中国之所谓缙绅华族者,大率如此,岂独余?岂独余?"

歇洛克乃废然返,语滑震曰:"滑震君记之,此又我来华侦案失败之一也!"

(原刊于《时报》,1907年1月25日,署名"笑"。)

歇洛克最新侦案记①

啸谷子

歇洛克自来上海后,屡次失败,声誉堕地,不可收拾。顾犹壮心未已,不甘湮没,遂投身入上海各种社会,侦察情伪,誓必恢复其旧日之声名而后已。

一日,歇洛克口雪茄烟,身安乐椅,与滑震谈往事之失败,殊懊丧甚。

滑震复以冷语答之,歇洛克愈不能堪,身摇颤如秋日柳,目灼灼注射滑震之面,不能发一语。

"豁唥!豁唥!"门铃之声再鸣。"暗杀!暗杀!"之音吐,已随此门铃声,而入于歇洛克之耳。

俄而,一客仓皇入,气促唇青,面惨淡无人色,其神经盖甚震越者。

时滑震静默无语,歇洛克亦镇定如初,遂现出一种老侦探之面目,周视此人而缓问之曰:"客从何来?客来何事?"

---

① 本文曾于1909年连载于《庄谐杂志·附刊》第二卷第十五至十七期,仅个别字词有出入;1921年《小说新报》第七卷闰五月增刊所载孙寿华女士《歇洛克侦案失败史》与啸文所述故事大体一致,但具体细节有所改动。

客闻言,以颤声发无规则之答辞曰:"先生!先生!暗杀!暗杀!我所最亲爱之女郎,今夜乃为人暗杀。以先生之神技,当不难为我立侦此暗杀案。"言已,捉歇洛克之臂欲行。

歇洛克从之,且呼一小童与俱。濒行,回顾滑震曰:"密司特滑震,其毋他出。我侦案归,仍拟烦君为我笔记也。"

滑震曰:"诺!"

歇洛克遂行。

未几,至一处,如中人之家。客仍以猛力捉歇洛克之臂曰:"我即此室之主人也(由此改称'来客'为'主人'),今遭此最不幸事,悲哀失其常度矣。幸先生恕我,先生其偕我至我女之死所。"

歇洛克随主人,入死女寝室,见室中一切器皿,凌乱不堪,镜台破碎,脂粉留香。一女尸横陈绣榻,斑斑驳驳,如血染桃花,惟已不见其头颅之所在。俯视地上,粪秽狼籍,中有零乱之履迹、襞积之衣痕。歇洛克再三检视一过,点首者再,遂自出怀中日记册,一一书之。

验毕,歇洛克谓主人曰:"而女生前,亦有所眷爱之人否?"

主人曰:"吾女幽娴贞静,等闲不离吾跬步。吾可决其无眷恋人也。"

歇洛克曰:"然则他人亦有艳羡而女者否?"

主人闻言,眉低皱,目上视,半响,乃答曰:"前月初,却有一因病请假之少年某宦,侨寓于邻近第四号屋内,涎吾女之慧美，欲纳为簉室，使人来说吾，吾拒之。既而躬自请谒，将以利啖吾，吾又拒之。先生！我所知者尽于是，此外将转求知于先生矣。先生！先生！其必为我立侦破此奇案，以雪吾女之冤恨！"

歇洛克闻言，起自座间，慰以必破斯案之语，遂偕其小僮匆匆出。

出至某宦门外，使小僮按门铃呼人。

良久，有一云鬟半挽，衣扣微松，面现娇愁可怜色之女婢，启门问曰："阿谁？"

小僮出名刺一，授之曰："敬烦传语若主人，密司特歇洛克过访。"

婢接刺曰："洋大人，请进花厅少坐。吾将入内通报吾主人。"

歇洛克挈小僮入花厅，举目四顾，忽见有可愕可惊之物二。歇洛克使小僮密收之，且令速呼警察易服至。

有顷，警察与小僮俱至矣，某宦亦自内室出，顶衔球，项朝珠，身补服花衣（按：此类装束虽为明日黄花，然不如是不足以形容尽致也），然内衣殊垢腻，足乌靴薄底，而步履甚艰，且形容枯槁，面目黧黑，身体颤动，手足拘挛，使其无呼吸声自口鼻出者，几疑为荒冢间行尸矣。

比至歇洛克座前，屈膝请安，旋伛偻侍立于侧曰："大人早呀！（按：此为官场见外人之通称）天气好呀！"

歇洛克漫应之，旋示意于警察，令捕某宦。

于是二警察、一小僮，挟某宦与歇洛克以俱去。

既抵歇寓，相将入歇之办事室，滑震亦爽然起。

坐既定，歇洛克顾谓滑震曰："密司特滑震，其谛听，其为我笔以记之。"

滑震曰："诺！"

歇洛克遂谓某宦曰："吾今有一要事，须以问汝。汝须随吾之问题置答辞，毋许作一谎语。汝其愿乎？"

某宦惊悚交集，汗流浃背曰："谨如命，敬受教！"

歇洛克发问曰："汝邻近某家，昨夜出一暗杀案。彼被杀之女子，非即汝欲置之后房者乎？"

某宦答曰："然！"

歇洛克又问曰："汝手足拘挛，身体颤动，面目形容，尤甚憔悴，此非汝与此案有关系，恐败露获罪，故现如是之恐怖状乎？"

某宦答曰："否！卑职性耽烟色，昼则凭鸦片以消遣，夜则拥姬妾以自娱，历年既多，遂成虚怯之症，面目手足，皆呈异状，实非因身犯重案，畏罪而然也。"

歇洛克又问曰："汝齿颊间有血痕，衣袖间有血迹，此非汝仓卒杀人，惊慌失度，致未能灭尽其形迹乎？"

某宦又答曰："否！卑职现患虚怯之症，迭经名医诊治，谓非日饮人造自来血，不能奏效。卑职以自来血为药品所制，其功用或尚有限，思以生人血代之，为效当尤妙且速。且人言国家官吏，为吸民脂膏而设，非此即不能自肥。故卑职于决犯时，命人以巨瓮收贮其血，日日饮之，以为峻补之剂。今晨饮此过猛，且大人来时，卑职饮血甫已，故不觉淋漓于衣袖，流渍于齿颊，而未经洗拭净尽。大人不信，则卑职家中，尚有陈血数瓮可证，实非以仓卒杀人，致留此痕迹也。"

歇洛克又问曰："死女寝室中，粪秽满地，其中有零乱之履迹、襞积之衣痕，是必杀人者乘夜潜逃，手慌脚乱，触翻粪秽，蹯而复起也。今汝身有奇臭，非即汝杀人之确证乎？"

某宦又答曰："否！卑职生平，嗜钱如命，行止坐卧，必与钱俱。偶与人酬酢周旋，人咸掩鼻而去，谓卑职之身，时发一种铜臭，令人不可向迩，然卑职曾不自觉。今大人所谓奇臭，殆即卑职所染之铜臭，实非以杀人潜逃，误触粪秽而然也。"

歇洛克恶其狡辩，忿怒几达极点，乃命小僮取头颅出曰："此非汝家中物乎？此非死女之头颅乎？"

某宦又答曰："此诚卑职家中物。然此头颅，乃革命党家之头颅，非死女之头颅也。卑职在任时，闻得一革命党头颅，可为终身之饭碗，奈曾饬差四出，搜寻一真正之党人而不获，不得已穷治其眷属数人，就地正法，漆其头为饭碗，并蒙各大宪奏奖，具有档案可稽。且此头颅，与死女之颈，其痕迹必错落不符，持此验之，是非立辨矣。大人苟以此附会为证据者，则卑职蚁命，其何以堪？"

歇洛克愈怒，乃复于小僮处取出短刀一柄曰："此非杀人之凶刀乎？此非最新之血迹乎？此又非汝昨夜杀人之铁证乎？今试问汝，尚有何言以狡辩者？"

某宦聆言，仍如前状答曰："刀诚是，血诚是，昨夜杀人亦诚是。然杀人者实非卑职，被杀者亦初非彼女。"

歇洛克骇极曰："怪事怪事！然则谁杀人，谁被杀，汝能明白宣告者，或可无罪。不者，且惩汝謷言也。"

某宦曰："此事在理固应秘密，然今为剖冤计，即亦不容深讳。卑职今晨甫起，忽于第四姬卧房内，发见男尸一具，咽喉下有刀伤，斜长一寸、宽五分，深入寸许，食气管俱断，皮肉卷缩。旁遗凶刀一柄，宽与伤痕称，即大人所指为证据之刀也。细审尸身，乃卑职处家丁之一。此外一家丁，今晨已不知所之，适以家众传观此刀，未及慎藏，不图为大人所检获。大人将凭此凶器，坐卑职以暗杀邻女之罪乎？是诚不白之冤矣。"

歇洛克至此，始知证据全虚，呆坐椅间，嚓不一语，仍如先时与滑震晤对之状。

小僮及警察，亦兴致全灰，逡巡退出。

某宦乃携其饭碗、凶刀，伛偻至歇洛克座前，请安告辞而去，自理其四姬之事矣。

滑震遂开其久扃之口，谓歇洛克曰："此又密司特最新侦探之成绩也。吾请笔记其颠末，邮寄《友声日报》，丐啸谷子迻译付印，且缀一广告其后曰：'此后更有奇案出现者，仍当赓续揭载，以餍爱读密司特侦案者之快睹。'何如？"

（连载于《友声日报》，1918 年 5 月 28 日—5 月 31 日，标"滑稽侦探短篇"。）

歇洛克初到上海第四案①

龙　伯

歇洛克自到上海,经过了三次失败的事,他的胸中,更着实有些不自在。

那一天,他坐在轮椅上,手内拿着一张《西字日报》,正在慢慢儿的瞧。

忽然间,来了一位华友,是一个广东人,见了他就说道:"歇洛克君!今天礼拜日,咱们到哈同花园溜荡去。"

歇洛克答声"狠好",两人就一同走出门来。

有一部汽车,已在那里伺候,于是两个人一同上了车,"呜"的一声,径往哈同花园而来。

进了园厅,就在那右首靠窗一张台上,泡了一碗茶,坐在那里闲话。

其时园里的人,已挤满一屋子。歇洛克拿了两眼,不住的东也瞧瞧,西也瞧瞧。看了那些人,他心上狠奇怪,侧着头正在那里出神的想。

---

① 《歇洛克初到上海第四案》戊午年四月廿六日至四月廿七日(1918年6月4日—6月5日)刊于《友声日报》。

华友看了他这种光景,就问道:"歇洛克君!你侦探的手段,咱是狠佩服的。你瞧这一个着狐坎的袍儿、猞猁狲的马褂儿,戴金丝克罗克眼镜的,是怎么样人?那一个头上暖帽,颈上领巾,手上金镯子,穿一件挑花丝抢缎狐皮袄儿的,是怎么样人?当中跑来跑去的一群,脚上穿了皮鞋,头上戴着皮帽,穿一件绿沉沉色獭绒呢大衣的,是怎么样人?"

歇洛克道:"这一个不是贵国的官绅吗?那一个不是贵国官绅家里的女眷们吗?当中跑来跑去的一群,这不是不东不西、不黄不白的杂种吗?"

华友哈哈大笑道:"你的话通通不行。这一个是四马路开窑子的忘八,那一个是窑子里面的窑姐,当中跑来跑去的一群,是咱们中国最时髦的大英雄大豪杰大国民大革命家的新党。"

歇洛克道:"这又奇了。贵国的官绅同忘八,为怎么没有分别呢?官绅家里的女眷们,又同窑子里面的窑姐,为怎么没有分别呢?当中跑来跑去的,这种打扮,你瞧他,是当他什么新党不新党,跟咱的眼光看上去,岂不是一种的么?"

华友道:"歇洛克君!你不晓得咱们中国,最擅长的是变法。他们可以做官绅,就可以做忘八;他们可以做官绅家里的女眷们,就可以做窑子里面的窑姐;他们可以做新党,就可以做杂种。你是外国人,那里能知道咱们中国的情形呢?"

歇洛克垂了头,丧了气,同着这位华友,出了哈同园。上车回来,一路风驰电掣。

刚过了泥城桥,那华友便指着一位穿破棉袍子,手里拿着杆旱烟袋,在人家檐下四门汀上,慢慢儿的跑,问歇洛克道:"你瞧这位,究竟又是怎么样人?"

歇洛克迟疑了好一回道:"这一定是一个乞儿。"

华友笑道:"咱狠知道他,他是前清一位某某科翰林。咱们从前北京的旧翰林,大半是同这一样的。你是有名的神探,怎么到了上海,就连眼珠儿都丢掉了?岂不是诧异的吗?"

歇洛克被这一臊,连半句话儿也莫有回答了。

龙伯曰:"冷血有第一案,天笑有第二案,今啸谷子又有第三案。予读而好之,不待其第四案出来,而昧然为之,东施效颦,自忘其丑。然各存面目,同此心肠,阅者如以为骂世语也,则失作者之本恉矣。"

(连载于《友声日报》,1918年6月4日—6月5日,标"滑稽侦探短篇"。)

福尔摩斯再到上海

包天笑

福尔摩斯在十年以前,曾到上海一次,却受了一个大大的失败。这失败的事迹,曾见之于那年的《时报》。这时的《时报》上,揭载了冷血、天笑的《歇洛克初到上海第一案》《歇洛克初到上海第二案》等的短篇小说。福尔摩斯没有法子,只得弃甲曳兵而走。

福尔摩斯临去的时候,指着黄浦滩的铜像说道:"十年以后,我必卷土重来,一雪此耻!"所以福尔摩斯虽回到英伦,心里终忘不了中国。直等到西历一千九百二十二年,即中华民国十一年,他便和华生君商量,要重游中国一次。

华生道:"上次到了中国,太觉没有预备,所以失败了。中国人的古书上,说什么'入国问禁,入门问俗',我们先要知道他的风土人情,然后侦察一切,方有把握。我们此番到了中国第一码头的上海,先不要教报上披露,调查了两个月,然后再发表我们的行踪。这便不至于重蹈前次的覆辙了。"

福尔摩斯道:"你这意思很好,我们就照预定的计画办罢。到了上海,我们先隐姓埋名,调查中国社会上一切。到两个月后,再由上海的西报上发表。那时我也可以给中国办一二件案子,做一个'东方福尔摩斯'。"

于是福尔摩斯和华生两人,秘密的到了上海。别说中国人没有知道,连他们英国人也没一个知道。福尔摩斯的化装术,很是有名的。他装了中国人,一些也瞧不出。而且因为要到中国来,也学得普通的中国说话。到了上海,又在一个善说中国话的教师家里,再学习了两个月。在这两个月里,他又化装了中国各社会的人,像农夫啊,工人啊,商家啊,教师啊,官僚啊,军人啊,倒也一像百像。他自以为很有些意思了,那时便透一个消息给某西报,说是福尔摩斯再来上海。

自从这个消息发表后,上海人士大发热狂。有的道:"十几年来,一向听说有个英国最著名的大侦探福尔摩斯,却不知道福尔摩斯是怎样的人物,非得见见他不可。"还有许多青年,心醉福尔摩斯的为人,读了他的侦探案也不少,这一番也非亲炙其人不可。据西报上说,福尔摩斯和华生,住在西欧大旅馆,因此哄动了全上海,来访福尔摩斯的人,真个要算得"其门如市"了。

福尔摩斯和华生道:"上次到了上海,所以遭失败的缘故,就是不知道华人的习惯风俗。这一次调查了两个月,华人的习惯风俗知道不少。此刻来一个人,我们预测是何等样人,大概也可以猜个十分之八九。"

在这个当儿,便有两个人请见,进来的却是一男一女。男的约有二十余岁,女的约有十八九岁,笑说:"久闻福尔摩斯先生大名，特来奉访。一向知道先生一见其人，就知道此人的履历身世，所以请先生先猜一猜。想来也难逃先生的法眼。"

福尔摩斯端相了他们二人一回，便道："我以为你们两位，必是个未婚夫妇。我知道现在中国，也盛行自由结婚，所以虽未结婚，两人常在一处游玩。"

二人不语。

福尔摩斯道："你是个在洋行办事的人；你这位未婚夫人，也是个女学生。"

二人仍不语。

福尔摩斯道："你们两人都会说外国话。"

二人又无语。

福尔摩斯道："君之性质，颇和平谦虚；而君之未婚夫人则颇高傲。这句话对不对？"

二人点首。

福尔摩斯道："君之未婚夫人，新故其父或母，是不是？你先生大约是习工艺的学生。我的揣度如此。"

两人无言，点首而出。

华生道："歇洛克，刚才来的两人，你何以知是一对未婚夫妇，而知道这般详细？"

福尔摩斯道："这不难知晓。中国风俗，男女界限极严。他们可以一男一女跑到这旅馆里来，至少是个未婚夫妇。"

华生道："何以知道是未婚呢？安知不是已婚？"

福尔摩斯道："这件事，我已调查清楚了。中国女子，凡是已经嫁的，都梳发髻，没有嫁的，都梳辫子。刚才来的那位女士，还梳辫子，所以知道是没有嫁的。"

华生道："又何以知道男的在洋行里办事，而女的又是个女学生呢？"

福尔摩斯道："这也显而易见。男的不是穿了洋服吗？大概在洋行中服务，和外国人接近，每喜欢穿洋服；而女的是革履橐橐，又戴了眼镜，不是中国的女学生派头吗？并且两人的衣服上，都扣着一枝自来墨水笔，这也是一种显征。所以我并且断定他们都会说外国话。会说外国话，才用着墨水笔写外国字。"

华生道："你怎么连二人的性质都知道了呢？"

福尔摩斯道："这是一进门，我便知道。只瞧他们两人的鞠躬，那男的鞠躬很深，带有笑容，低头小心的样子，便知道他很谦和；女的却傲然的样子，见了我，只点点头，笑一笑罢了。所以我知道一个谦和，一个高傲。"

华生道："你怎么又知道那女的死了她的父母，而男的又揣测他是学过工艺的呢？"

福尔摩斯道："这也有个缘故。你瞧中国人上等社会人的手，伸出来总是很白很尖而又很嫩，和女子的手一般，可见得他们平日笼在袖子里，不大做事，是娇养惯的。其实换一句说，就是懒惰的证据。不比我们欧美人，凡是男子，伸出手来都是粗笨异常。可是刚才来的那位男子，十指粗笨，我所以知道他用手做事的人。至于说那女的新亡过了父母，那你也该明白了。我调查得中国人，凡父母死了，均该穿孝，以白为素服：男子在帽子上戴一个白结子，女子在发髻或辫根上，扎一条白头绳。刚才那位女士，辫子上不是束了白头绳？她的未婚夫是同来的，自然死的是她父亲或母亲了。"

华生道："歇洛克，佩服得很。你真细心。不意你只调查了两个月的中国人情风俗，所得的效果如此。却怪现在中国人，往往摹仿做侦探小说，不把中国人的习惯风俗调查清楚，满纸却是欧美的情形，这真错了。"

福尔摩斯道："更有一件事，只怕你没有留心。我想他们一对未婚夫妇，或是教会中人，也未可知。"

华生道："这又是从那里看出？我真一些儿瞧不出。足见侦探家，可谓心细如发了。"

福尔摩斯道："刚才那位先生，我瞧见他从大衣中取出他的手巾时，露出一张纸角，是中国字'圣诞节'三字。这三个字，我却认得。中国人向来对于耶教不甚注意，他却有'圣诞节'三个字的纸角，露出在外，必于耶教中人相近。那位女士，你没有瞧见她手指上带的戒指吗？垂下一个金的小十字。既非教会中人，怎么有这个小十字架呢？而且他们两人都是烟酒不沾的。我到了中国，见那未成年的小孩子，还在偷吸香烟。他们两人，要是吸烟的，早已老实不客气的取出香烟来吸了。中国的内眷，不比欧美，大家眷属，在大庭广众中吸香烟，不算什么事的。而他们两人，谈了这好久，并不吸香烟。关于酒的一件事，当他们进来的时候，我不是正喝了一杯白兰地，杯子还在几上？他好似厌闻这酒味一般。本来教会中人,是避烟酒的。这位少年,或者是禁酒会中人,也未可知。"

华生道:"歇洛克,你正细心极了。你说的话,真教我闻所未闻!"

福尔摩斯自以为调查两月,很知道中国的人情风俗,心中很为得意。

停了一回儿,这西欧大旅馆一个侍者,跑进房里来了。

华生便问道:"刚才来的一位先生,和一位女士,已经去了没有?"

侍者道:"刚才大笑了一阵子去了。"

华生道:"怎么大笑了一阵子?"

侍者道:"这两个人特为来试探福先生的。我也不知道他们听了福先生说些什么。他出门狂笑而去。"

华生道:"这两位,男的不是在某洋行做事,女的不是一个女学生吗?"

侍者笑道:"那里是像华先生所说的?男的和我们一样,某某大菜馆的西崽,叫做陈阿生;女的是个妓女,名氏唤做金翠仙。"

华生道:"咦?这真奇了!他们两人,不是未婚夫妇吗?"

侍者笑道:"他们有什么未婚已婚?简直是一个妓女,姘了一个西崽,随随便便的住在一起。就算两人是个姘头就完了,有什么未婚已婚?"

华生道:"那末她算嫁了没有呢?何以还梳着辫子呢?"

侍者道:"从前中国的女子,果然嫁了人便梳头着裙。

此刻这风气忽然改变了,虽然嫁了人的,还是梳着一条辫子,并不穿裙,和没有嫁人一样。而况金翠仙是个妓女,她们有什么一定的规矩?"

华生道:"他既是一个西崽,怎么穿了洋服?"

侍者道:"他曾经做过西崽头脑,他也侍候过外国人,会说几句不三不四的外国话,他所以很喜欢穿洋服。现在穿洋服不算事,那理发店里的剃头司务,不是都穿了洋服吗?开堂子的小开,也还有穿洋服的呢!"

华生道:"刚才那位女的,因为她穿了皮鞋,戴了眼镜,所以说她是女学生。并且他们两人,衣服上都扣了一枝自来水笔,因此我们断定她是女学生,而且还以为她是能写外国字咧!"

侍者道:"现在上海堂子里,效学女学生的打扮的很多,并且有好几个真正当个女学生,而且外国语说得很好的咧!至于他们衣服上各扣自来水笔一枝,也是流行品的一种,不必定要会写外国字。那男的,他当西崽,常要记记代客付款,所以用得着墨水笔。女的她扣着一枝自来水笔,完全是为装饰品罢了。"

华生道:"这两人的性质,福先生都知道,一个是很谦和的男子,一个是很高傲的女子。"

侍者道:"这倒不差。我们当侍者的第一是要谦和,方才可以侍奉那一班贵客。这个'谦和'二字,是我们当侍者的本能。福先生猜的真不错。至于当妓女的,本来对待客人,也应该很和气的。可是上海堂子里的姑娘,都是架子十足，所以不觉有一种高傲的性质。其实她们高傲些什么来？可是她们见识得人多，眼界倒是很高的。"

华生道："福先生又猜她女的是死了父母，因为现带着孝，辫根上扎了白头绳；又说男的手指粗笨，是做过工艺的。"

侍者道："不差，福先生的观察真不差。这个陈阿生，起初在一个翻砂作里做过工的，后来才当了西崽之职。至于那女的死了父母的话，这或者是福先生猜差了。因为通常的人家，父母过世，扎了一条白头绳，就算是穿孝了。堂子里的妓女，她平日间无缘无故，常常扎了白头绳。中国人有句话，'若要俏，常带三分风流孝'，就是这个缘故。"

华生道："原来如此。但是我还要请教你，福先生说他们两位是教会中人，这话有点意思罢？"

那侍者道："我知道的，这陈阿生并不是信教的啊！"

华生道："因为见他衣袋里露出'圣诞节'的纸角，又见那女人的戒指上，有一个小十字架，因此便疑他们是笃信基督教的信徒了。"

侍者道："这就猜差了。原来到了圣诞节的时候，上海也流行了赠送物品的风气，而各商家也大登广告。这陈阿生曾在某一家糖果公司中执役，他们今年还托他销售糖果。这'圣诞节'三字的纸角，大概是一张广告传单罢。那女人戒指上的小十字架，这更不算为奇，你到上海任何一家的金饰店，都有这种戒指，不过一种流行品的戒指罢了。"

华生道："还有一件事。中国现在无论男女，都喜欢吸香烟，成为一种习惯。福先生因为见他们男女两人，都不吸香烟，所以疑心是教会中人；又见那男子，厌闻酒气，似乎连酒也避忌，并且还疑心他们是禁酒会中人。据你如此说来，这话难道也猜差了吗？"

侍者笑道："陈阿生一向也是吸香烟的，但是他当西崽的，不能公然吸烟，所以他的吸香烟，一定要在没有人的时候偷吸。此刻到你们两位洋先生面前，自然不吸了。那女的金翠仙，以前也是香烟大瘾，每天非吸茄力克一罐，不能过瘾。但是此刻的确不吸，她已进了'在理教'了。"

华生道："什么叫做'在理教'？"

侍者道："'在理教'是中国一种教名，教中禁止吸烟酒，娼优入此教者甚多，陈阿生却没有入此教。但是福先生的话不差，他的确近来戒酒，他的确厌酒气，你道是什么缘故？原来他新近患了白浊之症，医生禁止他，不许喝酒。他的戒酒，是为了自己花柳病之故，并非教会中人，并且中国也没有什么禁酒会。"

侍者既去。华生道："歇洛克，我们回去罢。中国的事情，真难办得很，凡事教人难于捉摸。'东方福尔摩斯'，不容易做啊！"

（原刊于《游戏世界》第二十期"侦探小说号"，1923年1月，署名"天笑"。）

福尔摩斯大失败（五案）

刘半农

数年前，世界大侦探福尔摩斯自英伦来上海，以不谙世故，动辄失败，《时报》曾揭载其事。

福大愤，遄回英伦，探务之余，悉心研究中国社会之种种色相，其苦乃大有类于苏秦之刺股。

近日欧洲开战，国际侦探及军事侦探大出风头，寻常之裁判侦探，生意清淡，几至无人过问。

福经费困难，柴米油盐酱醋糖，无一不当挖腰包，而其友华生，复于下动员令时，入伍充常备军，故居恒寂寞，无过从者，因叹曰："此非久远计，盍往东方？"移时，忽自椅跃起，曰："去去！时不可失！此行既可得利，且可恢复已失之名誉，一举两得，讵有不去者？"

越四星期，上海礼查饭店有一新客至，所携箱箧，较他客为多，盖均为化妆之具。

明日，西文之《字林报》《文汇报》《大陆报》，华文之《申报》《新闻报》，咸刊载一惹人注目之广告，曰："大侦探家密司脱福尔摩斯，新自英伦来，凡有以案件见委者，请至礼查饭店十四号接洽。"

于是吾书乃开场。

第一案　先生休矣

福尔摩斯方静坐，忽一客推门入。

福起立，延之坐，曰："先生将何以教我？"

客曰："余慕先生名，今来此，将一试先生识力，苟能以我之身世、职业、性质、境遇，及近日之行动，一一告我而无误者，当酬五百元。"

福曰："可！"因注视其人，凝神良久，曰："言君身世，必是旧家，太封翁非道台，亦知县，然耶？"

客曰："君姑不问然否，恣言之可耳！"

福乃续言曰："君门阀既高，资产复富，故能受优良之教育，得高等之职业。君虽不能断为外洋留学生，亦必为本埠注重西文之学校卒业生。君之职业有二：一为报馆之译员，一为学校之西文教习。君性质勤谨，求学甚殷，然绝爱运动，尤嗜踢球。君已娶妇，夫人必系富家女。君所入颇丰，处境亦甚宽裕，惟身兼二职，能者多劳耳！昨日，君必与人踢球，及晚，入报馆译欧洲战报，必大忙，午夜方睡。君身体强健，乃系运动所致。尊姓为王，大名为雪兰。君之问，余已答毕，君谓然耶？"

客曰："请解释其故。"

福曰："君气宇不凡，一言一动，颇有高自位置之概，吾故知君出自世家，所谓少爷态度也。君衣履翩翩，不类寒士，且愿以五百元试吾之识力,吾故知君资产甚富。君举止文明,类非不受教育者,右手第二指,染红墨水一滴,乃西文教员之特别符号,左手持《字林报》一张,因知君为报馆译员。盖华人除报馆译员外,读西报者甚少,君目眶作红色,似失睡者,吾故知君必为译员,且知君昨夕译件必甚多也。

"君体格坚实,不与普通之'东亚病夫'类,吾故知君必喜运动。君履尖沾有干泥,履口略有裂纹,裤之近膝处亦沾沙泥,似向前急行而蹶者,非踢球,不能致此。且踢球必以昨日,盖昨日为星期,君不必上课,故日间可以从容踢球,若在前数日,泥迹必已脱去,不复可见矣。

"君左手第四指,有一指环,乃订婚之符号。华人喜早婚,大家尤甚,以君之身世,虽年不满三十,亦必已合卺,此可断言者。指环之上,嵌一精圆大珍珠,其值绝昂,非富家女,焉能以此为定情物?

"君钮扣间悬一甚粗之金表链,虽表在衣袋中,余不能见,然以意度之,表链既粗,表必为播喊牌打簧金表,此等精致之物品,非处境宽裕者不办。

"君外衣甚都丽,衬衫之领口,乃有汗垢,因知君事务繁冗,能者多劳,不暇计及内部之装饰物。

"至君之姓氏,乃于君所持白巾角上所绣之英字 Wang Sih Lai,拼其音而得之,固无所用乎侦探之观察也。"

客大笑曰:"福尔摩斯先生,休矣!休矣!君言之滔滔,实未能猜得半字也。实告君,吾一马夫耳。君言余气宇不凡,余乃效法古人,以'晏子之御者'自命,君未之知也。

君言余衣履翩翩,不类寒士,处上海而以衣履相人,大谬!大谬!吴谚曰:'身上穿得软翩翩,家里吺不夜饭米。'君竟未尝肄业及之。

"君又以余以五百元试君之识力,为余家产豪富之证,实则余妙手空空,不名一钱,徒欲与君捣乱而已。君若欲请我吃外国官司,则余正求之不得,盖可休养精神,吃现成饭矣。君又以余举止文明,必受教育,实则上海人除乡曲外,殆无一不染文明气。妓女且作女学生装,马夫独不可作男学生装耶?

"今晨余洗擦马车,车中座位之前,有一小镜台,其抽屉中向有粉纸、雪花粉、胭脂等物,以为太太若姨太太不时之需。余洗擦时,指间偶染胭脂一滴,君竟误为红墨水,且以余为英文教员,君自思之,恐亦将失笑。

"余手中有西报一张,乃两星期前所购,君试观报上所印日期,即可自知。余购此报,亦有历史。两星期前,余于夜花园中有所遇,谓其人曰:'吾乃某洋行之买办。'其人似信非信,余欲实其言以媚之,因购西报一张,每日清晨坐黄包车,驰过其门,目则注视西报,不少他顾,一似买办进洋行办事者然。未几,其人果信,实则余目不识欧皮西,倒持报纸,亦不自知也。昨夕,老爷若姨太太,命余驱车至大舞台,观贾璧云《打花鼓》,一时剧散,复入番菜馆大嚼,三时回公馆。至四时,余方睡,故目眶红肿,而君以余为译战报,谬也不谬?

"余既为马夫,身体自必强健,固无需乎运动。昨夕,余车至大马路、浙江路口，电车阻于前，而马行极急，惧肇祸，急自车跃下，紧扣马勒，讵用力过重，前蹶于地，故膝际、履尖均沾泥，履口亦裂。

"西俗定婚必以指环，华人则为普通之装饰品。余之指环，系向人滑掣而来，所嵌为宝素珠，其值不及数元，君乃谓余娶得富家女，余实无此艳福也。余有链无表，遇所相识，若有叩我以钟点者，则以表停对，实则袋中摸不出表也。且此表链为镀金品，值仅一元二角，君以为精致之物品，又以为处境宽裕之代表，何重视之至于如此耶？余辈出空心风头者，若手中急据，内衣不妨付之长生库中，外衣则地老天荒不可或缺。余内衣已旧敝，而外衣犹楚楚，正不离是项定律，君以为能者多劳，何善误耶？

"余手中白巾，系姨太太助妆品之一，所绣字，即其名。渠本不识西字，某女学生与彼善，绣以贻之。昨晚，姨太太遗巾于车中，余于今晨洗擦时见之，谅渠此时方高卧，不遽查及此，故携之出，助我出风头。君第辨字音，即可知决非男子之名，再加以侦探上之观察，何至一误至此耶？

"先生休矣！上海非英伦，君昧于事理，福尔摩斯之大名，未必能卖得几钱一斤也。"

福惭甚，默不一语。客扬长去。

第二案　赤条条之大侦探

福尔摩斯书空咄咄，自叹曰："侦探犹商业也。吾有侦探之才，而无商业之识，宜乎如孔子之在陈也。今战事方殷，英、法、德、俄以富闻于世，而金融阻滞，商业凋敝，犹亟亟不可终日。余不安于本国，襆被来此老大之窭乡，计亦左矣。去年，上海暗杀，前后多至二十六案，破获者仅夏粹芳一案。余苟以尔时来，定可满载归去。今暗杀案已成'广陵散'，侦探市面遂大坏而特坏，吾亦……"

忽电铃锵然鸣，福急就听筒询之曰："若何处？"

曰："四马路沐春园浴堂。"

曰："何事？"

曰："有要事！望君速来！余在特别间近窗第二炕，已电致忆泰公司，嘱放一摩托车逆君。君来时，幸弗露侦探形迹，脱伴为余友，来与余共浴，则大佳。"

福曰："诺！谨如命！"

未几，摩托车来，呜呜一声，登车而去。

中途，自语曰："彼以摩托车来，必系富翁，且案情必甚巨，我能破之，酬款且以万计，今可大展所长矣！"思至此，不禁狂跃。

车夫大骇，回首问之曰："先生疯耶？坏吾车，当偿百金。"

福以其沮兴也，怒叱之曰："若无礼甚，再哓哓者，当以巨掌搁汝颊，且以外国火腿饷汝。汝得毋怖！"车夫果怖，不复言。

既而至浴堂，下车入门，至特别间第二炕，见有一四十许之绅士，方静俟，睹福至，起迓曰："候君已久。余已浴毕，且去矣。"

福亦佯作其友之口吻曰："余诚歉，适以事冗，故迟迟来，幸弗见罪。"因就坐，堂倌泡茶、绞手巾、送拖鞋如常例。

少顷，其人附耳语曰："福君，余为上海珠宝商领袖，今日来此就浴，怀一皮夹，中有绝大之钻石十颗、精圆珠二十四颗、红蓝宝石各十二颗，估其值，当在十万金之上。乃入浴时，忘未交柜，及出，已不翼飞。余惶急无措，几欲号啕，继思号啕何益？不如镇静，且幸君在沪，因以电话招君，脱君能破此案，当酬二草。"

福曰："二万①耶？闻命矣，容吾思之。"乃举其炯炯之目，遍察室中诸人，自语曰："某也可疑，某也可疑。"旋去其衣，语其人曰："吾今入浴，浴室蒸汽，可助吾思。浴毕，当得端绪。"

其人曰："善！吾谨候君！"

福入浴室，绞思竭虑，越半时许始出，则其人已去。

堂倌曰："君友言有要务，已先去，浴资付讫矣。"

福愕然，回顾炕上，则己之衣服已乌有，炕下革履亦不见，乃大骇，面赤如火，期期谓堂倌曰："彼、彼、彼胡往？"

曰："彼谁耶？其君友耶？吾恶能知！"

福曰："然则吾之衣履何往？"

---

① "万"繁体写法为"萬"，和"草"字形相近，所以福尔摩斯会将"二草"误解为"二萬"。

堂倌指壁间所悬之金字小牌曰："堂内衣物，各自留心。倘有遗失，与店无涉。"又曰："君进浴时，余仿佛见君友为君收拾衣履，后乃卷作一团，匆匆出门去。余本拟阻之，继以彼为体面人，且曾与君倾耳细谈，意必为君至友，故不便干涉。彼至门次，即为君付浴资。既去，移时复来，在此榻略坐，以'有要务先去'语余，即一去不来。吾所知尽于此矣。"

福恼甚，以拳抵几，大呼负负，自顾其体，赤条条如非洲之蛮族，而举室数十人之眼光，又莫不集于其身。

少顷，堂倌又曰："先生殆受骗耶？然先生外国人，吾闻外国有大侦探福尔摩……噫！忘之矣。其名颇难忆，似是摩尔福斯？现方寓礼查饭店，盍招之来，当得端绪。"

福既忿且惭，不能成一语，漫应之曰："且勿！"

堂倌去，自思一丝不挂，安能返旅馆？欲购新衣，又不名一钱，惶急之余，几无以为计，忽跃起曰："得之矣！"急奔就电话处，振铃曰："礼查饭店，速接速接！"

电既通，福曰："君礼查饭店理事耶？"

曰："然。"

曰："吾为十四号客，速启吾门，为吾取衣履若干事，饬馆役送来！"

曰："十四号钥先生已携去，馆中无同式者，恕不能效力！"

福大窘，念钥置衣袋中，今衣既黄鹤，钥亦随之，将何以归？思至此，几欲泣下，旋又返身至炕际，默坐凝思，瞥

上海篇

见顶际壁间,悬一呢帽,察其状,知为己物,急取下。

帽中有一小函,函面曰:"请先戴帽,乃启此函,否则不利。"

福果先戴帽而启之,中有一纸,其文曰:

沐猴而冠之福尔摩斯先生鉴:

今与尔戏,幸勿哭,哭则尔爸爸、妈妈且扶尔。尔欲求解脱法,速看炕几之反面。

福吁气如牛,掷其帽曰:"彼以我为猴,欺我过甚!"然无奈,姑翻炕几而观其反面,则粘有二纸:一为当票,字迹曲屈如薜萝;一为名刺大之小纸,文曰:

不值一笑之福尔摩斯先生鉴:

先生之寿衣、寿鞋,暂借一小时,兹方质于此浴堂门外之原来当铺中。尔指间有一金约指,速质之,易赎衣履,抱头回去可也。

福曰:"吾竟为狗辈播弄矣!"然事既如此,遵命而外,殆无他法,因细察当票,知质价为十二元,然实贴板上,不能揭下。无已,谋诸堂倌,许以重酬,脱约指付之,嘱令背负炕几,至质肆易赎衣履。

堂倌初不肯,终乃许之。少选,携衣履一束至,袋中钥匙、纸片均无误,惟少时计一及纸币五元、铜元若干。

福亦置不复究。

堂倌曰:"约指质得十四元,赎去十二元一角,余一元九角。"

福以四角酬之,急披衣,怀一元五角,雇黄包车回旅馆。

甫至馆中,司事予以一小包,曰:"三分钟前,一华人送来,嘱转致先生。"

福启之,则所失之时计、纸币、铜元,均如数无误,且有银元十三枚,草二茎,信一纸,文曰:

绝无仅有之傀儡福尔摩斯先生鉴:

时计、纸币、铜元均奉还,附呈十三元,可补足之,以赎约指。

余与尔戏,损失一元,尔反赚得数角,即作汝糖饼资。吾于尔小囝囝,不得不宽宥也。

尔欲得二草为酬,今奉上,以偿尔愿:一为莸草,即以彰尔之臭;一为不我忘草,劝君毋忘今日之辱。

第三案　试问君于意云何……到底是不如归去

密斯忒歇洛克·福尔摩斯鉴:

君所事辄不成,亦窘甚矣。吾与子,均为大不列颠人,谊属同胞,不得不于黑室中启一线之明光,为君向导。

君怀不世才,欲于中国建不世业,其事易于反掌。

君不见夫黄浦江头,巍然赫立之新铜像,非吾英人赫德耶?又不见夫古德诺、有贺长雄、丹恩辈,非以异国之客卿,而佩中国之嘉禾章,吃中国之大俸大禄耶?

今中政府缇骑四出,侦探密布,日以缉捕乱党为能事。为君之计,莫若效力于政府,今日破机关,明日捉头目,则他年嘉禾章也,大俸大禄也,铜像也,铁像也,殆无一不可操券以待。

余居沪久,深知乱党情伪。现彼党之交通机关,乃设于南市小东门洋行街撒尿老爷庙之旁,其附近地中,且有一窖,以储炸弹。今夕八时,党人将利用月食之时机,以图大举。君可速往,若能发其覆而获其魁,则一生可吃着不尽。当知高官厚爵、妻财子禄,即在此一举。

幸勉图之,余当拭目以观其成。

爱慕福尔摩斯者　台姆夫儿谨上

是日为阴历七月十五日,福尔摩斯读此英字函时,壁钟已三响。

福读竟,蹀躞室中,往来可百余回,时喜时惧,时而搔其首,时而拍其股,为状至不一。既而跃然起,作决意状,曰:"去去!时乎不可失!"

一点钟后,福至洋行街,见所谓撒尿老爷庙者,状实诡异绝伦。

其庙无屋宇，仅于沿街之墙上，启一穴为庙门，穴绝小，几不能容一人，老爷则端坐其中，穴外墙上有"诚求必应""有求必应""威灵显赫"之小木牌甚多。

福不知其为囮，强断之曰："此中国革命伟人之纪功牌也。"

墙之下端，去地约五六尺，字迹驳杂，杂以画纹，极陆离光怪之大观。其中最普通之字迹，为"王阿宝十八八""张阿狗不是好东西"，又有阿剌伯码及不成文之英字母；最普通之画纹，则为❦状之龟形，❧状之小鬼形。

墙之隅，为一尿坑，光顾者络绎不绝，依稀有丝竹之声，仿佛有芝兰之味。坑之上方，残纸剥落，字迹隐约可见，其文为"京都同德堂下疳散""小便肿烂丸""专治横痃散"等，吉光片羽，至可宝贵。

福曰："余来此大增识见，此盖中国革命党人所用之隐语及暗号。王湘绮修史，苟未及列入文学史以光篇幅者，余当修函告之，且当按《中华小说界》投稿之例，索取千字一元至五元之酬劳。"

庙门之旁，左右各绘黑衣客二，貌威武，帽绝高。

福曰："此盖有汉图功臣于麒麟阁之遗意，此四人服西式之礼服，必为革命先烈无疑（按：此为壁间所绘之皂隶）。"

正对门口，有香炉及烛台，香烟缭绕，烛光熊熊。其下膜拜者至多，均为女子，装绝艳，面际铅粉，可刮下作团，胭脂之红，有过于血。貌则沟水为神木为骨，橘皮如面帚如眉；年则非不惑即知命，或且七十而从心所欲；音则不类上海产,谈吐间,时有"只块拉块"等字,"呢"字尤多。

福曰:"此中国革命女杰也,何罗兰夫人之多耶!"

(按:撒尿老爷本为财神,后因其旁有尿坑,因上尊号。今城河浜、小东门一带之花烟间人物,生意清淡,则往祷之,老爷遂垄断是项权利矣。此系纪实,非臆撰也。)

福徘徊于尿坑之畔,就目前所见,一一研究其理,加以测断。绞脑汁,竭心血,不知金乌之西坠。然卒以罗兰夫人太多,不敢妄动,且去者去,来者来,欲一一尾随,势有所不能。无已,姑俟之,意谓彼党既欲起事,其魁必来,苟能识破,随之可也,乃跧伏尿坑之旁,饱享异味,不少动。

月既上,乃有二男子过其前,至庙门。

逡巡移时,甲曰:"今已妥矣。再越数时,事已大……"

乙曰:"然!今日诚难得之机会,彼辈尚醉生梦死,殊可笑也。"

甲曰:"我等当速去,彼辈必已在彼处静候我等宣布命令也。"

乙曰:"然!弗再言,恐隔墙有耳!"言已,相率径去。

福尔摩斯曰:"得之矣。彼等恐隔墙有耳,独不虞隔坑有耳耶?"急蹴足起,尾其后,见二人意殊自得,曲折行狭巷中,不少回顾。

巷中行人亦绝少,既而闻甲鼓掌言曰:"此事殊幸。君知英国名探福尔摩斯在沪否耶?若政府用此人,吾党败矣!幸所用者为一般之饭桶侦探,日日捕风捉影,冤及良民,甚且挟嫌诬指,吾辈乃得措置裕如耳!"

福闻之，以其誉己也，心大慰，继闻乙答曰："君误矣！福尔摩斯徒有其名耳，若与吾辈较，行见其入三马路外国坟山去也。"

福闻而大怒，切齿曰："狗！若覆巢在即，犹欲得罪老子耶？"

未几，出巷，入一荒寂之广道中，又行半里许，二人进一败园。

园中有孤立之楼房一座，屋已旧敝，梯亦坏，似久已无人居住者，窗中洞黑，不透灯光。

二人至其后方窗下，甲拍手三声，楼上即有吹唇声应之，旋即有一绳下垂。甲乙次第缒绳而上，入室中，即不复见。

福大异之，略停，即奋身至窗下，拍手如数。

楼上果应以吹唇声，绳亦下垂，福即力挽之，楼上人亦挽之，使上。

不意甫及半，足离地可三四尺，楼上人忽停挽，同时楼下有三人自黑暗中出：其一，自后搂其腰，以巨索一，紧捆之，系其端于下垂之绳；其二，则各擎其左右足，以较小之索二，分系之，引向左右方，紧结于近地之柱脚。

福之足，遂作"人"字式，不能动。二人布置既竟，复登楼，如法系其两手，向上作倒"人"字式。

时门外炮声大作，福呼救，邻右不能闻，无应之者。

甲乙二人乃复出，笑谓之曰："福君，如何？台姆夫儿福汝，汝今竟为蜘蛛矣。汝胡不自谅？一见挫于马夫，再见挫于浴室，亦可以止矣。今复癞蟆虾想吃天鹅肉，岂以上海为无人也？实告汝，汝所受三次挫折，均我辈所为。嘉禾章、大俸大禄、铜铁像，今举以奉寿。"

言竟，即以与铭旌相似之白布一幅，悬诸福之胸前，上有大字曰："此为大侦探福尔摩斯，过者应行三鞠躬礼，以表敬仰。有解之者，男盗女娼。"复谓福曰："试问君于意云何？"

福哀告曰："此乡不可居！到底是不如归去！望速解我，吾当明日首途，遄回英伦，决不敢再与诸君敌。若不解，明日天明，观者蠢集，吾将何颜以见江东父老耶？"

二人大笑曰："善！善！俟半侬续记君之失败案时，再为君解缚可也。"

第四案

（华生曰）余与余友歇洛克·福尔摩斯，自合居培克街相识而后，旦夕与共，友谊之密，可称世界上无第二人。至吾结婚，虽不得已而离居，而吾友每值疑难案件，犹必邀余为助，故过从仍密。

吾所述《福尔摩斯侦探案》，因此得成洋洋大观，风行于世，是不特老福一人之幸。余以蹩脚医生（华生尝从军，左足受创），仆仆追随其后，虽属饭桶的资格，而以连带关系，能使世人咸知伦敦有华生其人，于以名垂不朽者，亦吾华生之幸也。

顾吾友探案，失败者多而成功者少。世人读吾笔记，眼光悉注于成功一方面，遂谓福尔摩斯具神出鬼没之手段，"世界第一侦探"之头衔，舍此公莫属。不知业侦探与业医同，业医者遇伤风、咳嗽之轻病，自无所用其手段，然使一遇重症，又大都茫无把握。幸而所投之药中，人遂称之曰"国医"、曰"圣手"，登报揄扬之，唯恐介绍之力之不尽，而彼医生者，亦遂以"国医""圣手"自居；不幸而所投之药不中，其人不起，病家不按医理，亦只归诸天命，不复责及医生。故现今"国医""圣手"，多至不可胜数。昔人称为车载斗量者，今恐用火车装载之，亦势非百年不能蒇事也。

读者当知，此盖吾躬为医生者所发良心之言，初非欲抹杀世间一切"国医""圣手"。苟世间一切"国医""圣手"视吾言为不当者，但请返躬自问，平时高车骏马，恃人之疾病以为活，对于他人之疾病，心中究有把握否耳？然吾在悬壶之时，为饭碗计，亦决不肯以此语形诸笔墨。

今则处身于陆军医院中，日治伤兵病卒，数以百计，心力既瘁，乃不得不发为愤懑之论。盖吾平时，见病者辄喜，喜其一痛一痒、一疮一疖，多可化为我袋中之金钱。今则俸少而所任烦剧，欢迎病者之心理，已随炮响枪烟俱散矣。但吾此时所论者为侦探，吾为医之西洋镜，既自行拆穿，乃不得不折入本题，以拆穿吾友福尔摩斯之西洋镜。

吾与福尔摩斯相识，至今已二十年，在吾笔记中，有年代可考。倘吾友果为"世界第一大侦探"者，则平均每十日探案一事，吾笔记当在一千万言以上。此二十年中，吾日夕握笔，尤恐不及，又何暇行医？何暇得与老福同出探案？而一观吾已成笔记，为案仅四十有余，为字仅五十万，又何其少耶！是可知吾友失败者多，而成功者少。吾以爱友之故，记其成功而略其失败，亦犹他人之登报揄扬，称吾"蹩脚医生"为"国医""圣手"耳。

故吾在培克街时，尝谓老福曰："得友如我，子可死而无憾！他日我死，子可辍业，否则令名不能终保。"老福亦深韪余言。

乃不图欧洲大陆，战祸一发，老福遽以生意清淡之故，襆被东游，遂致笑话百出，为一中国人名"半侬"者所知，举其落落大端，刊而布之世。于是老福之声名扫地，而吾二十年笔记之心血，亦从此尽付东流，此诚可仰天椎心而泣血者矣！

彼半侬者，吾不知其为何许人，虽所述未必尽虚，而坏人名誉，亦属可恶！异日吾至上海，必请台姆夫儿大律师，控之于会审公堂，请其一享外国官司之滋味也。

顾一年以来，老福为人吊于檐下，作蜘蛛之状，死生未卜。吾每一念及，忧心如捣，今不知果作何状也。

（柯南·道尔所作《福尔摩斯侦探案》，开场多用缓笔，此篇用华生口气，戏效其法。）

吾书至此，忽侍者将一函入，视之，福尔摩斯手书也，喜极，急启读之。乃读尚未已，吾浩叹之声已作，盖福尔摩斯又闹得笑话矣。书曰：

老友华生惠鉴：

自与子别，月圆已二十余度矣。近来子在前敌，刀刲之事，想必甚忙，系念之至。若问吾老福日来何作，则简约其辞，但有"惭愧"二字。好在吾辈莫逆之交，吾即尽举来华后失败情形以为君告，君亦不忍翘其食指，括吾脸皮也。吾前此受人侮弄，想君已于《中华小说界》中见之。今兹所言，即赓续其说。

吾自尔日被恶徒辈缚于檐下而后，爱我如君，谅必深为吾忧，谓万一久缚弗释者，不冻死，亦饿死，而吾则处之淡然，不以为苦。盖吾得天独厚，筋骨与人不同，能冻能饿，即绝我衣食至于十年百年，吾亦弗惧。所惧者，口中不衔烟斗，臂上不打吗啡，则为时虽仅一日之长，亦祇可索我老福，于酆都城内矣。

然吾所缚之处，对面适有一纱厂，厂顶烟突绝大，不分昼夜，突口恒有黑烟飞卷而出。而一昼一夜之中，风色时时变换，苟此风而自对面吹来者，则风即我之烟斗，足令突中之烟，尽入我口。吾第张口狂啖之，可不名一钱，而烟瘾自过。

华生，君不尝于新闻纸中，见去岁七月二十八日，上海大风灾之事乎？此日上海人民，不论贫富贵贱，咸瑟缩如落厕之狗，不敢出门一步。而吾则以大风适自对面吹来，终日张口吸烟，其为乐趣，虽南面王不易也。

至于吗啡，吾亦有天然之吗啡在。此天然之吗啡非他，蚊而已矣。通人遇蚊，必拍之令死，吾则以其嘴有刺入肌肤之能力，为用不减于吗啡针，而嘴中所含毒汁，亦与吗啡相若。因舒臂引领以招蚊，蚊乃群集吾体，终日不去，因之吾瘾得过而吾命可保。

此不得不首先述之，以为老友告慰者也。

此保命问题述过而后，其次一事，即系向君索贺。盖此时吾已娶妻，且实已娶妻，不复如前此共探"密尔浮登①一案"时哄君矣（见《福尔摩斯侦探全集》②第三十二案③）。至吾得妻之故，亦可为老友约略言之。

吾所缚之处，其前既有一纱厂，故每值晓日初升及夕阳西下时，诸女工之出入纱厂者，咸粥粥自吾前过。为时既久，其中乃有一人，年事与吾相若者，忽钟情于余。初则每过辄以秋波相送，次则进一步而为交谈，更进一步而言及情爱，终则此人竟毅然决然释余之缚而与余结婚。

余虽向抱独身主义，至此亦不能坚持到底。是盖因

---

① 密尔浮登即查尔斯·奥格斯特斯·米尔沃顿（Charles Augustus Milverton），专门收集丑闻再向当事人加以勒索。
② 此处指的是《福尔摩斯侦探案全集》，1916年5月由中华书局出版发行，全套12册，共收录当时已有的"福尔摩斯探案"44篇，是民国初年非常经典的文言译本，译者有刘半农、程小青、严独鹤、周瘦鹃、天虚我生、常觉、小蝶等。
③ 第三十二案《室内枪声》，常觉、天虚我生译，载《福尔摩斯侦探案全集》第九册，今通译作《米尔沃顿》。在该案中，福尔摩斯为了偷信，与米尔沃顿的女仆订婚，这也是第一次出现有关福尔摩斯婚姻的内容。

吾妻姿首极佳，能于燕瘦环肥两事中之第二事，独具登峰造极之妙，而其面目，亦特别改良，与众不同。老友苟就吾所寄照片四帧中第一帧仔细观之，当知余言之不谬。

倘老友责余以堂堂大侦探，不应娶此女工以自卑声价者，则吾敢反诘老友曰："尊夫人亦一坐冷板凳之私塾先生耳（见《全集》第二案①），幸而生在英国，无须检定，倘生在中国，而又不幸检定落第者，恐欲求为一女工，而能力尚有所不足也。"

故愚夫妇美满之姻缘，老友必当致函申贺。异日欧洲大局敉平，苟老友有兴，愿骑骆驼，负药囊，张竹布招牌，至上海作走方郎中卖狗皮膏药者，吾当向黄宝和买老酒一斤，向舢板厂桥北江北小菜场买野鸡一只、白鸽成双、老蟹两对，嘱内子操牛刀割之，和五味烹之，令君一尝新妇调羹之滋味也。

吾娶妻而后，闺房之乐如何，谅与君娶得密司毛斯顿②时，大致相仿，兹不尽述。

---

① 第二案《佛国宝》，刘半农译，载《福尔摩斯侦探案全集》第二册，今通译作《四签名》。在该案中，华生与其第二任妻子梅丽·摩斯坦相遇。
② 毛斯顿即梅丽·摩斯坦（Mary Morstan），华生的第二任妻子。

唯余初来上海，系借住礼查旅馆，今则已于乌有路赁一三层楼洋房居之，门口悬一铜牌，曰"福公馆"。另有一牌，则署"私家侦探包办一切五花八门疑难杂案"字样。有此二牌，吾之场面乃大阔，以视伦敦之培克街，直虱与牛之比矣。

吾公馆中，有书记一，赵姓，吾恒称之为密司脱赵；打字人一，李姓，女郎也，吾称之为密司李。二人办事，颇勤勉，而且丰貌亭亭，颇足为吾福公馆生色。然吾初意仅拟聘一打字人，不欲兼聘书记，后乃受此书记之挟制，不得已而聘之。此事实吾福公馆成立以来第一宗贸易，亦吾近来失败史中之最可笑者。

以君老友，不妨为君一述其梗概，君苟欲列入笔记者，不妨记之。盖成败常事，吾老福决不讳败，初不若世人之假惺惺粉饰场面，抹杀一切成败是非也。

吾公馆中之书室，设于楼下，室有一窗，前临大道。密司李受吾聘而后，吾即于此窗之下，设一打字桌，为其治事之处。

此室有左右二门：左方之门，外通应接室，即吾延见宾客处；右方之门，内通起居室。吾妻日间离寝室而后，即在此室中作针线，或捧一《闺蒙训》读之，有时亦读《女孝经》及《百家姓》，颇用功。然性绝妒，终日处此起居室中，不离一步，且时就门隙中外窥书室。其意盖以密司李风貌既佳，与吾日夕同处一室，吾爱妻之情，或不免分一支流，及此娟娟之豸。故吾在书室时，吾妻必紧守起居室弗舍，以两室相连，声息都闻也。

然吾初聘密司李之时，吾心中如古井之不波，视密司李为神圣不可侵犯，决无丝毫他意，亦不知雄狐绥绥，日伺其侧，名花有主，无俟他人也。

乃一日，余与一客在应接室中谈话约一小时。

客退，余入书室，斗见临窗之写字桌，已移于屋角距窗极远之处，密司李则兀坐桌旁，面有愤色，木木弗语。

余问其何以移桌之故，摇首不答，但举一手，指起居室。

余不解，入起居室视之，则吾妻虎虎然箕踞而坐，双眉倒竖，其形如帚。

余急问所以，而余妻不答，问之再三，始怒骂曰："好好！汝弄得这个婆娘来，还亏你问！"

余极意曲媚之，俟吾妻气平，始得其故。盖当余在应接室时，窗外有一美少年，隔窗与密司李作喁语。余妻见之大怒，责其不应如此，致误公事而妨福公馆体面，故令其移桌远窗。

乃余急慰吾妻，言："夫人此举甚当，但请夫人息怒，勿因此小事，致中怀愤懑，以伤玉体。当知此女既届妙龄，有一情人，于理亦不可深责。夫人试思，吾二人之爱情，不亦即起于……"

言至此，吾妻之怒已释，吾乃出面密司李，请其勿以此事介介。

"密昔司之所以请君移桌者，盖恐此间办事时间之内，一涉情爱，不免误公。至每日公事已藏，吾夫妇万无干涉君辈情爱之理，君其勿存蒂芥！"

密司李闻此慰藉之言，意见立归冰释，仍治事如故，然自此以后，每见余妻，辄引避不遑，而遇我则益形亲密。

此所以益形亲密之故，谅亦初无他意，不过一家之中，所与接谈者不过吾夫妇二人，今吾妻与彼，既不甚洽浃，则以比较的言之，对我自觉分外亲密。

然我既来东方有年，已深受东方社会之薰染。华生，汝试以东方的眼光，为吾设想：吾既置身于三层楼洋房之中，门前高悬"福公馆"之招牌，而一窥内部，为吾福老爷奉巾栉者，乃仅有吾妻一人，虽吾妻秀外慧中，足握世界美人牛耳，而就吾身价言之，仅此一妻，得弗嫌其少称邪？于是多妻之思想涌突胸中，几于不可复遏，私念一日得如愿以偿，储密司李于金屋之中者，不特吾可骄汝华生，且可作东方阔老矣。

乃吾妻神经极敏，于观察事物之术，不特胜我百倍，即思想之缜密如吾兄梅克劳甫①，亦望尘莫及。吾自心中蓄此奢愿后，初未尝语诸他人，而吾妻即已洞烛余隐。

---

① 梅克劳甫即迈克罗夫特·福尔摩斯（Mycroft Holmes），福尔摩斯的哥哥。

一日，余外出探案归，入书室，忽不见密司李，问诸吾妻，吾妻笑而不答。固问之，始言："彼以汝贼头狗脑，不怀好意，业已辞职去矣！"

余曰："辞职亦未尝不可，但吾为主聘之人，彼胡不俟我归后，向我面辞？此中究竟，汝知之否？"

余妻曰："此恶得而知之！虽然，人且视汝肮脏物为可憎，见汝之时，秽毒如触路殍，又焉能久待汝邪？"

余闻是言，心知此必吾妻为梗，即亦不复多问，默然归书室，蒸雪茄吸之。

嗟夫！华生，此时吾脑中情状，较之昔日莫礼太①迫我时（见《全集》第二十五案②），有过无不及也。

越二小时，约当下午三点钟，忽有一小使，持一函至。

启之，其中悉系数码，不着一字，形为：

18 | 26, 14 | 13, 12, 4 | 4, 26, 18, 7, 18, 13, 20 | 2, 12, 6 | 18, 13 | 7, 19, 22 | 11, 6, 25, 15, 18, 24 | 20, 26, 9, 23, 22, 13 ‖ 2, 12, 6, 9 | 15, 12, 5, 18, 13, 20 | 12, 13, 22 ‖

---

① 莫礼太即詹姆斯·莫里亚蒂（James Moriarty），福尔摩斯的头号死敌。
② 第二十五案《悬崖撒手》，严独鹤译，载《福尔摩斯侦探案全集》第七册，今通译作《最后一案》。

既不类中国之电码，又不类日本人杜撰之乐谱，而且系打字机所印，不着笔迹。

余思之再三，终不得其解，及吸完五斗烟，打过十针吗啡，始恍然悟曰："此数码之中，每一支点（,）之内，至多不出二位之数，而此种二位数，又至多不出二十六，是可知此种数码，必用以代二十六字母。其直竖│必为一字之断处，双竖‖必为一句之断处。今姑顺字母之序，以A为1，B为2，推而至Z为26试之，则首字18为R，不能独立，其次二字为Z、为N，亦不能拼成一字，则此种解法，已完全失败。"

更思之，英字之中，单一之字母而有意义者，厥惟A及I二字。今书中第一字为单一字母，姑拟为之A，则无论顺数、逆数间一字数间二字数，终不能得十八之数。更拟之为I，则适为逆数之十八。

余乃大喜，急依逆数之序，续数其次二字，则26为A，14为M，合之为am，更合上文为I am，则不特有意义可寻，而且适成一开端语。

吾乃大喜，自言曰："汝辈虽善作怪，究不能逃得吾老福之眼光也。"因次第译之，则全文为I am now Waiting you in the Public Garden. Your loving one.（译言：我方俟君于公园中。汝所爱之一人上。）

嗟夫！华生，余一见信中作如是语气，直不禁喜极而狂矣，因立取冠杖，伪为吾妻言："有要事须出探。"

遂出门雇街车，驶赴白大桥公家花园。

比至，一跃而下，以为彼如玉如花之密司李，必已在绿阴深处迟我矣，乃入园而后，遍觅不得吾意中人踪迹。吾往来奔走，额汗淙淙，几至人皆视我为狂易，而密司李仍不见面。

吾心大恨，以为此人与我无仇，何必作此恶剧?! 已而定神思之，不禁自叱曰："呸！尔福尔摩斯一愚至此！上海之公园有二，一为西人公园，华服者不得入。今密司李御华服，在理既不能入此西人公园，则虽书中未言中国公园，仍当于中国公园求之为是。"因立即奔出，双足击臀，拍拍作响，直抵中国公园。

则吾挚爱之人，果在园中迟我也，于是一跃而进，紧握其手，且喘且言曰："密、密、密司李，吾至爱之密司李，汝奈何初则令我猜哑谜，继则与我捉迷藏，以窘我邪？"

密司李曰："我爱，我候汝久矣，望眼将穿，深恐光线之不足，致偾吾事。今则我爱果来矣！"

余曰："迟迟吾来，诚所甚歉。但光线之说何谓耶？"

女笑曰："大侦探，此语简而易解，独不能以意会之邪！"又曰："吾自遇大侦探而后，仰慕之私，随时俱进。虽大侦探已有妻，未必肯移其至高至贵之爱情以爱我，而私心自愿，窃欲得大侦探一垂青眼；虽大侦探终身以奴婢视我，亦在所不辞。乃此念甫起，主母已窥知余隐，罢吾业，驱吾出，且恫我后此永永不得一踵福公馆之门！否则必以门闩断我足。嗟夫！余于彼时，柔肠寸断，恨不能蹈黄浦以自了。不知汝既为吾灵魂中之宝贝，亦曾一心动否？吾今请汝来，盖欲……"

余不俟语竟，即揽之于怀，而慰之曰："吾爱，汝勿急！吾必有以处汝。吾妻悍毒异常，乘吾不备，辱吾心爱之人，吾誓必悉移爱妻之情以爱汝。且吾妻丑甚，以视汝，直牛粪之于玫瑰。吾非骏愚，岂有不爱玫瑰而嗜牛粪者邪？"

言至此，密司李向吾嫣然一笑，复俯弄巾角，若不胜羞。

吾爱情之火，乃大炽于中，不能自遏，立抱密司李而吻之。

乃吻甫着颐，密司李忽尽力推余于一旁，忿忿骂曰："若龌龊鬼，亦想吃天鹅肉邪？"言后，掉首疾步出园而去，须史已不见踪影。

余呆立园中，不解所以。谓其不爱我耶，则胡为招我来园？谓其爱我邪，则语甘于蜜，又何以因一接吻之故，遽弃我不遑？思之思之，终不得其故，而夕阳西下，天已暝黑，不得已，遂怏怏而返。

是日之夜，余脑海中如装一马达，鞿靮不息，自一鼓、二鼓、三鼓以至于五鼓，而天明矣。而密司李所以招我、拒我之故，仍无从探悉。

早餐后，以昨日所探之案，尚未结穴，即置此事于一旁，出治正业。

至傍晚归来，而吾妻亦适自外归，面有愠色，问其何往，则忿然曰："娘家去的。"

余恐撄其怒，不敢多问，但以巧言令色曲媚之，俾勿作虎吼以骇鸡犬，而心中则惶惑弥甚，以为不知彼又探得何等消息，致竖其帚眉，翻其血唇以向我也。

明晨，余又出，比归，则应接室中已有一客在，华人，年不过十八九，自出名刺曰："密司脱赵。"

余问："客来将以何事见教？盗案邪？谋杀案邪？捕拿党人邪？凡此种种，兄弟皆可包办。约期竣事，探费从廉。"

客曰："否！非盗、非杀，亦非党人。但有一照片，吾得之于人，今欲完璧归之，而不审可否，故急欲求大侦探一为解决之耳！"

余曰："照片案乎？兄弟从前亦办过多案，如《情影》①一案，为波黑米亲王②所委任；《掌中倩影》③一案，为英国外务大臣倭伯氏之夫人④所委任（见《全

---

① 第三案《情影》，常觉、小蝶合译，载《福尔摩斯侦探案全集》第三册，今通译作《波希米亚丑闻》。
② 波黑米亲王即波希米亚国王威廉·戈特赖希·西吉斯蒙德·冯·奥姆施泰因（Wilhelm Gottsreich Sigismond von Ormstein）。
③ 第三十八案《掌中倩影》，常觉、天虚我生译，载《福尔摩斯侦探案全集》第九册，今通译作《第二块血迹》。
④ 英国外务大臣倭伯氏之夫人即希尔达·崔洛尼·候普夫人（Lady Hilda Trelawney Hope）。

集》第三、第三十八①两案），均彰明较著，世界咸知者。不知足下以此案见委，其情形如何？"

客不答，但摇首吟诗曰："满园桃李花，只应蝴蝶采。要要草下虫，尔有蓬蒿在。"

余以其答非所问，疑其有神经病，复叩之曰："足下究竟何事来此？忽而言照片，忽而吟诗。小子殊不知将何以效力！"

客曰："实告汝，吾今乃欲谋一职业，由主聘人每月馈我百金，订十年合同，而我为其书记。大侦探思之，以我之才，亦能得如此美缺否？"

余益异其言，姑应之曰："每月百金，诚不能视为难得之缺，但当此人浮于事之秋，恐百金一月，尚属易得。十年之合同，则殊难订也。"

客曰："但今兹竟有一人，愿遵此条约以聘我。"

余曰："能如是，小子敢贺。但此中苟无异闻，如《金丝发》②及《佣书受绐》③二事者（见《全集》十四、十七两案），则订约之事，属诸律师范围，而不属侦探范围。此间室狭，不足以有屈先生也。"

客曰："此中虽无异闻，但以其事有关大侦探，

---

① 此处原刊为"三十六"，应系原作者笔误。
② 第十四案《金丝发》，常觉、小蝶合译，载《福尔摩斯侦探案全集》第四册，今通译作《铜山毛榉案》。
③ 第十七案《佣书受绐》，严独鹤译，载《福尔摩斯侦探案全集》第五册，今通译作《证券经纪人的书记员》。

故不得不冒昧奉商。盖此主聘之人非他,即大侦探是也!"

余骇曰:"客误矣!否则必痫。余公馆中,既无需聘用书记,而兄弟与足下,前此亦未尝谋面,君奈何忽作此语?"

客笑曰:"君欲取消此议,亦甚佳,但吾为大侦探计,自以俯从余言为是。今既不愿,吾亦别矣。"言已,起立欲去。

吾以其言突兀,急拦之曰:"尔姑言其所以,果事可为力,兄弟无不从命。"

客乃出一照片,曰:"此则仍当归诸照片问题矣。"

余视其照片,不禁大骇,立悟前日密司李之所以邀我至公园者,其事为此,故当时有深惧光线不足一语。盖谓光线不足,则影即不能收入镜中也。

客见余呆视影片不语,即笑问曰:"大侦探,此影一经宣布,内而尊阃大发裙带威风,外而大侦探之声名扫地。不知于大侦探亦颇以为不便否?"

余曰:"不便甚!君将何以教我?"

客曰:"君能签字于此,小子即以影片奉赠;否则必送至中西各报章登之,令世人咸知福尔摩斯有侮亵人家闺女之行为。"

因出一纸,令余签约,视之聘书也。内言:

主聘者:福尔摩斯
受聘者:密司脱赵
月俸:百金
期限:十年

余不得已签之,而受其照片。客乃欣然去,谓:"自明日始,当至公馆中办事。"

客退,余入书室,将照片夹于桌上向来夹置秘密函件之簿中,然后入起居室往面吾妻。乃门帘甫揭,即见室中亦有一客在,客非他人,密司李也。

余大奇,拟发吻问其何以来此,而吾妻已含笑而前曰:"歇洛克,密司李又愿至我家打字矣,汝谓善否?"

余未及答,忽一仆入白:"有客。"

余立即出室,经书室时,复匆匆自簿中取照片,置之衣袋中,然后至应接室面客。盖恐吾妻至书室时,偶于簿中得此照片,致肇勃豀也。

客谈十数分时即去,余出袋中照片观之,则照片犹是,而片中之人已由我而变为密司脱赵,由密司李而变为吾妻。

吾乃骇极、羞极，几于发狂，立即夺门而进，欲扭吾妻而殴之。

然未及入门，吾妻已自内咆哮而出，手一照片，且骂且挥其拳。

余视其照片，则即顷间吾得自密司脱赵者也。于是吾二人面面相觑，欲骂而不能发吻，欲打而不敢出拳，停顿者可十数分时，几于无从解决。

密司李乃出为和事老，且笑且进，曰："密司脱福尔摩斯、密昔司福尔摩斯，此不过余与彼人所设滑稽的报复举动，初无若何关系，贤伉俪可一笑置之，不必因此介介。所便宜者，余与彼人已各得枝栖，月俸百金，期限十年，而在又同在一处。承情照顾，余二人感激之至！"又出一照片，曰："今后吾与彼人既同在书室治事，此一帧并肩小影，亦可与贤伉俪之小影对悬壁间矣。"

至此，吾乃气极而笑，掷去手中之照片，曰："不图汝辈中国人，调皮至于极顶，竟非余福尔摩斯能窥测其万一也。"

事后，吾先以见诱情况，告之吾妻，转诘其何以亦被密司脱赵接吻，吾妻乃言尔日吾既外出，忽有一小使言自其母家遣来者，坚请吾妻返家一行。吾妻诺，行至冷僻无警察处，忽被一少年人抱而接吻，正欲狂呼，而少年人已疾走窜去。及抵母家，始知并未有人来请，方谓何物小使，胆敢戏弄福太太，而不知，受此赵、李二人之愚也。

至于后来照片之交换，则系同夹一簿之中，吾匆匆外出见客，未及属目，遂误取吾妻之照片，致闹此笑话耳。

华生，此事至有趣味，君苟不惮烦，可按实书之，付诸剞劂。吾意演丑剧者得此，必视为绝妙材料也。

顾此事虽奇，尚不如昨日之事，更为荒唐。吾今日作此书时，气闷已极，不妨和盘托出，为老友言之。

第五案

昨日之晨，余仍如昔日与君合居培克街之例，取一日中本埠发行之各种日报，令书记密司脱赵，助吾阅之，细检其有关探案者，剪下粘诸一巨册之上，以备后日查阅。

顾各报纸中，西报所记，满纸欧战消息，几无一字与吾业有关；华报则以帝制问题及滇中战耗占其大部分，其一小部分之"地方新闻"，亦无非流氓拆梢、小窃攫物以及男女均属无耻，公堂斥退不理等语，更求诸广告，亦但有戏院及药房鼓吹营业之言，无可注意。

于是吾乃气极而叹，语密司脱赵曰："贵国人士，何奄奄无起色乃尔？十年以还，无论政界、学界、军界、实业界，从未闻有一出人头地之人，足以惊动世界者；其为庸碌无能，姑置不论，即就作奸犯科论，并鸡鸣狗盗之属，亦未闻有一精于其技，足令吾辈稍动脑筋者。是亦深可为贵国人士羞矣。"

密司脱赵笑曰："先生尝见窘于下走，下走之调皮功夫，自谓堪称不恶，先生岂忘之邪？"

余无可置答，卷去其报，取事之未了者治之。

下午三点钟，邮局递来一函。余启之，见中有一笺，作草书，蜷曲如蚓，墨沈淋漓，几于不辨字迹，一望即知作函之人，必罹非常之厄，急于求拯，于仓卒中书之。书曰：

大侦探、大侠士、救命王菩萨福尔摩斯仁兄大人鉴：

速来拯我于厄！我今落奸人之手，生命、财产，两不能自保，脱君能发其慈悲之心，拨冗来此一行者，或犹有一线之希望。

吾家虽非富有，然综计动产、不动产，为数亦在百万金之上。君苟能拯我命而保我财者，我必以财产之半为君寿。

我现在杨树浦北王家村一破庙之内，奸徒十数人，方合力逼余，且出危词恫吓，谓至今晚六时，尚不允其要求者，吾必无幸。故吾今特作哀词恳君，务于六时以前抵此，出余水火。

来时可骑一马，手牵一羊，切不可坐马车，此系余体察情势，为君筹划之妥策。君苟依此行事，必获成功，否则不特余不可救，即君亦必处于危险之中也。

受难人　涕泣谨白

余读已，鉴其情词恳挚，恻隐之心不觉油然而生。然书中不许我乘车而令我骑马牵羊，则思之再三，终不能得其所以。但彼既有是言，又言非如是必罹危险，则其中必有正当之理由，吾不妨如言行事。

此时已三点一刻，余乃略事摒挡，至三点半，遂骑马牵羊而出。

羊项系一铃，每行一步，则铃声锵锵震耳。所以如是者，因吾平时每出探案，必坐马车，车既有人控御，吾乃得借车行之余暇，思索案情。今独自骑马而行，既恐因思索过甚而入睡，又恐羊落马后，见窃于偷儿，乃不得不用此铃，使兼有醒神、防贼之用也。

北行久之，行过杨树浦，地由繁华之市镇，一转而为乡村景色。举目一望，但见苍天如洗，作穹圆形。远远天地相接之处，村落离离，间以青葱之古树，与地上嫩草相映，一碧乃无涯涘。

顾马路已尽，易以羊肠曲径，马行其上，颇以为苦，然至此吾乃大悟，知彼求助于我之人，所以令我骑马而不乘车者，盖恐马车至此，已不能前，非马无以代步也。

然转瞬间，余无意中偶一回顾，而马后之羊，已不知所往，手中但余一绳，然铃声仍锵锵然，随马蹄"得得"之声以俱响。

余大奇，下马视之，则羊已被窃，而铃则移系于马尾之上也。余乃大窘，自责不应疏忽，若是致丧吾羊。

正懊丧间，有村儿三人，科头跣足，鼻涕长垂，自后跳跃讴歌而至。

一见余，即有一儿呼曰："阿狗、阿福，速看此洋人作怪，人家悬铃于马项，此人独悬于马尾，可见洋人必从肛门中吃饭也！"

其旁一儿名阿狗者，立以手卷其口曰："金生，汝奈何不畏死，敢开罪于洋先生而称之为'洋鬼子'邪？"

阿福亦曰："狗哥之言是，吾闻嬷嬷言，本国人尽可欺，尽可侮，若得罪外国人者，死无日矣！"

金生方欲置辩，余即曰："阿狗、阿福、金生，汝等曾见吾羊否？"

阿狗曰："乡下羊甚多，汝羊上又未写字，谁能辨得孰是汝羊？"

阿福曰："吾侪来时，似见一人，手牵一羊，向南疾走，不知是否？"

余急问曰："羊何色？"

曰："白色。"

曰："是矣！阿福，尔度此牵羊之人，此时已抵何处?"

阿福曰:"至多不出半里。"

余即自袋中出小银币三,分予三人,曰:"汝等代我守马,此马已老,不能疾走,吾自往追之,果追得吾羊者,当各加给小洋一角。"

三村儿大喜。

吾亟返奔,循原路以觅羊,直至杨树浦桥,而羊终不见。出表视之,则已四点半钟,势不能再追,只得折回。及抵下马处,则三村儿已不见,吾马又失矣。

吾恨极,顿足狂骂,冀村儿闻声,惧而返我之马。乃呼唤良久,卒无应者,不得已,徒步而前。

行百十数步,忽闻嘤嘤哭声,出自路旁。余回目视之,见路旁有一井,一少年类商店学徒者,方伏井栏而哭,声极哀惨。

余敛足问之曰:"少年人,尔何事而哭?"

少年昂首视余,泪沈被面,呜咽曰:"先生,救余一命!"

余曰:"尔命尚活,何事需救?"

少年曰:"吾虽活,不救则死耳!吾为钱店学徒,今日往乡收账,综计所得,可五百余金,尽纳一皮包中。归途行至此,便急,置皮包于此井栏之上,思解裤以泄,乃置之不慎,一脱手而'扑通'一声,皮包已坠入井底。虽井不甚深,井中之水,亦不过尺许,而吾不擅入井之技,不敢捞取,故急极而哭。果此皮包终不能捞得者，吾既无面目以见店东，亦惟有投井以死耳！嗟夫！先生，尔苟能救我一命，不特吾感激殊恩，愿分百金以为君寿，即吾父吾母，以至于吾祖吾宗，亦必永永铭感也。"

余曰："可！吾为汝捞之。此时尚未及五点，去吾治正事之时可一点余钟。吾当于二十分钟之内，为汝毕此事。"因去外衣及硬领、鞋裤之属，而以背带裤带，与吾手中所余羊绳之一段，联接之，令少年縋吾下井。

及抵井底，余方屈躬就水中扪索皮包，而少年忽以绳端系于井栏之上，攫吾衣服，大笑疾走而去。

吾心知受愚，力即缘绳而上，则少年已杳不知所之矣。

嗟夫！华生，吾向来探案亦间有失败，然终未有一点钟之内，连续失败三次如今日者。而且当兹春寒料峭之天，衣履尽失，所余但有单薄之衬衫。吾虽血热如沸，以救人利物为怀，而寒气直迫吾身，亦遂使吾有"行不得也哥哥"之叹。然而时既促迫，去家复远，吾前，固当冒寒以行，吾归，亦宁能于俄顷间置备衣履？冒寒一也，计不如前。

意既决，遂前，行里许，果抵王家村。村不甚大，但有人家三五，窭人居之。村之北隅，一破庙矗立，庙前二十步外，适有矮树一丛。

吾以此时仅五点二十分，去六点尚有四十分。而此庙中之内容何若，吾尚茫无所知，苟贸然徒手以入，万一奸徒众多，势必无幸，因隐身于此矮树丛中，以枝叶自蔽，借窥庙中情况，俟得有把握，然后着手。

俟久之，即见无赖少年五六人，自内嬉笑而出。

其一人状最秽鄙，面目最凶恶者，先破吻作狞笑曰："今日之事得手矣。限彼六点钟，苟至六点钟而犹不肯明告者，且看吾曹手段如何！"

又一人面白，短发鬖鬖，覆其后颈，衣皮领大衣，口嚼雪茄，笑曰："老大之言是。今姑往村店中喝酒去，俟酒醉归来，再行……"

言至此，又一戴便帽、着短衣者曰："趣低声言之，独不惧隔墙有耳邪？且今留老五守俟于此，老五性戆，又好睡，弟兄们亦虑其误事否？"

老大曰："否！必不误事！试思彼既见缚，又有老五守之，讵能有变？"

数人且说且走，至此语声已远，不能复辨。

余于庙中情况，亦已探知一二，因立自矮树丛中趋出，竟入庙门。

门内一肥臜之人，阻吾曰："若来何事？不惧死邪？"

余知其人为老五，戆而好睡，立出巨声叱之曰："狗！若辈干得好事！今当捉将官里去矣！"

老五一闻是言，果骇而思遁。余急捉其臂，推之仆地，取庙门一，压诸其身，语之曰："汝其速睡，睡则不罪汝，不睡者，吾手枪可立贯汝胸也。"

老五果慑服不敢动，未三分钟，"呼呼"之鼾声，已出自庙门之下矣。

于是吾大喜，径入，见佛殿之前，柱上缚一人，为状至堪悯恻，见余至，熟视有顷，即曰："君为福尔摩斯先生否？"

余曰："然！君即求救于鄙人者否？"

曰："微君来，吾命尽今夕矣。君诚吾之第二天也。"

余乃释其缚使下，且问其何以见窘于此。

其人曰："此事言之甚长，非一二小时能尽。今当亟图逃命，只能述其梗概。吾姓李，所居在李家村，去此不过十里。家中薄有资产，于一乡中称素丰。自吾祖至吾，均以珠宝为业，除上海、北京、汉口三处，各设一珠宝店而外，家中所藏珠宝，亦复不资。凡最贵重之物，置之繁熟之区，易招匪徒注意者，吾必移藏家中，至有主顾时，归家取之，如是者盖已历有年所矣。三日前，余在上海肆中，忽来一英国贵妇，声言愿出现金百万，收买上海全埠中最贵重之珠玉钻石，嘱吾尽出所藏，听其自择。吾以肆中所有者，都系次品，上品咸在家中，允其次日送至彼旅邸中备选，己则立即归家，尽去数十年来精选之物，分二箱盛之，箱外笼以火油之箱，俾见者不辨其为珍宝。综计所值，其数盖在五十万金以上也。"

言至此，余恐恶徒掩至，众寡不敌，即曰："汝可简约言之，不必如此详尽。"

其人乃曰："吾生于贫贱，幼有劳苦。昨日之晨，吾自负两箱，行至此间，拟入内少息。而回顾后方二三十步外，乃有无赖多人，方窃窃私议，意似延涎吾箱中之物。吾乃大窘，恐一落彼辈之手，不特吾五十万金之珍宝不能自保，即吾一条小性命，亦在不能复活之列，因趋入庙中，置二箱于妥密之处，意图窜逸。而布置甫完，诸无赖已一哄而进，执吾而缚之，坚叩宝藏何所，余不答，则一面就庙中寻觅，一面出严词威迫，谓苟不明告，必置吾死地。吾游移再四，乘间作函告君，乃能遇救，然君苟迟一刻至此者，吾命殆矣！"

余曰："幸不辱命！今为时已促，惟有速遁，方可自保，尔宝物究藏何处？速往起之。"

其人曰："尔马尔羊，亦带来否？"

余曰："惜已于中途失去，今惟有一人两手矣。不知亦有需用马羊之必要否？"

曰："吾所以嘱君带马者，恐君力难任重，不能负此两箱耳。"

余曰："否！小子颇有膂力，即两箱重至百斤，吾亦能负之以行。需羊又如何？"

其人曰："华生笔记中，不尝有《蓝宝石》①及《剖腹藏珠》②二事（见《全集》第九、第三十三两案）

---

① 第九案《蓝宝石》，常觉、小蝶合译，载《福尔摩斯侦探案全集》第四册，今通译作《蓝宝石案》。
② 第三十三案《剖腹藏珠》，常觉、天虚我生译，载《福尔摩斯侦探案全集》第九册，今通译作《六座拿破仑半身像》。

邪？今之羊，亦即昔之鹅与拿破仑像耳。"

余曰："吾辈不为狗盗，安所用此？"

其人曰："为审慎计，不得不尔。盖吾有一珠，为希世之珍，值三十万。吾视之较箱中之物尤重，拟置之羊腹之中，则足下携箱逃遁时，箱即见劫，珠犹可保。此因箱中物仅值二十万，益之以珠，始值五十万也。"

余曰："马羊之用，仅止此邪？今无马羊，吾亦能任其事。今趣告我以宝箱之所在，且以珠授我，我愿以一生之名誉为保证，为君慎护各物，百无一失。"

其人乃至屋角瓦砾堆中，检出一纸包，解包，出一白色巨珠授我曰："此即价值三十万者。君可含诸口中，则不幸见窘于无赖，亦必无恙。若藏诸身间，则一经搜检，珠落奸徒手矣。"

余如言，依含橄榄之式，含诸口中。

其人又言曰："吾胆甚怯，恐奸徒即来，今遁矣。宝箱在屋后涠中，汝速往捞之，明日当至贵公馆中奉谒也。"

嗟夫！华生，吾为侦探数十年，巨细案件，所办奚止数百，而此掏涠之事，吾有生以来，实以此为破题儿第一遭。

当吾着手掏之之时，其臭味之恶，直足令吾呕死，而吾以此案预约之酬金，有五十万之多，大利所在，不特不以为臭，且以为甚香。足下研究哲理，当知金钱一物，有改变香臭之能力，乃世界一种不可移易之社会的哲理也。

宝箱既得，余恐无赖辈踪至，立即以左右手分携之，疾走而逃。行有时，抵杨树浦桥，自念已入安境，有巡捕可资保护，始徐徐而行。

乃不及一里，即见巡捕二人，自余对面荷枪垒息而来，见余不作一语，遽扯吾肘，捉吾领，用洋铐械吾手，拥吾至巡捕房中。

吾大愕不解，而堂上高坐之三道头巡捕，复高声叱我曰："恶贼！汝胆敢攫取福公馆之宝物邪？今已被擒，知罪否？"

余曰："小子保护他人耳，何尝攫人之物？"言时，因口中含珠，声音不清。

三道头问曰："汝口中尚有何物？"

余曰："并无他物，一橄榄耳。"

三道头不疑，余乃曰："所谓福公馆者，果谁氏之公馆邪？"

三道头曰："大侦探福尔摩斯老爷之公馆耳！"

余曰："吚！汝岂不识乃翁？乃翁即福尔摩斯。"

三道头曰："观汝不着外衣，而两手各携一粪秽之箱，直外国小流氓耳！乃敢冒充福老爷邪？"

余方欲置辩，适又有一三道头，自外而入，向吾谛视有顷，即曰："密司脱歇洛克·福尔摩斯，君何以在此？"

余视之，老友莱斯屈莱特①之高足也，即与点首

---

① 莱斯屈莱特即雷斯垂德（Lestrade），苏格兰场的探长。

为礼。

堂上之三道头,亦遂改容相向,称吾为密司脱,且问:"何以狼狈至此?"

余告以故,相与启宝箱观之,则其中悉系瓦砾。又以口中所含珠,微有苦味,取出视之,乃一广东腊丸。丸上有一细孔,黑色之液,方自孔中外流。察之,巴豆油也。

余方气极而叫,忽觉腹中暴痛,"蒲芦"一声,木樨液①既满渍裤中。

于是两三道头前曰:"福先生病矣,速送之归。"遂为吾雇一车,送余归。归后又大泄三次,始能安枕。

明日,密司脱赵来,问余曰:"外出探案,成败如何?"

余气极不答,密司脱赵乃笑曰:"先生何讳莫如深?昨日之事,余无不知之,且无一非吾与同学三五人为之,先生可……"

言未已,余怒而跃起曰:"汝耶?汝何以侮弄老夫?"

密司脱赵曰:"无他,因先生昨日有抚髀之叹,谓吾国无出人头地之人,小子不学,颇愿以'调皮大王'

---

① 此处"木樨液"疑似"木樨液"之误。樨(zhì)为"稚"的异体字,而木樨(xī)则有"经过烹调的打碎的鸡蛋"之意,故"木樨液"则可理解为鸡蛋液,而从形态和颜色上看,在原文中被作者用来比喻福尔摩斯误食巴豆油后的排泄物。

自居，为吾国人士一雪此耻也。"

余气稍平，不禁失笑曰："善哉！布置何完密乃尔？且盗羊之人可为也，偷马小儿可为也，井边痛哭之学徒可为也，流氓可为也，阿憨老五可为也，庙中被缚之密司忐李可为也。独巡捕何以能受汝命，则吾不能索解其故。"

密司脱赵曰："布置何尝完密？特君自梦梦，心切于五十万之酬金，而转令探索事理之能力，消绝尽净耳。试思人既被缚，乌能作书报君？老五纵愚，见汝排闼直入，亦岂肯缄默勿动？且密司脱李身携五十万金之资财，而只身独行，亦岂事理所应有？至于巡捕捕汝，不过打一电话之能力，假冒称福公馆之名义，示以足下之形态，令捕房中派急捕捕之，初未有若何之魔术也。"

余聆至此，乃不禁长叹，谓金钱之力，洵足抹杀一切事理，汩没一切性灵也。

华生老友，尔其为我记之，用志吾过。吾虽失败，犹甚愿世人尽知我老福为一老实君子，不愿自文其过也。

歇洛克·福尔摩斯　顿首

（原刊于《中华小说界》第二卷第二期、第三卷第四期、第三卷第五期，1915年2月1日、1916年4月1日、1916年5月1日，标"滑稽小说"，署名"半侬"。）

附：
刘半农的"福尔摩斯大失败"
麻鲁蚁

据说刘半农于廿五年前曾写过侦探小说，这就连半农朋友知道的也很少。我翻开十年前一篇叫作《谈侦探小说》的短文，其中有："刘半农（复）于十五年前，凄返沪滨，煮字疗饥。《中华小说月刊》（中华书局出版）尝列其稿，题为《福尔摩斯之大失败》，写福尔摩斯欲来沪骄人，讵不谙上海情形，处处碰钉。全文长约文言，充满幽默笔调，突梯滑稽，读之令人喷饭。"

可惜《中华小说》如今已不易得，不然，书贾们又大可以赚一笔钱，至少，《福尔摩斯大失败》这书名，就已很引人入胜了。

（摘自《旧文坛逸话（六）》，原刊于《新亚》第十卷第四、五期合刊，1944年5月1日。）

一 万①

涤 烦②

话说福尔摩斯一口气跑回事务所中,推门进去,见新来的那个仆人阿木林坐在一张沙发上,口中吸着一支派律脱香烟,神情甚是得意。

福尔摩斯见他那种形状,又好气,又好笑。

阿木林突然见福尔摩斯走进来,吓了一跳,连忙站起身

---

① 在《一万》之前,涤烦所著"滑稽侦探"系列尚有第一、二两案,分别为《勃郎林》和《金刚石》。据樽本照雄所编《清末民初小说目录》(第14b版),"勃郎林""金刚石"词条均标"涤烦译",两词条出处均为魏绍昌主编的《中国近代文学大系·史料索引集二》(上海书店1996年版,第255页)"大世界"词条中"涤烦译的福尔摩斯系列侦探小说《勃郎林》《金刚石》等"一语。但该系列第四案《卡片》开篇则有"话说大侦探福尔摩斯,自从'勃郎林''金刚石''一万'这三件案子失败之后"语,于是合理推测《勃郎林》《金刚石》两篇,也应为涤烦撰写的福尔摩斯仿作。因目前《大世界》报纸史料不全,暂未见原文献,故两篇究是福尔摩斯汉译作品,还是涤烦仿作,尚未有定论。

② 逸民《失子》(《大世界》,1919年4月12日—4月21日)一篇小说中,曾拟福尔摩斯的口吻"我因为被一个马涤烦,披露了我的失败史,名誉一落千丈",其中指的即是这一系列小说。由此可知,"涤烦"全名应为"马涤烦"。

来，拖着手，必恭必敬的退出室去。

福尔摩斯见他那种卑鄙行为，几乎又要笑将出来，暗想："怪不得人家说中国人大半无用，原来尽是些奴颜婢膝的东西，拍马屁却是他们天字第一号的手段。"一璧想，一璧倒身坐到那张沙发上去，随手在衣袋内，掏出他那终日不离的雪茄烟，划了一根火柴，闭着眼大吸起来，吸了一会，复低下头去，"细想想'金刚石'这件案子，我何以又弄到这般失败？真是岂有此理！幸亏我逃得快，不然这诬控的罪名，可也担不了呢！"心中愈思愈气，"想到从前首在外国所办的案件，那一件不是立着奇功，就是法国赫赫有名的剧贼亚森·罗苹也曾失败在我手内，不图小小中国一个秦凯新，我这福尔摩斯竟倒翻在他手中，真是令人气沮！"

想到此处，坐立不安，恰巧背时的阿木林推门进内，福尔摩斯抬起头来，看他那种三分不像人、七分倒像鬼的样子，气得发昏章第十一，遂操着不三不四的中国话骂道："混张东西！我没有喊你，你跑进来做甚？该死的奴才，还不替我滚了出去！"

阿木林见福尔摩斯动气，吓得站在衣架旁边，索索的抖个不住，好似触了电气一般，几乎把那个衣架倒将下来。

福尔摩斯愈看愈气，好比火上加油，伸手就是一记耳光，打得阿木林嘴上，鲜血直喷，赶紧将手获着两腮，连"啊哟"两字都不敢喊，慢吞吞的挨身出外。

福尔摩斯等他去后，伸手将写字台的抽屉，拉开看看，今天可有什么案子，送来委托他侦探没有，详细搜了一顿，并没有什么信件放在里面，不由的抽了一口冷气，暗想："我自从到了中国，简直没有一件案子，出过风头，总是一败涂地，我那全球哄动、赫赫有名的'福尔摩斯'四个大字，竟不知不觉，要消灭得无影无踪了。凭你如何，我总要将失败的名誉，竭力恢复过来，方出心头这口闷气！"想毕，遂将写字台上叫人铃一按。

外面阿木林听见，急忙推门进来，两手一垂，站在旁边，听他主人如何分付。

福尔摩斯动问他道："晚餐预备好了没有？"

阿木林答道："尚未预备。"

这句话甫出口，气得福尔摩斯几根黄胡子直跷，兜头又是一顿臭骂，骂的阿木林闭口无言，两眼望着写字台发愣，好似庙中木偶一般。

少停，福尔摩斯恶狠狠的对阿木林道："请问你到我这里来，担负的是什么职务？做的是什么事情？何以这个时候，连晚餐还没有预备？我看你狠是舒服，终日一点事都没有，我不懂你到底忙着什么，快快详细答我，否则替我滚了出去。我这个事务所，用不着你这等样人，还是回到家中去享福。"言毕，怒气冲冲的两眼盯住着阿木林，等他回答，以便作最后之解决。

阿木林见福尔摩斯又动了气，不由大吃一惊，抖抖的说道："小的见密司忒今天一早出去，心想午餐必定是要回来吃的，所以已经预备多时，等了好半天，不见密司忒回家，看看所预备的午餐，没有人吃，不得已拿了出去，给那门口蹩三吃了。料想密司忒必定是有什么紧要案件，在外面耽搁，所以连午餐都没回来，因此晚餐索性也就不预备了，恐怕密司忒已经在外面用过，不是又白白的糟掉东西吗？况且这时候已有九句多钟，晚餐时间，已经过了。既然密司忒真个尚没有用，不妨等小的赶紧整备起来。密司忒意下如何？"

阿木林这席话勉强说完，那额上的汗珠，已是有蚕豆般大小，淌了下来。上下牙齿，只管在那里厮打。

福尔摩斯听阿木林如此回答，所说的话，内含讥讽，不由火往上冒，面孔气的铁青，一言不发，拉开抽屉，将支票簿子取出，写了一张支票，递与阿木林道："我这里用不着你，请你另行高就去罢！限五分钟离开我的事务所。"说毕，气冲冲站起身来，头也不回，径自走进内室而去。

阿木林见福尔摩斯忽然辞退他的生意，又给了他一张支票，这一惊非同小可，不由泪痕满面，无精打采的，跟着福尔摩斯，走入内室，想哀求他不要辞歇。

不料福尔摩斯走入内室之后，"咕冬"一声，将内室洋门一关，再也不走出来。

阿木林站在外面，不得进去，知道他已经决绝，遂哭丧脸，拿了支票，往外走去，将自己行李衣裳，打了一个包袱，向肩上一背，懒洋洋的一步一步走出事务所，寻别的生意而去。

隔了约摸有一个钟头，福尔摩斯方才由里面走了出来，见阿木林已去，想想自己晚餐未吃，肚中五脏神在那里闹得不亦乐乎，没奈何到外面大餐馆去，饱饱的吃了一餐，回家闷昏昏的睡觉。

第二天的早上,福尔摩斯刚才起身,即看见有一封信,放在那张写字台上,急忙伸手拿在手中,拆开一看,只见上面写道:

福尔摩斯先生大鉴:

敝处近忽接恐吓信一封,讹诈之数,骇人闻听。夙仰先生神术,能否为吾侦探一切?吾等商人,能有几许金钱,供彼辈无穷欲壑耶?余开设"屈广兴象牙铺",资本仅与彼所要求之数相等,倘或彼欲如愿以偿,余一生之经营,将尽化乌有矣!先生果不吾遐弃,乞即辱临,余当扫径以待,酬金几何唯命。余不多白,鹄候面晤!

十字街,六百〇六号门牌,屈辩之启

福尔摩斯将信看完,心中一喜,暗想:"又有生意来了,但是此次出手侦探,切不可像先前两回,冒昧从事,闹成笑柄,遭人物议,必须要细心侦察,挽回以前的失败,将这案侦他一个水落石出,方不辜负我这'福尔摩斯'四个字的名誉。若是再要失败,我这名誉从此扫地,还是赶紧束装回国,不必再在中国屡次出丑,以致弄得无人请教。那时面子上过不下去,且要受人耻笑。"想毕,遂披了大衣,携着手杖,径自到十字街,屈广兴象牙铺,去会这位屈辩之先生,调查那一封恐吓信,究竟要讹诈多少,乃是何人所发,以便着手侦探。

到了六百〇六号门牌的门首,抬头一看,果然是一家象牙铺,招牌上写着"屈广兴"三个大字。

里头陈设着许多象牙器,还有些小方块的象牙,却用红木盒子装着,放在玻璃小厨之内。又有些小木头盒子,放着六颗浑圆象牙的小东西,上面一点一点,有红的,也有黑的,却不知他作何用处。

福尔摩斯看了,甚是不解,暗想:"我且不必管他,见了那屈辩之再说。"

此时,里面柜上出来一个学徒,拦住福尔摩斯去路问道:"请问洋先生到此找什么人?"

福尔摩斯正一团高兴的跑进来,忽然遇着个人拦他去路,心中倒吓了一跳,及至听见问他找什么人,方才明白,连忙伸手在衣袋内,掏出一张名刺递与那个学徒道:"找你们这里主任屈辩之先生,他有信请我来的。"

那学徒听见来找老板,那敢怠慢,连忙将名片接在手中,复对福尔摩斯说了一声"请里面坐",便如飞的进内报告。

这时福尔摩斯,已走入里面坐下,随手把雪茄烟掏出来,划了一根燐寸,将烟燃着,呼呼的吸个不住,一个人静悄悄的,坐在会客室内,等候那位屈辩之先生。

隔了半天,那位屈先生方才大摇大摆的走了出来,身穿品蓝大团花摹本缎老羊皮袍子、天青缎子大襟马褂,铜钮扣上挂一个硕大无朋的眼镜盒,鼻上高架着一付头号大墨晶眼镜，头上带着一顶方顶缎帽，一个大红丝线结子非常的惹人注目，脚下穿着是一双黄色缎子云头毛布底鞋，老布的袜子绉得不成样儿。一望而知是一位极古板、极不识时务的人物。

再说这位屈辩之，走到福尔摩斯面前，将那副墨晶眼镜除下，两手一举，对着他深深一揖。

福尔摩斯还礼不迭，抬头看见那种怪相，几乎笑将出来。

少停，彼此坐下。寒暄已毕，福尔摩斯开口问道："请问老先生，写信邀鄙人到府，不知是一件什么讹诈案件，要委鄙人侦探？请老先生子细说明白了，我便可以着手办去。"

屈辩之道："是的，密司忒所问的话不错，让我告诉你听。我在此处开了所象牙铺，基本金不甚充足，加之近来欧战影响，象牙分外腾贵，所以生意一年不如一年，连开销尚且不能敷衍，真是难以支持。不料昨天早上，忽然由邮局递来一函。我拆开看了，魂不附体。原来是一封讹诈金钱的特别恐吓信儿，这封信现今还在我的身边。"说着，从衣袋内掏了出来，递与福尔摩斯，说道："请大侦探子细一看，便可以知道这件案子的内容了。"

福尔摩斯急忙将信接在手中，抽出一看，见一张外国纸上写道：

屈辩之老先生伟鉴：

兹启者，敝处明日将有所举动，项间详细默算，尚缺一万。今特驰函,恳请老先生将一万暂假一用,容日奉赵不误。余书此函,似嫌突兀,殊不知此一万实有紧急之用,想老先生必不推诿。如蒙俯允,请于六小时之内,送至敝处应急,是为至幸。倘或置之不理,将来君之后悔迟矣。然乎否乎?君其三思!

秦凯新白

福尔摩斯将信看完,不觉心中大吃一惊,暗想:"这封恐吓信署名的秦凯新,不是和我作梗的那个人吗?他何以做出这种事情?难道不晓得是犯法呵?是了,我看此人近来举动,甚是阔绰,原来竟是吓诈党中的一分子。怪不得他家中的陈设,那种奢华,却原来都是丧心尽天良,敲诈来的。这种人面兽心的东西,我若不去切实办他一办,他怎晓得我的手段利害?"想毕,遂对屈辩之道:"这件事的内容,我已明白。现今这一封信,请交给我带去,让我替你出去侦查,包管你后来没有什么危险。不过此事根究起来,狠是掣肘,一切用费颇繁,大约至少必需费五百元洋钱左右,不知你老先生意下怎样?"言毕,目不转睛的对着辩之,仿佛等他一言为定。

屈辩之此时已明白他说话的用意,连声答道:"遵命遵命!五百元就是五百元!但今天要先取多少?"

福尔摩斯知道要求的数目,已达目的,因随口答道:"今天先取二百元试办费,下余三百元,等我替你将这封恐吓信取消之后再找,你看如何?"

屈辩之答了一声"可以",随命仆人到里面取出二百块白花花的洋钿,双手捧到福尔摩斯面前,说道:"此事必须借重密司忒大力。"

福尔摩斯答道:"这个自然,你老先生请放心。俗说'受人之托,必要忠人之事',何况我们做侦探的,这些事情原是当尽的职务,你老先生何必如此客气呢?"说着就接了二百块洋钱,拆开分作四包,向袋中一放,拿着呢帽、手仗,与屈辩之告别。

走出门来,细细一想:"这件案子,老实说不要费吹灰之力,就可以将这秦凯新,制他个伏伏贴贴。那时将他捉住,切实的要办他一办,方出了我昔日这口恶气!好在我这里证据凿凿,他还敢抵赖不成?我若是件案子大功告成,一来可以恢复屡次失败的名誉,二来可以使秦凯新知道我的手段,与寻常的侦探不同。为今之计,且去会秦凯新,将这封信先给他看,然后如此如此,庶几迅雷不及掩耳,才是正当办法。"主意已定,得意洋洋,一直对住那八马路而去,找到第一号门牌,随手将电铃按动。

少停,有个仆人开门出来,一眼看见,开口问道:"密司忒可就是英国大侦探福尔摩斯吗?"

福尔摩斯听得叫他名字,甚是纳闷,暗道:"此人何以识我?难道我面上挂着招牌不成?"因急定睛一看,原来仍是前次见过的那个仆人,所以认得。

福尔摩斯心中方定,答道:"是的,我就是福尔摩斯。你家少爷秦凯新在家吗?"

那仆人听见,说是来找他少爷,不敢怠慢,连忙答了一声:"在家!请密司忒到东面会客厅稍坐,待小的进去通报。"说罢便如飞似的跑了进去。

这时福尔摩斯已踏步进内,至东面的会客厅一看,只见厅中一切器具,都是红木制成,壁上正中间挂着一幅何维朴的山水中堂、两条清道人的对联,两傍挂的是四幅俞达夫花卉、四幅天台山农的字,皆是时下名流手笔。

福尔摩斯正在左右观看,只听见后面一阵脚步声响,走出两个人来,一个便是开门的那个仆人,一个却是大劲敌、神出鬼没的秦凯新。

秦凯新走至福尔摩斯面前,恶狠狠的说道:"密司忒福尔摩斯,今日来到敝寓,请问有何见教?敢是我又犯了什么罪案不成?"

秦凯新说此话,本来是带着讥讽福尔摩斯的意思,福尔摩斯会错了意,以为他已经晓得自己所犯的罪,怪不得见了我心虚,因冷冷的答道:"自己做的事情,难不成不知道,还要我说一遍吗?但此事还是官罢,还是私和,在我看还是私和为妙,省得弄到巡捕房去,那时你的面子,反为不美。不过若是私和,只少须要五千银子,才可以将这件案取消;倘是官罢,银子自然用不着这许多,你的人却要吃大亏了,西牢里说不定坐三年五年,不足为奇。我与你是至交,所以赶紧来通一个信,倘若这件案子,落在别人手里,怕不立刻就将你捉到捕房,先给个下马威,请你尝尝西牢滋味。等你延请律师到公堂去辩护,那时已是来不及了。你想我讲的话,可对不对?"说毕,两眼紧紧盯住着他,看他面色如何。

谁知秦凯新听他把话说完,恰似丈二的金刚,摸不着他头脑,连忙问道:"密司忒福尔摩斯,你在这里说些什么?我一些儿也不懂。怎么叫做官罢、私休?你莫非在那里说着梦话?"

福尔摩斯听见他不肯承认,不由冷笑一声,答道:"我倒不是说甚梦话,你才在那里做梦呢!劝你不要装痴做呆,快些将这件事直认了罢!省得两方面弄得不好看,那时你懊悔无及。我与你相交在先,在此略等一会,并不要紧。"

秦凯新仍是没头没脑,不知他说些什么,心中急了,遂紧紧的追问福尔摩斯,到底是怎么会事,请他爽爽快快的直说。

福尔摩斯见他如此,疑心秦凯新有意和他捣蛋,遂将衣袋中那封恐吓信,掏了出来,向茶几上一摔,道:"你看这封信就知道了,不要在此假作痴呆,累我破着工夫久等。"

秦凯新听他说有一封信,心中更加没头没脑,急急将信抽出一看,看完了默默无言。

只听福尔摩斯又高声说道:"你写这封信的原因,我已一齐明白,让我说给你听。你分明是一个乱党,打算起意举事,扰乱治安,只因细细一算,款子尚不敷用,至少要缺一万块钱。所以你写这封信,给屈辩之,向他吓诈,限他六小时内,送一万块钱到你这里来,又恐怕他不肯答应,所以说'倘或置之不理,那时君之后悔已迟',想必是要请他吃卫生丸了。你的胆子真是不小!屈辩之自从接到你这一封信，心中焦急万分，遂连忙写信给我，叫我替他设法侦探此案。我晓得你的住址，因此一口答应下来，今日特来访你。依我看，这件案子还是私休为妙呢！"说毕，两眼仍望着秦凯新，看他怎样。

凯新听福尔摩斯说了这一大篇话，心中不禁暗暗好笑，想道："哦……原来是为这一封信，我疑心是什么一件大不了的事情。"心中愈想愈觉好笑，不由不顿时笑出声来。

这一笑不打紧，反将福尔摩斯笑得没有主意，暗中好不纳闷，心想："秦凯新毫不着急，还在那里好笑，这是什么道理？难道我转错念头讲错说话不成？"

秦凯新笑了一会，勉强止住，对福尔摩斯说道："密司忒福尔摩斯，真不愧是一个英国大侦探，这件事竟被你料得如亲见一般，正所谓'明察秋毫'，佩服佩服！这件事的始终，还是让我来详详细细，说给密司忒听。不过密司忒听完之后，千万不可动怒！"

福尔摩斯答道："什么动怒不动怒？现在证据确凿，你怎敢还想抵赖？"

秦凯新说道："我并不抵赖，不过这件事我不说出来，谅密司忒一辈子不会明白。我这封信上写的'明日将有所举动'，乃是明日我这里要大宴宾客。宴客必定先叉麻雀，因此我将麻雀牌拿出来擦擦。一副牌本来是一百三十六张，擦完之后，一点数少了一张。再将那些牌配起来一看，始知少的是一张'一万'。这副牌乃在屈广兴买来的，我看少了那张'一万'，明天不是叉不成了吗？若到别人家去添配，恐怕不能同样，所以写信给屈辩之，借他别副牌里的'一万'，暂用一用。限他六小时内送来，又怕他置之不理，故说得分外利害，好让他赶紧交下。我写信就是这个用意，并没有含着什么吓诈意思。密司忒若不相信，这副牌现今还在里面，我可命人拿出来给你瞧看。"说着就叫仆人取出一副牌来。

秦凯新东配西配，配了好半天，指与福尔摩斯细看，果然是少一张"一万"。

秦凯新等他看过，又命仆人装起，复对福尔摩斯说道："我这封信，写来本是有些荒唐，此乃我的不是，但我不懂那屈辩之，何以竟一些看不出是问他借牌，居然疑我是吓诈他一万洋钱。老实说我的家私，比他多上十倍，一万洋钱，岂在我的眼内？我若真是个吓诈党，何不到有钱的人家吓诈，却偏偏要吓诈这一个象牙铺呢？若说屈辩之他本是一个蠢如鹿豕的东西，这封信看不出来，难道料事如神的密司忒福尔摩斯，你也一些瞧不出吗？这真是可笑极了！"说毕，又是一阵哈哈大笑，几乎连眼睛都合不拢来。

福尔摩斯听他批驳这一席话，说得有情有理，丝毫不错，脸上不禁红一阵白一阵，只气得闭口无言，两眼睁得如铜铃一般，大声叫道："气死我了！中国的案件，竟出得这样离奇古怪吗？"说毕，气冲冲的拿起信来，向怀中袋内一放，也不向秦凯新告别，便垂头丧气的出外。

回到事务所内，命仆人将二百洋钱，送还屈辩之去，并写了一封信，略谓：顷间所委侦查之案，鄙人现因他种要案羁身，不克效劳，所取尊处之二百元，兹特奉还，请祈查收，不情之罪，诸希原谅！

福尔摩斯自从这件案子又遭失败，心灰意冷，闭门不出，所有外面送来请他侦探的案件，一概权时谢绝，打算在家中休息数星期，等外面他失败的风潮，稍为平静，再行重整旗鼓，另图恢复名誉。

诸君欲知他以后再探什么案件，且等几天，看在下所述的"滑稽侦探之四"。

（连载于《大世界》，1918年2月25日—3月16日，标"滑稽侦探之三"，署名"涤烦戏笔"。）

卡 片

涤 烦

（一）窃案之发现

话说大侦探福尔摩斯，自从"勃郎林""金刚石""一万"这三件案子失败之后，一个人闷坐事务所中，心灰意冷，足足有一个多月，没有出外，思前想后却真是实在难受。

有一天恰巧是星期日，福尔摩斯想："尽管闷坐在家，不是个事，况且一个钱坐不出来。近来的开支费，渐渐有些撑持不住。昨天还剩有五块墨西哥，总算捱过一天下来；今天的钱，尚无着哩！"不由不愈想愈气，恨不得立时束装返国，又无奈身边没有分文，这旅费从那里想法？后来眉头一皱，计上心来。

他屈指一算，冬季里的西装，尚还多着一套，不如送到押铺里去，押他二三十块洋钱，又可以敷衍几天。主意一定，随即开了衣包，取出那一套最华丽的冬季衣服，拿外国报纸包好，得意洋洋的走出事务所来。

福尔摩斯沿路行去，找到一家小押铺，走进去将这套西衣，向柜台上一放。

店伙见是生意经来了,且又是外国人,连忙拍着马屁,说出一句不三不四的英国话道:"顾特阿夫脱露恩。"

福尔摩斯睬都没有睬他,那店伙讨了一个没趣,并不怕难为情,又堆下笑脸来说中国话道:"请问洋先生,这套衣服,要押多少洋钱?"

福尔摩斯冷冷的答道:"三十块。"

那店伙将西衣拿在手中,细细的看了半天,方才回了一声"太贵",并说最多只能押十五块。后经彼此说来说去,讲定二十块洋钱,始将这笔交易做成。

福尔摩斯拿了这二十块洋钱,跑出门口,心想:"我今天午餐尚没有下肚,何不先吃他一顿再说?"遂信步走进一家大餐馆,胡乱点了几样大菜。

那侍者答应一声,自去预备。

福尔摩斯又命侍者出去买了一张报栏,拿过来逐行细看,只见本埠新闻纸内,登着一件窃案新闻,标题为"一千元不翼而飞",下边的小字是:

> 本埠九马路五百号门牌蚀本银行,资本素来缺乏,营业范围极小,讵料昨午铁柜中,忽被人窃去英洋钞票一千元。详细察之,并无可疑之处。铁柜如常,锁亦未坏,显系熟手。现该行已报捕房查缉,并出有赏格。倘有人能破此案者,酬洋贰百元。储款以待,决不食言!诚侦探界之好机会云云。

福尔摩斯看完，不觉呆了，痴痴的想了半天，好似木偶一般，后来忽暗想："算了罢！我没有这样好运，消受那二百块钱，还是好好的吃我午餐。"遂狼吞虎嚼的饱吃了一顿，方才兴气勃勃，回事务所而去。

（二）卡片何来

福尔摩斯走到了事务所，推门进去，忽然看见有一个人，坐在他沙发椅上，口中吸着一支香烟，宛如预备等候什么人似的。

那人一眼见福尔摩斯进门，连忙站起身来，拱手说道："密司脱福尔摩斯，久仰了！"

福尔摩斯含笑答应了一声"岂敢"，遂彼此坐下，问那人道："请问先生贵姓？"

那人便掏了一张名片出来，福尔摩斯接过一看，名片上印着"童丑"两个大字。上面一行小字，是"蚀本银行司账员"；下面一行，是"九马路五百号门牌"。

福尔摩斯的脑筋何等灵敏，心中早已明白他的来意，因开口问道："童先生今日辱临敝事务所，敢是有什么案件，要委鄙人办吗？"

童丑连忙答道："正是！有一件案，要烦大侦探费些脑力，想大侦探必不致推却。"

福尔摩斯道："什么案呢？"

童丑道："敝行昨天失窃巨赃，铁柜铁锁，一概并没损坏。捕房已经报过，报章上本埠新闻，今天亦已刊载出来，谅大侦探早经见过，所以我特请子细侦查，酬金自然格外从丰。不过这案子出得很是离奇，那窃贼想来必是熟手，否则何以一点形迹没有？"

福尔摩斯听他说完，口中狂吸着雪茄烟，闭目默想了十五分钟光景，始开口道："这件事我已明白，但必须亲自到贵银行勘验一次，方可着手查办。"

童丑道："这个自然，请大侦探即刻同到敝行如何？"

福尔摩斯答称"可以"，说着就站起身来，跑进里面换了一套衣服，并取了些做侦探用的器具，遂与童丑一同出门而去。

不多一刻，走到九马路五百号蚀本银行门首，推门进去，迤逦至内账房。

到了铁柜柜前，童丑向福尔摩斯说道："这个铁柜，素来最是谨慎。前天晚上，结账之后，柜中尚存三千五百七十五块洋钱，内有一千，是本行的钞票。昨天早半天因没用银子，铁柜未开。下午二句钟时，开柜取款，现洋钱分毫未动，惟独那一千块钞票，已不翼而飞。我这一惊非同小可，连忙飞报捕房，一面严讯行中上下人等，众人都说不知。敝行的总理适因卧病在家，此事尚还不曾晓得，故此务请大侦探替我们查个水落石出，感恩不尽！"

福尔摩斯竖着耳朵，听他滔滔不断的把话说完，开口问道："我先问你，这铁柜上的钥匙，一共有几把呢？"

童丑答道："共有两把，一把在总理手内，一把由我经管。"说着就将钥匙掏了出来,递给福尔摩斯观看。

福尔摩斯将钥匙接来一看,那形状很为特别,并非平常钥匙可比,遂将铁柜门用匙一开,细细的勘验了半天,并无丝毫形迹,不由的倒抽了一口冷气,将铁柜门关了起来。又在铁柜的周围外面,侦查了好一刻儿,仍是破绽全无。后将身体伏在地下,用电筒对铁柜底内细照,不由失惊怪叫起来道:"咦!这是什么东西?"说着就拿手伸将进去,摸出一看,不觉大喜过望。

诸君你道是一件什么东西?却原来是一张七号卡片,上面印着"吴荣常"三个大字。

福尔摩斯看罢之后,暗想:"这不是一件证据吗?"忙向衣袋中间一放,回过头来,对童丑道:"这件案子,已有一线希望,说不定一星期内,可将主谋之人查出,先生请耐心等候是了。"

童丑听了,心花怒放,连声答道:"最好最好!"说罢就恭恭敬敬的作了个揖,将这位大侦探福尔摩斯,送出大门。

(三)公馆欤?盗窟欤?

福尔摩斯由蚀本银行出来之后,心中一想:"这案子叫我从何着手?虽然是有了一张名片的证据,试问上海若是之大,人口若是之众,这一个'吴荣常',到那里去找他?况且他或者竟不是窃洋之人,就是找着了也是枉然,那里能胡乱去捉人呢?倘或再有错误,岂不是又是一桩绝大笑话?为今之计，必须先到外面探听几日，等到稍有眉目，再行着手侦缉，方是正当办法。"主意一定，遂回到事务所安歇。

第二天的早上，福尔摩斯起身之后，拿着报纸，正想观看内容，忽然看见一条触目的广告，刊在封面，印着"不愧名称毛瑟"六个大字，底下的小字是：

> 兹启者，敝公司开设于十马路一号，营业素称发达，不意前晚九句钟，近邻奸商某某字号，纵火图赔，忽殃及敝公司，所有货物生财，悉付一炬。敝公司于去岁曾向毛瑟公司，投保有火险元一万五千两正，今既被焚，昨日蒙公司已将赔款如数送下，并无折扣，足征赔款迅速，信实无欺。用特登报，藉志谢忱。
>
> 　　　　　　　　　远旺公司主任吴荣常启

福尔摩斯将这条广告看毕，心中不禁大喜，暗想："这'吴荣常'，不是与我拾着那张卡片上名字相同吗？他的公司，既设在十马路，虽已被焚，左右近邻，想必晓得他公馆住处。现今只有先到十马路侦探他的公司，然后再到左右近邻那里，探听他住在什么地方，以便可以前去下手。这个极好机会，断断不可错过。"

到了下半天，福尔摩斯换了一套衣服，一个人得意洋洋的走到十马路，找至远旺公司门首一看，果然是已成灰烬。门前有几个带钢帽子救火的人，在那里拿着皮带灌那未灭的余火，还有两个印捕在马路中照料。

福尔摩斯便走进公司隔壁一家字号之内,问店伙道:"对不住,请问远旺公司主任'吴荣常',他的公馆住在什么地方?因为有点要事,与他接洽。"

那店伙是四川人,见福尔摩斯问他的话,一些不懂,只得糊里糊涂的连声回道:"我不晓得……"

福尔摩斯不懂他四川话,疑惑他是骂人,不由怒气填膺,伸出巨灵手掌,紧对着那店伙的脸上,就是一掌,说道:"我好好问你的话,你竟敢出口谩骂,真是岂有此理!"说着一连又是两下,打得那店伙两腮立时肿了起来,惊动了铺子里许多人,跑出来问是什么事情。

福尔摩斯说道:"我好好问他一个人的住址,他非但是不告诉我,并且出口骂人,诸位想该打不该打呢?"

众人见肇事的是一个外国人,不敢多事,俱一哄而散。有几个会拍马屁的,还说:"真是店伙不好!"

可怜那店伙有口难分,只得忍着痛垂头丧气,凭他们如何说法。

这时恰巧有个老者,分开众人,走上前来问道:"洋先生问的是什么人住址呢?"

福尔摩斯见是位高年之人,也就不敢冒昧,遂告诉他:"问的是远旺公司主任吴荣常的公馆,住在什么所在?我有事要去找他。"

那老者答道:"吴荣常吗?他的公馆住在七马路一万号门牌,门口有个铜牌,写着'吴公馆'三字,便是他的寓所。洋先生要去看他,还是赶紧为妙,稍迟恐他出外,不在家中了。"

福尔摩斯听那老者告诉明白,谢了一声,意兴勃勃的向七马路便走。

隔不多时,七马路已经到了,找了半天,才找到那一万号门牌。只见门前车马络绎,并且还有一个印捕,站在那里守卫。门口扎着个五彩花牌楼,并有一班军乐队,大声吹打。里面的笑语声,与叉麻雀声,与丝竹声,热闹得不亦乐乎。

福尔摩斯抬头一看,果然门外有一块铜牌子,上书"吴公馆"三个大字,心中暗想:"怪不得他家今天如此闹忙,原来偷了蚀本银行一千块洋钱,故而这样摆阔。我如今岂可疏忽,且在此处站着,等那吴荣常送客出来,先看看他的面目,到底是什么样人,再行着手侦探不迟。"

(四)伊何人伊何人

福尔摩斯主意既定,遂走到那吴公馆隔壁的烟纸店内,买了一支雪茄烟,又买一匣火柴,划了一根,将雪茄烟燃着,一面吸,一面走,兜到那吴公馆四围,细细侦探了半天,见那房屋华丽异常,内中灯烛辉煌,笙歌盈耳,热闹异常,大有公馆气概,暗想:"怪不得门口高挂着公馆牌子,谁知道竟是一个盗窟机关,真可谓人心难测!"

后一步步绕到吴公馆前门,此时雪茄烟已吸完了,因此又再买一支,狂吸不住,以便助着他的脑筋,一个人静悄悄的伏在墙脚下，等候吴荣常送客出外。

隔了半点钟的时候，见吴公馆里面，走出两个人来，一个穿西装的在前，一个穿中国装的在后，一路口说着话，步将出来。那穿中国装的，很是漂亮，袍子与马褂皆是哔叽的，手中还套着一个钻石戒指，泛头实在耀眼。

两个人走到门口，只见那穿西装的，将帽子一除，对着那穿中国装的鞠了个躬。那穿中国装的，弯着腰儿，拱了拱手，回身进去。

福尔摩斯看得清清楚楚，估量这穿中国装的，必定是吴荣常无疑，心中好不快活，得意洋洋的奔回事务所中，倒身坐在沙发之上，细想："今日虽然耽搁了好半天工夫，却不能算虚走一场，到底让我看见了吴荣常那人的面貌。且再侦探两天，弄着他的确凿证据，然后把他拿到捕房，请他尝尝这押所的滋味，他方晓得天下没有不破案的盗贼，不过迟早些儿罢了。"心中愈想愈快，不觉竟在那沙发上，呼呼睡熟，忽然已将吴荣常捕住，那酬金如数收到，各小说家已将他的失败名誉，恢复过来。他心中快乐无比，不由的哈哈大笑。这一笑不打紧，却把身子立时惊醒，睁眼一看，原来是南柯一梦。

再睡片时，东方已白，福尔摩斯起身后，吃了早餐，一个人又到七马路去。

方走到吴公馆门首，忽然看见有一个人从里面走将出来，形状很为匆促。从那背面看去，恰似昨天送客的吴荣常，因为走得太快，连面貌都看不清楚，心中好不诧异，急忙跟着那人跑去。

隔不多时，那人的衣袋中，忽然落了一张纸片下来，急忙拾起一看，原来是一张卡片，上面印着"吴荣常"三个大字。

抬头再看那人，早已不知所在，不觉吃了一惊。急再追赶向前，只见前面有一部汽车，飞驰而去，隐约吴荣常坐在里面。

福尔摩斯眼看着他走了，心中越疑："蚀本银行这一千块洋钱，定是此人所偷，否则何必见了我疾忙逃走？我如今且不必追他，好歹他的家住在七马路上，谅来断逃不了。现今何不先去报知捕房，多派几个巡捕，到他家内守提就是。这两张卡片乃是很要紧的证据，千万不能遗失！"

（五）误捕入狱

心中想毕，遂即握了手杖，径赴捕房，报告一切，并说这吴荣常有两张卡片遗失下来，窃取钞票，一定是此人无疑，央求多派巡捕，一同前去捉拿。

捕房中准了他的报告，急忙选了四名精力强壮的巡捕，跟着福尔摩斯，直向七马路奔来。

到了一万号门牌门首，福尔摩斯同巡捕直冲进去。

门口看门的人，见一个外国人带着四个巡捕，抢进门来，莫名其妙，却也不敢拦阻，只好闭着嘴，一言不发。

内中有一个看门的，胆子狠大，一眼看见，疾忙迎上前去，笑嘻嘻的问道："请问洋先生找什么人？这里并非客栈，并没有什么私士，想必是洋先生走错门口了？"

福尔摩斯一闻此语，心中好不着恼，将一双黄眼睛一瞪，大声喝道："放你的屁！我们既然来此，自然有事，难道会走错吗？"

正说话时，忽然里面走出一个人来。那人看见有四个巡捕同一个外国人，即在那里站住，心中大吃一惊，暗想："我家有什么事，要巡捕来此做甚？"因急开口问道："请问洋先生贵姓？辱临敝寓何事？"

福尔摩斯抬头看那人时，不禁喜出望外，暗想："这不是吴荣常吗？"因即答道："我是英国大侦探福尔摩斯，你就是吴荣常吗？"

那人听见"福尔摩斯"四字，心中又是一吓，连忙答道："吴荣常吗？却是鄙人！"

福尔摩斯又道："对不住！请你到捕房去一走。因为现今蚀本银行的窃案，牵涉着你的大名，故不得不请你走一遭儿，谅你心上早明白了。"说毕就催着那人快走。

那人前天看报，也知道蚀本银行，发现一千元的窃案，却万不料牵涉到自己身上，真是祸从天降！欲得不去，明知福尔摩斯一定不允，拗不过他。后来想自己奉公守法，没有窃蚀本银行那一件事，怕他做甚？跟着去有甚要紧？难道一些证据没有，就可以诬我做贼不成？

吴荣常主意一定，遂命人进去拿了一件马褂，跟着福尔摩斯，一同便至捕房。

福尔摩斯将两张卡片，呈了上去，听候捕头酌夺。

捕头向吴问道："你就是吴荣常吗？蚀本银行的一千元，可是你窃去的？快快从实说来！"

那人答道："我算是吴荣常，蚀本银行的窃案，我一些不晓得他。"

捕头又道："现今有证据在此，你要赖吗？"说着将那两张卡片掷给他瞧。

吴荣常忽见有卡片的证据，不觉吃了一惊，心想："这卡片怎么会到捕房里来？真是令人万想不到！哦，是了，想必我那天取洋钱的时候，将这卡片遗失在蚀本银行，恰巧被福尔摩斯拾着，就拿他当做证据。"因又定住了神，答道："卡片无论是否证据，不过这件事我全不知道，实是冤枉！"

捕头见始终没有问出口供，只好将他暂押起来，候星期一再夺。

福尔摩斯见此事已有八分希望，也就欢欢喜喜出了捕房，在外面鬼混了大半天，直到黄昏时候，方回事务所而去。

（六）蓝信封

福尔摩斯回至事务所后，忽然看见他那个写字台上，放着一个蓝信封，急忙拿起来拆开一看，不觉呆了，嘴内嚷道："岂有此理！难道竟有两个吴荣常吗？"

诸君你道这一个蓝信封,那里来的?却正是吴荣常写来的信,其内容道:

大侦探福尔摩斯惠鉴:

蚀本银行之窃案,余已得悉。今早大侦探所捕之吴荣常,实非本人,盖真正之吴荣常,即余也。

噫!大侦探名闻于世久矣,人孰不知为神出鬼没、侦探界之王耶?不图竟有指鹿为马之举动,窃为大侦探所不取焉。

噫!"卡片"一物,岂可目之为证据?此乃交际品耳。倘指之为证据,世间有卡片之人夥矣。先生何不悉指之为窃贼欤?余终不知先生以卡片为证据,具有何种理由。先生能不吝一言,为余详释之否?不胜盼切之至。

余不多白,后会有期!

吴荣常启

诸君试想,这一封奚落信,被福尔摩斯看见,怎得不说"岂有此理"?哈哈!做书的太觉寻开心了。

试问吴荣常既被福尔摩斯捕去,怎得又会跑出一个吴荣常来?唉!诸君有所不知,这就是做书的卖关节,要使阅者如坠五里雾中。那里晓得其中却有个道理,待著者详细说来。

原来早间福尔摩斯到吴公馆时,里面出来的那一个人,并不是"吴荣常",乃是吴荣常的兄弟,名字叫做吴星湘。他从里面出来,忽然看见了一个外国人,同着四个巡捕在门口里面说话,心中料想必非佳兆。后来又听见福尔摩斯说出蚀本银行的窃案,牵涉着他哥哥的名字,并问他可是叫吴荣常,心中料着这一件事,或者有些嫌疑,所以他一口承认,名字就是吴荣常。这是他们弟兄两个的义气,故肯冒名顶替。若换了别人,关于犯罪的事,只恐回避还来不及呢!

况且弟兄两人的面貌,本来很是相像,福尔摩斯那里晓得是真是假?所以不管三七二十一的将他捉去,后来里面真吴荣常跑将出来,问因什么事情吵闹,那家人不敢隐瞒,一五一十的细细诉知。

真吴荣常这一吓非同小可,暗想:"这件事我并不晓得,那蚀本银行的主任,却是我生平好友,何以竟诬我做起贼来?真是笑话!"遂赶紧穿了马褂,亲到捕房,会着"吴星湘",问他一切详细情形。

吴星湘说:"福尔摩斯有你的卡片为据。"

吴荣常听见说有卡片,不觉又是一吓,后来子细一想:"卡片乃是交际场中常用之品,怎能算得是一种证据?"遂安慰吴星湘一番,叫他不可着急,"我并没有干这件事,包管一两天内,设法将你保出"。遂抽身回到家中,写了这一封信,去奚落那福尔摩斯,故此信中都是些讥讽之言。

阅者试想,福尔摩斯难受不难受呢?

（七）乐欤？苦欤？

事务所中一个西人，口中衔着一支雪茄烟，手中拿着一份报，睡在那张沙发上看报。诸君谅必知道便是有名侦探福尔摩斯了。他忽然看见有一条来函更正的稿子，刊在本埠新闻末尾，标名为"来函照录"四个大字，其余的小字是：

主笔先生伟鉴：

  日前贵报所载敝银行失窃一稿，敝行并无此事，想系传闻失实。兹特专函更正，请将此信刊入"来函"栏内，以昭众览，并明真相是祷。

      九马路五百号门牌，蚀本银行启

福尔摩斯看毕，心中诧异非常，暗道："蚀本银行这一封信，真是笑话！怎么说是没有此事？他们账房童丑不是亲自来请我侦探的吗？况且我已将窃贼捕获，这其间必定又有什么事故发生，不然何以又登报更正呢？我倒不可不去打听打听，这是什么道理？"正要站起身来想走，忽然邮差送进一封信来，封面上写着"福尔摩斯先生启"七个字，下面有"蚀本银行书柬"一个木戳印在信上。

福尔摩斯急忙展开细看，内写着道：

福尔摩斯先生大鉴：

  日前各报喧载谓敝银行失窃一千元一事，殊不知其中有曲折之理由在焉。今请为先生详细述之。

敝行司账员童丑者，胆小如鼠之辈也。据彼所云，是日晚间检点洋数，为三千五百七十五块。诚如彼言，次日开柜检视，讵忽失窃本行之钞票一千元。彼见之宁不咄咄称怪耶？故有投报捕房，及请先生侦探之举。事闻于访员，致为各报喧载，诚所谓"天下本无事，庸人自扰之"耳。

盖是晨余因抱病，归家延医诊治，致需医药及调养等费。余手中固有铁柜之钥匙在，遂在敝行支取钞票一千元而归。因余尚有别用，不特医药各费之故。其时自鸣钟仅报七下，故行中上下人等，毫不知觉。迨至午后，司账员童丑开铁柜点数，致有惊为失窃之事。

昨日余病痊可，进行治事，闻悉之下，方知大错铸成，急函请各报更正，并为函告先生，以明真相。

总之此一千元之钞票，实余所取，未经出账耳。

乃今早捕房忽来报告，竟谓窃贼已获，名吴荣常，并有卡片为证。余闻之大骇。嗟乎！先生误矣！吴荣常为余之好友，何尝为此胠箧生涯？卡片为一种交际品，岂可认为证据？余诚百思不解也，且刻余与吴君晤面，始悉先生所拘之人，实系渠弟，名"吴星湘"。今彼弟已为余设法保出。

先生非全球闻名之大侦探耶？不图拘人手段，竟灵敏若是，诚令人五体投地，钦仰之至！

今附上支票一纸，计五十元，不足云酬，聊补助先生之车费而已。

余不多赘，此颂

大安！

蚀本银行总理穆良新启

（八）大失败

福尔摩斯将信看毕，气得大叫一声，晕了过去。隔了半天始醒，随手将两张支票一撕，化为两片，又划了一支燐寸，把他付之一炬。

倒身坐在那沙发上，呆想："这件事怎么又会失败？真是令人万料不到！好一个混账的童丑，竟敢无端戏弄着我？他也不打听打听，侦探家是不好惹的！好好！既然如此，我誓必给些颜色他瞧，方泄我心中之气。"正想间，邮差又送进一封信来，急忙展开一看，上写着道：

福尔摩斯先生伟鉴：

噫！余误矣！余使先生名誉损失，于先生之营业前途，大受影响。余之罪诚大矣！所有此事始末，谅先生已早洞悉，无待余之多赘。兹特专函道歉，容图后报不尽。

童丑鞠躬

福尔摩斯看罢，越觉气往上冲，时外面忽然又有个人，

送进一封电报,乃是南京来的。急取电报书翻译出来,见那电文是:

福尔摩斯鉴:

余之妻失踪,各侦探束手无策,鹄候先生驾临,担任此事。旅费先由乌有银行电汇二百金,祈收勿却!

南京无此街一号,胡图旦叩祃

著者按:"卡片"一案,从此告终。诸君欲知福尔摩斯接此电后,南京去否,且只等在下歇一歇笔,再宣布罢。

(连载于《大世界》,1918年5月20日—5月22日、
5月24日—5月26日、5月28日—5月30日、
6月1日—6月10日、6月12日、6月14日—6月17日,
标"滑稽侦探之四",署名"涤烦戏述"。)

土 钦

涤 烦

哈哈，诸君，小子久不握管，胡诌滑稽侦探了。这几天闲着无事，不妨将脑海中报告的一种滑稽侦探事实，宣布出来，给诸君解解闷儿！

话说大侦探福尔摩斯，自从"余之妻"那一件案①，遭了失败之后，且又酿了人命，心中实在又羞又恼，恨不得立刻寻了短见，去见外国阎君，免得在中国上海，丧失寰球震耳的盛名，实在自己对不住自己。后来想来想去，决计将这块侦探的招牌，取消不挂，暂且掩旗息鼓，谋一个别的生意做做，总比做侦探好些。

一个人正坐在那张沙发上呆想，忽然仆人送进一份报来，福尔摩斯本来好几天不看他了，今天实在昏闷不过，遂勉强展开观看。刚看到那本埠新闻，不由的失惊怪叫起来，面孔急得铁青，宛如遇了什么大变故似的。

---

① 《土钦》之前应有一篇"滑稽侦探之五"《余之妻》，但《清末民初小说目录》（第14b版）未见著录，因《大世界》报纸史料不全，目前也未见其原文献，故暂时存疑。

原来却是一件触目惊心的新闻，题目刊着七个大字，乃：招领无名之女尸。左边的小字道：

> 惨无人道街一万一千一百十五号，本系空屋，久无人住。昨有某甲入内观看房屋，意欲租赁居住。忽见有一女尸，横卧楼上。某甲大骇，急返身赴警署报告，随偕同巡警四人，赴该处验看。将尸身抬至冤枉街验尸所，警官勘验之下，尸身年可二十余岁，身穿爱国布夹袄，元色丝光布夹裤，身傍一无所有，其状颇似自寻短见。惜不详姓氏，无人具领，现已登报招认，不知死者之家族，数日内可能认领云。

福尔摩斯看完，心中着实一惊，暗想："这女尸莫非就是我逼死那个女子？此女子乃是胡图旦之婢，将来胡图旦倘到上海来领，岂不是要请我吃官司吗？所幸他尚不晓得是我逼死，否则恐怕还一定要我抵命。这事真是危险得很，我何妨出去查一查呢？"心中想毕，将报纸朝桌上一放，站起身来，披了外衣，走出大门。

一径赴验尸所，警长招待他坐下，问明来意，遂领着他到一间房内观看。

福尔摩斯不看犹可，一看时不禁吓了一跳，果然不出所料，竟是那个女子，连忙极力下着镇定工夫，问警长道："就是这一个尸身么？"

警长答道："正是！可恨不知道他姓名，不然已入殓掩埋了。现在等人具领，若再过一两天没有人来，本署要替他入殓咧！"

福尔摩斯道："在我看将起来，不如先将尸身暂行棺殓，再行招领，以免尸身腐烂，有碍卫生。不知警长意下如何？"

在福尔摩斯的意思，以为入殓之后，便不致有人晓得是他逼死，警长却不知道他奸计，只有唯唯称是，遂命人买了一口薄皮棺木，竟将尸身盛殓，把柩暂寄在天下会馆，等人具领。

福尔摩斯见已中了他的计策，心中十分得意，随与警长告别，走出了验尸所，掏出表来一看，天时尚早，还在外面混了半天，直到晚间十句钟后，方才回到事务所内，倒身坐在安乐椅上，吸了大半枝雪茄烟，休息片刻，然后宽衣就寝。

到了半夜里三点钟时候，事务所的大门，忽然响个不住，好像擂鼓一般。

福尔摩斯从梦中惊醒，侧耳听那撞门的声音，吃了一吓，暗想："莫非有强盗前来抢劫不成？"后来又仔细一听，那声音不像盗劫，胆子便放大了些，并想："这一个事务所，老实说四壁萧条，一无所有，即使有人来抢，怕他做甚？"因急坐起身来，将短衫裤摸到手中穿好，擦了一根火柴，将洋烛点起，一面喊仆人开门，一面将外衣披上，靠在那一张沙发上，专候外面的动静，并将那支七响头勃郎林手枪，握在手中，预备抵敌。

少停，只见那仆人气喘不息的进来，手中持着一种纸件，恭恭敬敬的呈请观看。

福尔摩斯接过一瞧，却原来是一封三等迅急电报，从汉口拍来的，急忙拆将开来，将电码用书译出，只见上面写道：

上海特别大侦探福尔摩斯鉴：

现查有大批云土四五箱，装运来申贩卖，船名为"保稳"（PAO-ONE）。运此物者，为一体面商人。此船星期三可进淞口，到埠之时，请大侦探特别注意，监督彼体面商人之行动，并望设法将此四五箱云土截留，拘捕究办，以警害群之马。中国幸甚！人民幸甚！

汉口私家侦探东方赛福尔摩斯印冬

福尔摩斯将电报看完之后，心中不禁大喜，暗想："这笔交易，一定是千真万确无疑，得能竟把这云土截留下来，非但大可发财，并且把往日失败的名誉也可以立时恢复，不致再被中国人当做话柄。"因细细掐指一算，后天恰就是礼拜三，"这事谅来逃不了我的掌握，不过断不能依着来的电报办理，最好等前途下船之时，暗暗监督他的行动，等我调查确实，然后再行拘捕，万万不可冒昧从事，以致再贻笑于人，反为不美。"正想之间，天已大亮，遂胡乱吃了一些早餐，跑到外面闲混。

光阴迅速，一翻眼两天已过。到了星期三的午前十一句钟，福尔摩斯早就站在那黄浦滩江边，等候那"保稳"洋船进口。

隔了约有一句钟光景，那只船"呜呜"几声，已从吴淞口而来，渐渐将近拢岸。

福尔摩斯看见，心中好不焦急，恨不得立刻飞上船去，看个明白，究竟是不是那人带着五箱云土。

好容易延挨了十五分钟，那支船方才靠近岸边，顿时人声嘈杂。跳上岸来的人，有如潮水一般。上流社会中人也有，中流社会中人也有，下至苦力劳动界等，不可胜数。

福尔摩斯站在出口地方，专等从汉口来的那个体面商人。

少停，上岸的渐渐稀了，只有几个行李多的，都在那箱舱里起取箱子。

福尔摩斯怎知道谁是汉口客人，正在私自揣测，猛不防有一种极响的声浪，向他耳鼓直震，只听见喊道："王六王六，我那五只箱子，可起出来了没有？"

语犹未毕，早有一个形似侍者的人，应声答道："那五个箱子，早已起出，命人送到斯利旅馆中去了。"

福尔摩斯立在一旁，听得明明白白，不禁暗暗大喜，再向那说话的人仔细看时，正是一位体面商人，心中因自忖道："福尔摩斯，今天你恢复名誉的时机到了，千万不可错过！"

正在欢喜无量，那人已与他底下人一同登岸，走到马路上喊黄包车。

福尔摩斯不敢怠慢，暗地跟上前去，依旧站在旁边，等着他们上车，自己也就踏上一部黄包车，追踪而去。

到了斯利旅馆门首，只见两人下车，给过车资，扬长入内。

隔了约有十分钟光景，福尔摩斯大摇大摆的走进旅馆，径到账房，见了账房先生，将那块侦探牌子给他一看，问："今天可是有个客人，从汉口到此，随身带着五只箱子？不知此人姓甚名谁，可快从实告我，不许隐蔽！"

账房见他是个侦探，怎敢违拗，连忙小心答道："是……的，是……的，此人姓施，单名一个槐字，住在二层楼三十二号特别官房，大侦探有甚吩咐，敝处自当遵命办理。"

福尔摩斯听罢，对他说道："我老实告诉你罢，那姓施的五只箱子里面，带的全是云南烟土。前几天汉口有电报到来，叫我今天等他在码头上，等候着他，所以尾追到此，你们不可私自放走，干系不小。"说毕又问："你们的电话装在那里？让我打到警厅，叫他多派几个警士，快来捉他。"

账房闻言，不敢急慢，连忙引着到电话间，摇动电铃，叽叽咕咕，说了好一片外国话，也听不出讲些什么。

隔了半个钟头，只见来了十几名警士，一拥上楼，奔到三十二号官房，即便推门进去，不管他三七二十一，将那个体面商人立刻拘住，押着便走。那五只箱子，也一同扛到警厅而去。

第二天的早上，警署门口，涌了好许多人，俱来看审这件案子。

到得十句钟时，只见大侦探福尔摩斯，眉飞色舞，大踏步向警署而来，入内坐下。

少顷，警官升座，问那人道："你可是叫施槐吗？可是从汉口来？你可知道自己作的事吗？"

可怜那人自从昨天被警士捉到之后，不知犯了什么罪儿，关了一夜，那铁窗中的风味，已甚难堪。今天问他明白不明白自己做的事情，更如堕入五里雾中，低着头一言不发。

警长怒道："你还想敢抵赖吗？现有证人在此，怎能够抵赖得来？"

那人听见这话，格外糊涂万分，依旧无言可答。

警长急了，命人将五只箱子扛将出来，对那人道："这些箱子可是你的？箱中所装的什么东西？快快从实招来！"

那人听见此语，方始恍然大悟，暗想："我箱子内装的东西，并不犯法，警厅管我做甚？"因遂开口答道："这箱子正是我的，内中乃是我做生意的物品，贵警长问他怎的？"

那警长冷笑道："好张利口，老实对你说罢，你里面装的，俱是云土，以为我们还不知道吗？现在有大侦探福尔摩斯在此作证，看你怎样图赖？"

正说之间，只见邮局中送了一封汉口快信进来，警长拆开一看，不禁面红耳赤，随即递给福尔摩斯观看，只见上面写着：

黄警长转大侦探福尔摩斯鉴：

前电所云有人运申大批云土一事，今据切实调查，系云南普洱茶五箱，因此物形似云土所误。窃恐大侦探手段迅速，拘留署中，故草快函来前，以明真相，藉释尊疑，而免诬蔑彼体面商人，损失营业。至于失察之处，诸希鉴原为祷！（下略）

东方赛福尔摩斯白

福尔摩斯看完之后，顿时面色发灰，心中着实难受，深悔不合捉错了人，又处于失败地位，遂连忙对警长说了一声"再会"，抱头鼠窜，奔出警署，向南而去。

警长见福尔摩斯去后，命将五只箱子，一齐打开，细细查看，果然都是些云南的普洱茶，不禁倒抽一口冷气，连忙极力安慰了那人一番，送他出署。

至于福尔摩斯逃往那里，只好等几天，在下再慢慢报告给诸君听罢。

（连载于《大世界》，1921年2月22日—3月1日，标"滑稽侦探之六"。）

福尔摩斯

曼 倩

话说大名鼎鼎、世界第一私家侦探歇洛克·福尔摩斯，自从欧洲战祸发生，他为谋衣食计，就襆被东游，来到中华。

初至上海的时候，我华人士都知道福尔摩斯乃是有名的侦探家，所以请教他办事的狠多。那福尔摩斯日进金钱，倒也吃着有余。他本来寄宿在西旅馆内，后来娶了纱厂一个工女做了妻子，就在乌有路赁了一座三层楼高大的洋房，门口挂了块"福公馆"的铜牌，雇了一个姓赵的男书记员、一个李姓的女打字生（见《中华小说界》半侬先生著《福尔摩斯大失败·第四案》），场面顷刻阔绰起来，日夜出入，坐了摩德卡，风头出得十足。

但是福尔摩斯与人家侦探案件，其实不过一小半的成功，失败的倒居其大半。至于他如何能享此盛名，乃靠着他老友华生几部成功的著作罢了。他自从住在乌有路，吃着无忧，逍遥自在，怎知道近来那个鸿运神与他忽然告别。他的机智，竟会愚钝起来，遇到侦探案件，不论大小，没有一桩不失败的，又被几位大小说家，如半侬先生、涤烦先生，将他失败的历史，一件件刊布出来。西洋镜一拆开，于是人家都晓得福尔摩斯是个不中用的，有事体不去请教他。可怜他声名扫地，生意便日渐清淡了。

福尔摩斯不见顾主上门，进款丝毫没有，心中狠为烦闷。幸亏他的妻子是有才能的，就教他收拾场面，把三层洋房退了租，将书记员、打字生辞退了。那姓赵、姓李的，原有十年的合同，只因期限未满，不肯便去。没奈何挽人相劝，偿了二人半年的薪水，他夫妻二口儿就搬到闸北三合里，借了一上一下的房子居住。

福尔摩斯在家里无事，常到马路上闲游。因为做了侦探的营业，别的事一些儿做不来，他常言道："坐吃三年海要干。"他夫妻二人，只吃不做，起先将衣饰典质度日，后来渐渐的当尽了，竟又支持不来，于是将房子转租出去，自己住在楼下客堂背后。他的妻子从新到纱厂里去做工，日得数角洋钱，混着过活。他妻子还并不在意。

福尔摩斯常想起在乌有路的时候，何等气概，何等快活，如今到这等地步，真是万想不到，不免垂头丧气，愁闷万分。岂知他交了不幸的时运，真是福无双至，祸不单行。

他的贤德妻子忽然又暴病死了，此时手中没钱，没奈何将那枝保护生命的勃郎林卖了，再将衣服当凑，才得草草成殓。从此独自一人，更觉狼狈不堪。又搬到沿火车路的草房内，暂为安身之地。头上帽子已开花了，身上衣服破了，皮鞋瘪去底了，活像了个化子一般。因将狼狈情形，告诉他老友华生。

那华生汇了一百两银子，叫他回国。但他自从来到中华，原想扬名得利，如今朝这样回去，岂不被人耻笑么？又想："我是个做侦探的，现把侦探名誉失去，必须仍要恢复回来，方有饭吃，方算我的能耐。住在这里幽僻的地方，人家虽有事情，那能前来寻找？若要在报纸上登个广告，然而这一百两银子，乃是养命星君，必须节省才好。这广告费那里头来？况且倘然登了之后，仍没生意，岂非无端妄费？"想来想去，竟被他想出一个不费钱的广告法来。

他到煤炭店里，讨了一块木炭，看见有粉刷的高墙，就大书特书道："大侦探福尔摩斯，现住在闸北三十间头草房，第十三家。如有侦探案件，尽可承办，探费从廉！"真可谓异想天开、独一无二！

有一日，天色将晚，福尔摩斯坐在门口，与隔壁拉黄包车的江北阿三谈天。

二人正在讲得高兴，忽见那边来了一个人，东张西探，看他像找什么的，徘徊了好一回。

那人笑向江北阿三道："请问一信，闸北三十间头草房，可是此地么？"

阿三答道："是的。"

那人又道："请问福尔摩斯先生，住在那里？"

福尔摩斯听见问着自己，急忙走将过来道："你找他有什么事？"

那人见一个外国人问他，料想即是福尔摩斯，因道："先生可就是大侦探福先生么？我叫阿鹤，是主人差我来的，有一封信,送给先生。"说时于胸前衣襟里面,拿将出来。

福尔摩斯双手接着道:"你主人叫什么名字?住在那里?"

阿鹤道:"我主人姓干,名禄,住在静安寺路西首王家村。主人说要请先生前去,有事奉托,并请先生照信行事。"

福尔摩斯听他说完,想此人一定请去侦查事情,答称:"你去回复尊主,说吾明天三点钟准到。"

阿鹤遂告别而去。

福尔摩斯见阿鹤去远,回到屋内,在竹榻上坐定,将信拆阅,见里面夹着一张汇丰银行拾圆的钞票,喜不自胜。再看他信上写道:

大侦探福尔摩斯大鉴:

语云:"闭门家内坐,祸从天上来。"乃形容事之出人意料之外耳。岂知余竟遭此谶语矣?

昨日余妻归宁后,余至房中,见缺少皮箱一只,内中金银衣服,约值三千余金,盖被贼人乘间窃去。

久闻大名,如雷贯耳,特遣阿鹤奉呈一函,拜烦代为一查。

先生来时,请易装束。因村中素无外人莅止,恐村人大惊小异,同相议论,被贼人闻风远扬也。

附上票洋拾元,聊为鞋袜之费。如能水落石出,人赃并获,余当以箱中半数之值,奉为酬劳也。

王禄上

福尔摩斯看完了这封信，心中快乐异常，想自己的运道又来了。这桩事必须谨慎查探，可借此恢复名誉。那一半酬劳费，算起来倒有一千五百块洋钱。这种银钱到手，又可以振顿门庭了。当晚无话。

一到天明，他一骨碌起来，洗了个面，吃了几块面包充饥，就走到小衣庄上，购了一套半新不旧的蓝布衫裤，到家中换了。又到耍货店中，买了枝小儿玩的手枪。他以为："乡间小窃，见了手枪，一定怕的，我只要虚张声势，吓着他们。"于是安心吃了午餐，候至将近三点钟光景，叫了部黄包车，直往静安寺路而去。

他在车上，暗想："此人倒也深思远虑，叫我化装乡人。"看看自己这身衣服，不觉哈哈大笑。真是破题儿第一遭，从来没有穿过。

不多一会，静安寺路已经到了。车子停了下来，福尔摩斯付过车钱，向西走去。走了二三里路，已是乡间风景，但见农人在田中工作，那秧儿青青的，随风偃起。远处绿阴如幕，精神狠觉爽快。

他信步随着路走。那农人都对他呆看，有的在背地里议论他，只好装做没有听见。

一直向西走去，忽见一个村子，小桥曲水，颇甚清幽。

有村童三五，踯躅道旁，内有一童见了福尔摩斯，遂道："阿狗阿猫，快看这人，好像是一个外国人。"

阿狗道："果然果然！你看他眼珠是碧绿的。"

福尔摩斯勉强操着华语,问那个阿狗道:"小弟弟,你们可知道王家村在那里?"

那晓得这几个村童,听见福尔摩斯问他,心中有些害怕,一哄的各自走了。

福尔摩斯见问不着王家村所在,心中想:"我自己太糊涂了,昨天怎么没有问那阿鹤?"没奈何再向西走,转入村中。

行不多路,忽见三四个农人,科头跣足,向着自己奔来。

福尔摩斯又想问信,站着不走。

那几个农人,走得将近,内中一个年纪约三十左右的人,相貌狠是凶恶,上前将他衣襟扭住,道:"你这中国装的外国人,到乡间来做甚?"

福尔摩斯见他来的兀突,问的蹊跷,莫明其妙,遂也摆出架子,恶狠狠的答道:"你这人真是岂有此理,为什么扭住我呢?"

当时又有一个农人说道:"福根,问他什么?打他一顿再说。"

口声未绝,几个人就围裹拢来,正要动手,忽树林中闪出一个人来。

福尔摩斯见是昨天送信的那个阿鹤,真是救星到了,大喊道:"阿鹤快来……阿鹤快来!"

阿鹤听得有人喊他,上前一看,慌忙喝退众人,说:"福先生怎的被他们要打呢?"

福尔摩斯将情由说了一遍。

阿鹤道:"这也不好去怪他们。先生是外国人,穿了中国衣服,乡下难得见的,以致误会你一定是个歹人,受了惊了。如今请先生快到主人家中,主人已等候多时了。"

福尔摩斯此刻心中大不自在,但是要发这宗大财,不去计较那些乡人,整了一整衣服,跟着阿鹤便走。

转了好几个湾,到了一个所在,但见一座三间一进的瓦房,门前几株大榆树,绿阴翳天,好个清凉之地!

进了门,便是客堂,早有一个年约二十七八的人,坐在那里。

这人见福尔摩斯进来,慌忙立起,拱了一拱手道:"先生可是福尔摩斯大侦探么?"

福尔摩斯点了点头道:"你老兄想是王禄了。"

王禄道:"是的。"

二人遂分宾主坐定。

阿鹤送过茶,福尔摩斯先开口道:"昨蒙老兄请我到来探查这桩窃案,你看这贼可有留下的痕迹么?"

王禄道:"一丝没有。不过照我想来,这贼一定是相熟的,才敢在白日间至房中施这手段。"

福尔摩斯道:"请问老兄可有新遭的冤家?"

王禄大笑道:"没有没有。即有冤家,他也不见得前来行窃。万一被我拿住,他便怎样?"

福尔摩斯见此事没有线索可寻,心中狠觉踌躇,暗想当从那里查起? 正在思索的时候,偶一回头,见左边玻窗外面,有一个人站在那里,好像窃听他们说话。

福尔摩斯只做不见，仍与王禄谈论，暗地里看窗外的人，约有四十余岁，面目上露出形容，望而知非良善之辈。福尔摩斯想此人或与此案有关，倒要留心细察。

此时王禄忽道："先生来时，曾被人看破行藏么？"

福尔摩斯见问，说声"惭愧"，就将方才之事，一一告知。

王禄听了，跳起来道："这是不成功的了，那贼人必定远逃。真枉费了一番心思咧！"

福尔摩斯道："老兄切莫着急！我此刻已有头绪了。"

王禄道："有什么头绪呢？"

福尔摩斯一转眼，见窗外那人已踪迹全无，便将这人相貌，说与王禄细听，并问："老兄近邻，可有这样的人？"

王禄想了一想，便呼阿鹤。

阿鹤应声入内，王禄把福尔摩斯所说的话问他。

阿鹤答道："此人不是推小车子的阿幺么？"

福尔摩斯道："他住在那里？"

阿鹤道："就在前面陆家宅内。"

福尔摩斯向王禄道："我想此人既来窃听，必定是方才村里的人，怀疑而来。以为防备，现在我有一闻东击西之计。老兄可差阿鹤快去，放个谣言，说主人失了物件，请了个外国包探，今晚须一家家搜查。那贼人一定心虚逃走，我在半路探察，那时可人赃并获了。"

王禄听罢，拍手道："好计！好计！"

此刻天色已是上灯时候，王禄分付阿鹤预备晚膳，二人吃了，阿鹤就出去散布谣言。福尔摩斯亦别了王禄，欣然而出。

且说福尔摩斯，乘着星光月色，向西而行，走到一个树林子内，蹲着等候。遥见人家灯火荧然，闪烁不定；近闻蛙鸣阁阁，恍如鼓吹一般。

等了一个钟头，忽闻有脚步声，自远而至。他乘着月色一望，见一个人，背上负了一件东西，远远而来，仔细一看，恰就是方才窗外窃听的阿才，不觉心下大喜道："果然不出我之所料！如今人赃并获，那一半的酬劳金，一定可以稳稳到手。"

看着那人走得切近，福尔摩斯从树林里跳将出来，把那枝假手枪向他一扬，喝道："恶贼！你窃了王禄先生的东西，想逃走到那里去？"

那人初见树林里跳出一个人来，吓了一跳，又被福尔摩斯喝住，将手枪对着他一扬，自然不敢再走，呆呆的站着不动。

福尔摩斯又大喝道："恶贼，快把物件放下，尚可饶你性命！"

那人在月光下定睛一看，见手枪乃是假的，胆子即便大了，大呼道："巡警快来，有强盗在此黑夜拦劫！"

喊声未绝，从远处转出一盏雪亮的灯光。但听履声橐橐，有个巡警冉冉而来。

那人又大喊道："巡警快来，巡警快来！有强盗在此呢！"

那巡警见了手枪，心中也甚害怕，慌把警笛吹响。又来了好几个巡警,才一齐走近前来,对着那人,说:"你可是阿才?休要着慌!我们来替你拿这强盗。"

阿才指着福尔摩斯道:"这个强盗,从树林里跳出来的,想要劫我物件。"

福尔摩斯忙辩道:"休要听他!我乃大侦探福尔摩斯,昨天王禄先生请我来查办窃案的!他分明是个偷儿,今日闻风……"

言未毕,那巡警巨灵般的手掌,已光临面上,"拍"的一声,打得狠痛。

福尔摩斯怒道:"你这巡警,好不讲理,为甚打我?"

那巡警冷笑道:"你说是大侦探,骗着那个?我看你倒狠像小流氓呢!你说他是贼,我看你穿了中国衣服,黑夜拦劫,简直是个强盗!"

那福尔摩斯还要分辩,早被几个巡警,拉拉扯扯,拖着便走。

福尔摩斯身不由主,只好任着他们,蜂拥到警察所。

至办公处见过警察长,那警察长倒狠好说话,不似那巡警凶恶,略表盘问几句。

福尔摩斯将过去情形,述了一遍。

警察长遂诘问阿才。阿才道:"今天李家宅李先生,叫我送箱书到曹家渡,半路碰见了这个强盗,倒说我偷王禄先生的东西。你们若不相信,尽可打开了箱子查看。"

那警察长遂命巡警打开箱子,见里果然是几部书,并无别物。

此时巡警向警察长道:"可见这人乃是强盗。他到这个地步,没有别话说了。"

那警察长对福尔摩斯望了一眼,想要发言。

福尔摩斯忙道:"请警长明察。他说不是偷儿,然而我委实不是强盗。倘然不信,可差人到王家村请王禄先生来,一问便知。"

警察长对自鸣钟一看,已是十一点二十分了,因时候已经不早,判将阿才释放,把福尔摩斯押了起来,候明天问了王禄先生再说,判毕向内而去。

福尔摩斯没法,被几个巡警竟作强盗看待,将他手足铐了,押到后边破屋里面,足足的坐了一夜。

可怜被蚊虫叮了一夜,好容易盼到天明,又没有人来望他。

等到将近午餐,他肚子饿得雷鸣一般。

一会儿巡警来了,将他去了铐子,引到警察长面前。

那警察长道:"方才有人去问王禄先生,他有要事到上海去了,此刻有封信来,果然你是福尔摩斯。另外还有一封信儿给你。"说罢,将信交与福尔摩斯观看。

福尔摩斯急忙拆将开来,见里面又是一张十元的钞票。信上写道:

福尔摩斯大侦探鉴:

　　昨晚君不归,心甚忧急。今晨余妻来信,嘱余前往。余晤面之后,将此事说起,殊不知此箱并未失去,乃余妻携至母家。余一时卤莽，有劳大驾。又知先生被诬之事，抱歉奚似。今特向警长说明，可即安然开释。奉上钞洋十元，尚祈哂纳。前议作为罢论。

王禄上

福尔摩斯看毕，又气又恼，想了一想，分明又受了人的愚弄了，垂头丧气的袋好了信，慢慢走出外去。

问了好几个信，好容易到了静安寺，唤了一部黄包车，拖到闸北。

到得家里，把钞票放在竹箱里去。那晓得箱子里边许多东西，已不翼而飞了。

福尔摩斯心中一急，就在竹榻上面发晕。

欲知以后如何，且等滑稽小说家再续！

（连载于《大世界》，1919年7月7日—7月16日，标"滑稽侦探"。）

照　片

曼　倩

话说福尔摩斯受了王禄的戏弄，心中老大不自在，幸亏先后曾拿了他二十块洋钱，也算消去一点儿气。那里知道竹箱里面的许多东西竟会失去，心内一急，就躺在竹榻上面发晕。

他发晕之后，模模糊糊，不知经过多少辰光，觉得耳边有人唤他，始将眼睛张开一看，见那江北阿三，坐在竹榻旁边，手中捧着一杯热水，两只眼儿动也不动，对着他看。

福尔摩斯，微微的叹了一口气。

江北阿三听见有了声息，遂道："好了好了！福先生醒回来了，快先饮些热汤。"说时将这一杯热水，送至唇边。

福尔摩斯慢慢坐起身来，觉胸臆闷痛，微微呷了一口，问阿三道："你是几时来的？"

阿三道："我今天早晨出外去拖车子，方才交班回来，见先生屋子的门儿开着，恐怕有人来偷东西，在外面叫了几声，没有人应，后来见你在榻上睡着，我就大胆进来，岂知正在发厥，因急冲了一杯热水在此呼唤。好容易将你唤醒，但先生昨天好好儿出去查缉事情，一夜没有回来，今天气得这样，究竟为了什么？"

福尔摩斯道："不要说起，言来真是令人气恨。"遂将过去事情，一一告诉阿三，言毕又将脚一蹬，道："你们中国人的狡猾，实是利害得很！"

阿三笑道："你休说中国人狡猾，依我想将起来，人家牺牲金钱来戏弄先生，只恐断无此理。总之先生到中国来，这两年运道不好，我劝先生还是赶紧回到贵国，恢复这侦探名誉罢！"

福尔摩斯道："前天华生汇来一百两银子，原是叫我回国去的，因为我要在中国恢复名誉，故而迟迟未决。如今箱子内的东西都失去了，手里只有十块洋钱，川资那里够用？又没有地方去借，如何好回去呢？"

阿三低头想了一想，道："我倒有一个计较在此，先生有十块洋钱，省吃省用，可以支持数天。你今天快写一封信，寄与华生，掉个枪花，只说自从探业失败以来，吃尽当光，又弄得满身是债，蒙接济的一百两银子，还了债所剩无几，所以仍旧不能动身，请他再寄一百两来，先生就可以动身了。"

福尔摩斯暗想："在中国断难立足，本来不如归去为是，阿三的主见不差。"乃赞他说得狠是，当下写了封信，便托阿三寄去，自此一心一意，不想再要恢复名誉，专等银子一到，便思马上动身。

且说福尔摩斯依了江北阿三的主意，专等华生银子到来。他坐在家中没事，心内又甚气闷，故到马路上去闲逛。

有一天吃过早膳，在马路上走着，见人家坐汽车坐马车的，好像追风逐电一般，有的往番馆去吃大菜，有的往剧场看戏，心中很是羡慕，想着自己在英国的时候，也曾享受过这等风光，就是刚到上海亦未尝没有此种快乐，料不到现在弄得这样狼狈，真是那里说起。

他一头走一头感叹，不提防对面来了一个人，匆匆将他一撞，不觉倒退几步，险乎跌下地去。

福尔摩斯大怒道："你这人走路怎么没有眼睛，竟跑到人家的身上来？"

那人见福尔摩斯发怒，忙陪罪道："洋先生不要生气，因我家中昨晚出了事儿，要紧去报捕房，请个包探查缉，脚步急了些些，不想撞到你的身上。"说毕又赔了一个小心，那里晓得此刻福尔摩斯非但顿时不怒，反笑吟吟的答道："既然如此，我也不来罪你。"

诸君想福尔摩斯是一个外国人，平常并不是好惹的，今天为甚这般和气？内中有个缘故，因为他听见那人说，要请包探，查缉事情，心中一动，想着自己等着华生的银子，至少尚有十数天勾留，何妨再出一趟马，倘得徼幸成功，乘此恢复名誉，岂不大妙？不成功我本来是破招牌了，就此马上动身，故而并不发怒，起了个毛遂自荐的念头。

那人见福尔摩斯没有话了，向前就走。

福尔摩斯忙道："先生且慢！方才你说要报捕房，去请包探，不知为了什么事情？我倒有个朋友，是极有名的侦探，尽可推荐与你，未知尊意若何？"

那人道:"不知他姓甚名谁,是那处人?"

福尔摩斯道:"他叫福尔……"

这话还未说完,那人把双手乱摇道:"不妙不妙!你推荐的,莫非是福尔摩斯么?听说他近来探事,件件失败,不敢请教!"

福尔摩斯道:"他的失败,并非没有能耐,乃是你们中国人有意戏弄着他。今天你一本正经的不比别人,包管他能承办得来。"

福尔摩斯一番扯谎,那人顿时竟会信他,便说:"好是好的!不知他住在那里?可能请你领我去会他一面?"

福尔摩斯把脸子一红,道:"不瞒你说,在下就是!"

那人听罢,将他身上打量一番,有些猜疑的样儿。

福尔摩斯见他踌躇,恐怕有变,急忙说:"这桩事我尽可包办,酬劳费待成功后再说,你道可好?"

那人道:"这是再好没有的了,如今到捕房还远,此地不是讲话之处,请大侦探先至敝舍,待我详述一切方可。"

福尔摩斯点头称是,遂跟了他一同就走。

不多一刻,进了海夫诺路,那人走进一条衖堂,福尔摩斯抬头一看,见上边写着"没德里"三个大金字。

到了第五家石库门,那人停住了步,将门上电铃一揿,里边的铃铃一阵响,一个小僮出来开门。

二人到客堂内坐定,福尔摩斯见室中陈设狠是清洁,居中挂一幅墨笔山水中堂,两边对联是海上有名书家天台山农写的。两面壁上,挂着四块极大的镜架,里面是西洋油画。

一只红木长台，左右摆着铜镜磁瓶，那茶几靠椅，都仿洋式做的，尽是柚木料子，想起这人手内，必定有钱。

坐了一会，那小僮送上一杯茶来，又送一枝顶上品的雪茄烟。

福尔摩斯吸了几口，道："你我讲了半天的话，还不知先生尊姓大名呢！"

那人道："我姓萧名凯，向做金子生意，家中除妻子之外，有一个妹子，已经嫁出的了。前年在苏州，娶了一个小妾，生得心地玲珑，品貌也还不错。我妻子狠是爱他，我更不必说了。岂知他起了不良之心，昨天晚上，我们到中华大戏院看戏，他说身子不甚舒服，故我夫妻二人去的，及至回来，他竟将房中箱子内约值五千金的金饰，席卷而逃，杳无下落。你想岂不令人可恨？"说时又将年貌、口音、服饰细细讲了一番。

福尔摩斯默然静听，低头想了一想，立起身在屋中踱着，说道："你这位如夫人，在上海可有甚亲戚么？"

萧凯道："此妇乃是苏州娶的，来得只有数年，上海谅来没有什么亲戚。"

福尔摩斯道："现在荷花时节，一般拆白党，大出风头，他们专门引诱人家姨太太、大小姐，他莫非跟着拆白党走了？"

萧凯道："这话儿说他不定，他素来是很规矩的。三个月前，我妻子因产后得病，到四川路医院里住了数月，他天天前去服侍，到晚回来，或者在路上受了拆白党的勾引。总望先生极力查缉，若将人赃并获，我当大大的谢你！"

福尔摩斯道："萧先生，你如夫人可有照片遗留么？"

萧凯道："照片他近来拍过，未知曾带去没有，倘然已被带去，尽可到照相馆查了照底，添印几张。我到捕房投报，也要用的。"遂至里面拿出一本极厚的洋簿，翻了几页，取出一张，授与福尔摩斯。

福尔摩斯略表看了一看，放在台上。此时他全权到手，暗想："必须与他讲明了侦费，方可从事。中国人狠是利害，恐怕日后翻悔。"因向萧凯言道："我有句话，先生不要见笑！我们今天先小人后君子，倘然水落石出，这侦探费预先论定，免得事后另生枝节。"

那萧凯很是慷慨，听了即便答道："足见大侦探办事诚实，如果此案得破，我以二千金奉敬。"

二人正在讲论，外边忽然走进一个人来。

福尔摩斯忙将照片仍向簿子内一夹，坐在椅上不语。这是他们做侦探机密之处。

那来人与萧凯附耳说了好几句话，匆匆去了。

福尔摩斯见他已去，遂在簿子内取出照片袋好，向萧凯说一声"瓜得罢哀"外国语而别。

福尔摩斯回到家中，坐在竹榻上边，只乐得手舞足蹈，想："这件事是我自己荐的，不比从前写信来请，有意戏弄着我，只要细心查缉，一定可以得手！"又将照片拿出，细细看了一番，见那照上女子，约有二十岁左右，丰韵狠好，不觉喟然叹道："中国最恶劣的风气，便是这多妻主义，竟将女子当作玩物，一个男子，娶了七八个女子。若是贞洁的人还好，倘然杨花水性，就要做出不名誉的事来，玷辱门楣。萧凯便是一个榜样。"又想："此事查缉，狠是棘手，必须子细留心才是。"于是天天到马路上察访，以为万一遇见此女，跟着住址，便可拿人，因此遇了年岁仿佛的妇人，便暗暗将照片对看。

一连忙碌了七八天，真如海底捞针，没有一点影响。

有一天信步走到了沪宁火车站，觉得两腿酸麻，便至待车室中的椅上，坐下歇力。此时正值火车到埠，男女搭客，纷纷下车。

忽见一个女子，手提皮箧，慢慢走来。福尔摩斯看他很为面熟，好似在那里见过，一时想不起他，后来仔细一想，大喜道："这不是萧凯的逃妾么？"忙将照片一看，面容一些不差，不过服饰两样。

福尔摩斯暗道："好大胆的女子，犯了事还敢出来！"随即密地跟随着他。

那女子唤了部黄包车向东，福尔摩斯也唤了一部尾着，叫车夫"快快追赶，多给你钱"。

车夫闻命，如飞赶上。两部车子，一前一后，由靶子路到北四川路，一直下去。至横浜桥，那女子的车子停下，福尔摩斯也在车上跳将下来，给了两角小洋车钱，跟着女子，沿马路走到一家门口。

女子立住敲门，福尔摩斯立在电线杆边，假作等人样子。

不多一会,"呀"的一声,门已开了,里边出来一个很漂亮的男子,低低的道:"你回来了么?事儿却不好咧!"

这句话福尔摩斯听得甚是清楚,又见女子听了男子的话,露出惊慌模样,进了屋子,即便把门关上。

福尔摩斯走至窗口,颠起两足,往里一瞧,见他二人对面坐着说话,声音甚细,听不出他,似闻那男子道:"已报了行,派人查咧!"不多一会,又道:"你明天到那里,必须谨慎远避,不要……"说到这里,又一些听不出了。

福尔摩斯一想:"这人一定是了,我先去告诉萧凯,乘便拿些银两。"遂认明地址,唤了车子,拖到诺海夫路没德里,萧凯家里。

那小僮道:"我家主人,到亲戚家中去了,洋先生有话,可对我说。"

福尔摩斯见萧凯不在,不便多言,只说:"等你主人回来,告诉他托我的事,已经查着。"说毕便走。

此时天色已经傍晚,福尔摩斯重新到横浜桥,因桥北不是租界,问信到警察局,直闯进去,被警察拦住,道:"有什么事,这样莽撞?"

福尔摩斯道:"我乃大侦探福尔摩斯,因查缉一件拐逃案,今天已有着落,所以要见局长。"

一个警察对他看了一眼,说道:"如此可跟我进去。"遂领他到办公所,去见警长。

警长就是前天在王家村警署里的,见了福尔摩斯笑道:"福先生,你又来了!可有什么事情?"

福尔摩斯将上项事详述一番，说："这女子在贵局长管辖地面，我不能冒昧从事，故此特地前来报告，万望警长助我一臂！"

警长点了一点头，道："这事不要又像前天一样！"

福尔摩斯道："此番他有照片为证，决没有人戏弄我了！"

警长遂派了几个警察，随着同去。

福尔摩斯与各警察，一路谈谈说说，不一时早已到了，他就走上前去敲门。

里面有人答应，"呀"的双扉洞开，他们便蜂拥而入，并有一个警察，把后门守住，恐防脱逃。

一个警察，随手把前门紧闭，那开门的娘姨见了，不知为了何事，吓的往楼上飞跑。

那男子正在厢房里电灯之下，看那大小说家漱石先生所著的《黑幕中之黑幕》，见忽然拥进许多人来，起初认做强盗，吓得面如土色，后来见是警察，胆子稍觉大了些些，急问："你们来此何事？"

福尔摩斯冷笑道："你自己做得好事，此刻还装傻则甚？快跟着我们去罢！"说毕，便去找寻女子，见他坐在椅上，身子抖个不住，早有一个警察，上前一把带住。

那男子看女子被警察拖手拖脚，疾忙喝道："你们不要拉拉扯扯，有什么事，不妨跟你们去！"即便走上前来，扶了女子，到衣架上，取件长衫穿好，唤娘姨看守门户，遂与警察等一同出外。

幸亏地方很是冷静，天色又是黄昏时候，路上看的人并不甚多，间有一二个人来问，福尔摩斯要显他的能耐，一路略略告诉。

不多时已到警局，进去见了警长，那男子先开口道："请问警长，我犯了什么罪案，带到这局子里来？"

警长对男子一望，见他有二十四五岁年纪，手指上带着金钢钻戒，那光在灯下一闪一闪的狠亮，身上穿一件云纱长衫，很觉漂亮，言词举止之间，不像是个歹人，又看那女子装束，也颇有大家风范，看了一回问道："你姓什么，叫甚名字？这女子那里来的？"

男子道："我姓江，名白度，她是我的妻子萧氏，平素安分守法，没有犯罪。"

警察长指着福尔摩斯道："因为这一位大侦探，说你是拆白党，拐那女子。他受人之托，今天所以特来拿你。"

福尔摩斯也在旁说道："你们拆白党神通广大，不论人家妻妾闺女，竟会听从你们的话，背了丈夫父母，大着胆子卷逃。今日到了此地，也算恶贯满盈，我劝你老实承认了罢！你们方才商议逃避，我已听得明明白白，须知遇见了我大侦探，真是……"

那江白度不等他话完，早已双眉倒竖，两目圆睁，大怒喝道："放你妈的狗屁！我妻子乃明媒正娶，你怎么说是拐来？难道你做侦探的，就可以诬告人么？"

福尔摩斯道："这里乃是法庭，劝你不可动怒！我说出来，使你自然折服。方才那个女子，不是从火车上下来的么？到家里你开门的时候，你不是说'事儿不好咧'，那女子便顿露惊慌之状，后来进了屋子，又说什么'报了行咧''已派人查咧''你必须谨慎远避咧'，显见你知道外面风声狠紧，所以要打发他逃走。偏偏碰在我的手内，你真是倒霉极了！"

江白度听罢，冷笑道："你真是胡说乱道，方才话是有的，但不过不是这样理想。我说'事儿不好'，因为妻子的姑母，染了时疫死了；'报行咧''派人查咧'，乃是说姑母曾保寿险，所以已报告保险行，他们派人来查；后来说'谨慎远避'，是教他'不要染了瘟疫回来'的意思。你冒冒失失，不听明白，诬害良民，该当何罪？"

福尔摩斯道："你不必抵赖了！我是有凭证的。"便将照片拿给江白度看，又说："你瞧这照片上的女子，不是同你妻子一样？怎能说我来诬害你？"

那江白度正要分辩，警长道："你二人休要争论，此事必须事主到来，方得明白。"

江白度道："不知事主是什么人，我正要见他，快请传他到案狠好。"

福尔摩斯道："事主住在诺海夫路没德里第五家，姓萧名凯。这件案他曾报过捕房，不妨立刻传他。"

那江白度听见"萧凯"两字，哈哈大笑，弄得众人莫名其妙。

警长问道："你为什么如此大笑？"

江白度道："我笑他的话，一发不对头了。那萧凯是我的内兄，我是他的妹丈。他把妹子嫁我二年，今天怎么说我诱拐？想他是一个体面人，那有这种事情？不知他从那里得了我妻子的照片，有意前来敲诈！此刻我可马上写一封信，请警长派人送去，唤我内兄到来，问他一个底细。"

警长点头说："好！"

江白度便当堂写了封信，派警察立时送往。

警察去后，警长向福尔摩斯道："福先生，这桩事情，你不要弄差了么？"

福尔摩斯道："这事决不会弄错的！前天萧凯交照片与我，分明乃是这张。"但他口中虽如此说，心里也颇有些疑惑起来，想江白度这样强硬，看来妻子不是拐来，然萧凯既把妹子嫁他，岂有再告他拐逃之理？

约有半个钟头，那警察已与萧凯到案，还同着捕房里一个包探。

萧凯见了福尔摩斯，劈口说道："大侦探，这事儿你弄差了！"

福尔摩斯大惊道："怎么我弄差呢？"

萧凯道："你拿差了一张照片，乃是我的妹子，不是小妾。"

那包探也插言道："福先生，你真正弄错了！前天萧先生报行，是这张照片，不是你拿的那一张。"说时把两张照片一对，果然两样。

福尔摩斯诧道："前天你明明给我这张，今天怎样会差？"

那萧凯想了一想,笑道:"是了是了!前天你与论侦探费的时候,不是有人来找我么?你见了那一个人,就将照片仍往簿子里一夹,他去了又拿将出来。想必你随手拿错,我又未曾留神,以致把此事闹错。但先生也太卤莽了!"

此刻江白度才恍然明白,便不肯与福尔摩斯干休,说他方才逢人告诉,要他赔偿名誉损失。

福尔摩斯弄得无地自容,那警长反来解劝。

福尔摩斯满面羞惭,答讪着往外便走。

这件案遂顿时了结,后来他老友华生的银子,是否汇来,福尔摩斯是否回去,或有别的事情,在下不知道了。再请知道的人续下去罢!

(连载于《大世界》,1919年8月17日—8月29日,标"滑稽侦探"。)

习 惯

瘦 菊

人仅知福尔摩斯为侦探圣手,究其所以能为圣手者,端赖英小说家柯南·达利氏之一枝笔耳。瘦菊不文,屡思为福氏成功史上,多增若干佳话,无如学问远不若柯氏,久未成一字。

今焉异想天开,悉反柯氏之道,草此福氏失败史,亦翻陈出新之一法。此为其第一案,嗣后当继续陈述,以为阅者诸君茶余酒后之谈助。苟以文字不如柯氏见责者,则瘦菊一笑置之。

却说英国大侦探福尔摩斯,因被欧洲各国开战,那班做贼做强盗的,都弃邪归正,投效军营,同心协力的,去打德国人,以致国中一年到头,没得一两桩偷窃案,空闲得极。就使偶有几件,也大都是班小毛贼所干,只消警察一到场,就可破获,真如孟子所谓"割鸡焉用牛刀",无须他老人家亲自出马,所以把这一位名震寰球的大侦探,闲得没事可干,天天坐在办公室中打盹,简直把他一身很好的筋骨、极灵的脑筋,也蹧蹋坏了一大半。

他生平第一个好友华生,也是无人不晓得的,见他如此情形，劝道："老友，你这样闲着，也不是个道理，何不到外国去游历游历？一则，运动运动筋骨；二则，若遇什么希奇古怪的案子，也可显显你的手段。得了谢仪，便可做游历的经费，岂非一举两得？"

福尔摩斯很赞成华生这句话，当时便把自己探案用的许多化妆品，如面具、假须，以及开脸的颜色、涂头发的白粉之类，装了一皮包。又把自己应用的衣裳什物，共装了五个行囊，打了一张头等船票，先到中国香港，再由香港到广东。那时恰值广东独立，军民人等杂乱无章的当儿，福尔摩斯不敢久留，急急改搭轮船，径到上海。

究竟这位大侦探名气大了，一到上海，住了栈房，便有一班报馆主笔、小说大家，还有些久慕大名的人物，纷纷前往拜见。一则瞻仰瞻仰这位大侦探的丰采，二则都劝他在上海设一个事务所。

因上海近年，希希奇奇的事情层出不穷，只少一个福尔摩斯给他们调查出来，布告天下，以致现在，越闹越暗无天日，差不多人人心中都不怀好意，外表都是"天官赐福"，内容个个男盗女娼，简直把上海滩变成了黑暗世界。若得他老人家在此，设了一个事务所，或者还有重见天日之日子。

福尔摩斯经不起众人相劝，遂在南京路设了处侦探事务所，代人办案。不意开张数月，交易全无，福尔摩斯好不懊悔，暗骂那班留他的人都是混蛋，早知这样生意清淡，悔不早往别处游历，如今既设了事务所，身子便离开不得，贴了开销坐冷板凳，岂不无聊之极？

讲到自己名气这般大，因何没人请教，倒也令人不解。后来被他想出一个见解，大约因他自己名气太大，请教他的人，恐他价钱昂贵，不敢顾问，只得在报上登了个"福尔摩斯侦探大减价"的告白，居然当天便见功效。

这天饭后，福尔摩斯正坐在写字台旁边，两脚高跷在台上，口衔着常用的那只板烟咬口，手拿着一张报纸，眼望着他自己所登的那条"大减价"广告出神。

忽听一阵"滴呤呤"德律风响，他自装电话以来，这回还是第一次，有人打来给他。

福尔摩斯好不欢喜，拿起一听，果然是托他办案的。据德律风中说：白克路一万零九百号门牌，乌公馆出了一桩离奇重案，请他马上就去。问他案情，那边因关系秘密，恐被德律风中泄露，故而不肯宣布。

福尔摩斯不敢怠慢，戴起高帽子，拿了手杖，兴匆匆出了事务所，雇一乘黄包车，坐了径向白克路去。

到了乌公馆门口，福尔摩斯一按电铃，有个仆人打扮的出来开门，见了他，吓得望里飞跑，口中大呼："外国人来了！"

里面还有许多仆人，听说都四面乱窜。

福尔摩斯十分疑惑，暗想："外国人，上海尽多，因何他们见我这般惧怕？不要他家那桩重案，就是这班仆人干的，所以这般慌张？"随也不等他们通报，三脚两步，走到大厅上，执住一个仆人，问他："主人何在？"

那仆人战战兢兢，手指着耳房说："主人就在里面。"

福尔摩斯揭起门帘，大踏步进内。不意他才一进门，猛然鼻管中触着一股异样气味，险些把他熏倒。

福尔摩斯慌忙掬手巾出来，掩住鼻孔，定睛观看，见这耳房中，非常黑暗，而且烟雾迷漫，氤氲满室。由烟中望见房内，有张炕榻，榻上放着一只铜盘，盘中有许多铁罐，还有一只小灯。一面有一个紫衣女郎，屈着一只腿，坐在榻上，将一根细铁签，在罐中蘸出些黑色流质来，在灯上熏着，"嗤嗤"作响。

他对面横着个黄瘦男子，双手捧着根竹杆，尽头处有块核桃大的东西，搁在灯上。竹杆一头衔在他自己口内，"嗖嗖"呼着，鼻孔内只顾喷烟，烟气布满了一室。

福尔摩斯看不明白，这是什么玩意儿，站在旁边看得呆了。

那女郎一眼看见了福尔摩斯，怪声颤气道："咦？那里来的一个外国人？"

对面的男子，闻言也抬起眼皮，对福尔摩斯看了一眼，竹杆上还有半寸余长一段黑东西，不曾吸完，故而他加紧几口，将功程圆满了，才一屁股坐起，道："这位莫非福尔摩斯先生吗？"

福尔摩斯捏着鼻头答道："正是！"

那人慌忙站起身来，和他挽手。

福尔摩斯右手本掩着鼻孔，此时只可忍着气味，将手巾塞在裤袋内，和他行了个握手礼。

握手时，福尔摩斯仔细对那人一看，不觉吓了一跳，只见他约有五十来往年纪，瘦得似一束枯柴，一颗脑袋上大下削，上半个横量有六寸光景，下半个还不满三寸，竖量有一尺开外。面皮很黄，好像涂着黄蜡似的。两只眼皮，半开半掩，宛如多年不曾睡醒的一般。嘴唇皮猪肝色，露出口中黄黑白三色相杂的牙齿，一开口犹有余烟，自齿缝中钻将出来。身穿一件黄色长袍，胸前和袖口，都已变作黑色。最可怕的是当心口有指顶大一个焦洞，很像从枪毙死人身上剥下来的，便是他本身，也很有些像博物院中逃出来的埃及木乃伊呢！

他形状虽然可怕，却春风满面，牢牢握着福尔摩斯的手，说了许多"久仰大名，如雷贯耳"的话。

福尔摩斯听了，不知作何回答，只可点头敷衍过去。

那女郎早已回避进内，那人便请福尔摩斯，在适才那女郎坐的地位坐了，看竹杆头上又装了二分余长一橛黑物。

那人本欲和福尔摩斯讲一句话的，一见这黑物，不知如何，忽然打了个呵欠，只可对福尔摩斯拱拱手，说声："对不起，请你略坐一会……"话未讲完，已拿起竹杆，倒身横下，又"嗖嗖嗖"呼起来。

福尔摩斯好生不耐烦，急问他："何事相招？"

那人因黑物不曾吸完，罚咒也不肯开口，只把头点了几点，又摇了几摇。

福尔摩斯见了，暗暗好笑，心想："我也算得见多识广，但这种怪现状，还可算得是第一次遇见，只可耐着心肠。"等他吸完了这一段东西，看他顿时精神百倍，坐起身来，将他这离奇光怪的案情，细细告诉福尔摩斯知道。

原来此人，便是乌公馆的主人，说来大大有名，就是十年前《海上繁华梦》上的蒙古人——乌里阿苏，因做翻戏犯案，上海不能容身。后来被他在北京，巴结上了一个什么贝勒，居然做了一任什么官，多了不少钱，现和他姨太太，就是适才所见的女郎，同住在此。只因他新近制给他姨太太一条白绉纱衬裤，只见他穿过一次，后来不知如何，忽然没有了。他很觉奇怪，细想这一条裤子，因何失去的，意欲动问，又因这姨太太脾气很大，自己不敢轻易开口，今日看见福尔摩斯登着"大减价"的广告，所以请他来侦探侦探。

福尔摩斯起初，还不知他家出了怎样一桩重案，既闻了乌里阿苏所言，不觉倒抽了一口冷气，暗想："这样芝麻绿豆大的案件，也值得请教我？真的无论什么交易，只消一减价，就不值钱了。但既然来到这里，也只可替他们探访探访。"便对乌老爷道："如此请你叫这位姨太太出来，让我问他一句话。"

乌老爷摇手不迭道："这个如何使得？我因不便亲口问他，才请教你老人家侦探的。"

福尔摩斯道："不问他自己，就是伺候他的娘姨、丫头，也须问问。"

乌老爷连连摇手，说："一个都问不得，只可难为你老人家自己，侦探出来罢！"

福尔摩斯一想，不问口供，如何办事，当时便欲回绝，后来想想这还是自己到中国来开簿面第一桩交易，不能不借此开开利市，只可勉强答应下来。

当时福尔摩斯辞别出来，觉得茫无头绪，不知从何着手。再看这乌公馆外面，是两扇黑漆大门，红砖墙脚，青砖墙壁。左右两个窗口，都是玻璃窗，外面还有百叶套窗。窗口上面，两个小小洋台。洋台上的门，便是四扇玻璃长窗。站在对马路，可以望见窗内，不过里面还挂着条洋纱窗帘，所以看不清楚。

左隔壁一带洋房，右隔壁却是一条夹弄。走进弄内，见上下两扇窗：下面一扇窗，有铁栏杆隔着，像就是适才见乌里阿苏的地方；对面房间的窗，攀着栏杆，望里面黑沉沉，看不见什么。再进去，便是一扇后门，贴着一张红纸条，上书"乌公馆后门"五个字。

福尔摩斯虽然看过了外面情形，但内里如何布置，还猜度不出。恰巧后门开处，有一个小丫头，提着铅桶出来泡水。

福尔摩斯将他唤住，在身畔摸出一块洋钱，给他看了一看，说："你告诉我，你们姨太太房间在那里？家中共有多少人？平常有些什么人来往？说得明明白白，我赏你这块钱。"

那小丫头见了外国人，不免有些害怕，不过一看见洋钱，仿佛是除害怕的灵药，竟老老实实告诉他道："右边楼上，就是姨太太房间；楼下前半间是老爷的书房，后半间是厨房。左首楼上，是娘娘们卧房；楼下前半间是老爷吸烟间，后半间给男底下人睡的。家中共总十二个人：一个老爷、一位姨太太，两个男下人、一个马夫、一个厨子，女下人有一个梳头娘姨、两个粗做娘姨、一个烧火老太婆，还有两个丫头。来往的人，姨太太有许多女朋友，老爷有许多男朋友，我也说不出他们姓名。"说罢，伸手就要接福尔摩斯手中之洋钱。

福尔摩斯疾忙将洋钱向裤袋内一塞，道："你这几句话，不值一块钱，改日问明了这班朋友的名姓，再拿罢！"

小丫头低低骂道："断命外国人，给当我上！"匆匆的去了。

福尔摩斯依旧叫车回事务所，预备着手办法。

他知道自己是外国人，要在中国人前侦查案情，很为触目。若说改装，头发虽然可以用假发，无如一个高鼻头，两只绿眼乌珠，是不能削平点、涂黑些。想来想去，想不出一个好法儿，便把化装的皮包打开，逐一观看。

忽见一块装印度人用的包头红布，不觉灵机一动，顿时生出一个绝妙主意。

当日吃过晚饭，福尔摩斯略一化装，已成一个蹩脚红头阿三。身上穿一件旧黄斜纹布外衫，内穿红呢马甲；下穿白布细脚管长裤，直拖到脚面。足登黄帆布半统皮靴，长有一尺一二寸光景，泥垢满渍，后根脱了一只，走路时一高一低。头裹红布，面上化着熟铜颜色，鬓下拖两条假须，绕颏一匝，用一根细铁丝缠住。手中拿着一根洋伞柄，算是行杖。

福尔摩斯对镜一照，居然像一蹩脚印度侨民。结束停当，出了事务所，摇着洋伞柄，口唱"茄里妈里"的山歌，一路向白克路来。

那时已电火通明，遥望跑马厅钟楼上，大自鸣钟的短针，正指八点。

走到乌公馆门首，见有一部马车停着，福尔摩斯疾快掩在旁边弄内观看。

不多一会，乌老爷由里面出来，踏上马车，对马夫不知说了句什么，顿时蹄声"得得"，向那一方疾驰而去。

乌老爷走不多时，又有一部黄包车，从别一方面奔来，约摸离乌公馆一箭之遥停住，跳下一个白面少年，先四下望了一望，忽然急行几步，走到乌公馆门首，却又并不叩门，只在门缝内张了一张。

福尔摩斯一见之下，就知这人形迹可疑，正欲留心看他举动，那少年已向他掩的那条弄内走来。

福尔摩斯躲藏不及，即忙掏出板烟咬口，假充在墙角避风处，划火吸烟。

果然那少年并不注意着他，走在乌公馆侧窗下面，先把一个小指头，含在口中，"唔哩"叫了一声，接着拍了两拍手，便听得"呀"的一声，楼上那扇窗开了，露出一个雪白面孔，娇滴滴声音，望下说："你来了吗？"

福尔摩斯把脑袋略略偏侧，举目望楼窗口一看，那人不是别个，便是白天替乌里阿苏烧烟的姨太太。

那时楼下的少年，也朝上做了一个手势，姨太太笑说：

"出去了,你由前门口进来就是。"说罢缩了进去。

那少年疾忙奔出弄外,将乌公馆大门上的铜环,叩得雷鼓般响,里面有人开了门,少年进去后,门又关上了。

福尔摩斯抬头看楼上那扇窗,还没闭上,隐隐听得一阵笑声,由窗内透出,大约那少年已到楼上。

福尔摩斯暗想:"可惜没一部梯子,不然倒可爬上楼窗,看他一个仔细。看那少年举动诡异,或者就是偷姨太太裤子之人,若能将他获住,必可得裤子的下落。无奈这条弄,又十分狭窄,倘能加阔三倍,站在那边墙脚下,也看得见房中动作。"

此时他忽然想起,楼上还有一扇前窗,站在对马路,可以望得见里面,不如出去看看,或能得见什么,亦未可知。

福尔摩斯急忙赶到对面马路,抬头望楼上玻璃内白洋纱窗帘,依前遮着,只印着两个人形儿,扭在一块,拉拉扯扯,像是打架一般。

福尔摩斯暗说:"不好!莫非那少年昨夜偷了姨太太的裤子,今儿又想偷别的东西,被姨太太察破,两个人打起来吗?不要闹出人命案来,不是顽的。"当时便要唤巡捕进去捉拿,猛一想:"他家若出了暗杀案,乌老爷一定也作成我的生意,那时只须提到少年,便可得他一票大大的酬金,此时何必性急?造化那班巡捕,去得现成功劳呢?"一头想,一头又望上一看,不意这扭在一处的人形,忽然向下一缩,外面已不能望见了。

福尔摩斯好不懊丧,忽见楼下一扇窗,本来暗的,此时也射出灯光。

福尔摩斯重回弄内，攀着窗槛，朝里观看，这间房已由小丫头口中问出，是乌老爷的书房，岂知里面并无书籍，只摆着许多古玩。

房中站着一男一女，男的便是白天开门的那个仆人，女的像是娘姨，不过打扮得很为洁净。那仆人手挽着娘姨的手，和他面对面，不知说些什么，娘姨只顾吃吃发笑。仆人的身子本比娘姨长出半尺开外，讲话时略低头，后来话讲得多了，头也更低，渐渐和娘姨的面孔，贴在一起。

福尔摩斯暗想："这一定为着讲的话太秘密了，怕人听见，所以贴紧着面孔。莫非姨太太的裤子，是他二人偷的吗？"

此时又听得后门内一阵笑声，夹着"劈拍"声响。福尔摩斯不知又出了什么变故，疾忙走到后门口，由门缝中张见，电灯底下，摆着一张方台，旁边坐着三个女下人模样，一个男用人模样，四个人各据一方，面前都叠着一排拇指大的长方小竹片。台居中又有个四方圈儿，每人轮流由圈中摸一个竹片，又由自己面前拿一个出去，"劈拍"之声，由此而发。

福尔摩斯虽不明白他们玩的东西是何名目，但已估量出，一定是样赌具，心想："爱赌的人，输了钱，穷极无聊，往往要毛手毛脚，偷东西出去变钱，作为赌本。姨太太的裤子，莫是这班底下人偷的罢！怪道他们见了我都神色慌张，避面不迭。不过他们阖家没一个人，不是形迹可疑的，教我注意了那一个好呢？"

福尔摩斯正没主意，忽然弄口拖过一部马车，走不几步，停了。

福尔摩斯认得这部车，就是乌老爷刚才坐的，奔到弄口一看，果然是乌老爷回来了，手中还拎着一个很大的皮包，高举一只手，正在捺那电铃。

那时里面已听得声响，几间房内的火，一时都熄，连楼上姨太太房中的窗口，也不见灯光射出来。后门内"劈拍"之声，变作"乒乓""踢踏"，大约因知主人回来，不敢再赌，性急慌忙，磕翻台凳之故。

福尔摩斯左顾右盼，不防自己也被乌老爷看在眼内，因他身作印度人装束，疑惑他是巡捕房中落差的印捕，心中十分着慌，即忙对他招招手。

福尔摩斯只道自己被他看出形迹，暗道："不好！我在本国改了装，什么人都瞧我不出，不道来到这素号没眼力的中国，第一遭就被人看破，也算我晦气。"懒洋洋踱到乌老爷面前，正欲说明自己改装的原委，不意乌老爷不等他开口，已在身畔摸出一张纸来，向福尔摩斯手中一塞，说了句："阿三亲亲。"

恰巧大门也开了，乌老爷更无他话，提起皮包，朝里便走。

"砰"的一声，门又闭上，马车也拖向洋房背后而去。

福尔摩斯很不明白，这"阿三亲亲"四字作何解说，再看乌老爷塞在他手中的那个纸团，乃是张十元钞票。

福尔摩斯更觉模糊，暗说："这倒奇了！他给我这十块钱，又是什么意思呢？我看他神色慌张，也像干了什么虚心事似的，或者恐我看出他的破绽，给我十块钱，买我不开口吗？这种节外生枝的案情，倒是我们做侦探的，一个绝好资料，今夜不可不调查他一个明白。"

这时候忽见书房窗口，重复射出灯光。福尔摩斯那肯放松，仍回到适才站的所在，向里面张望，见乌老爷已坐在一张圆桌旁边，桌上放着那个大皮包，还没打开。姨太太也由楼上下来。

福尔摩斯因隔着窗，听不出里面说话声息，随把洋伞柄轻轻在玻璃窗上推了一推，恰巧这扇窗不曾拴上，被他推开一条细缝，里面说话的声音，已隐约可辨。

先听那姨太太开口说："老爷回来了吗？那话儿带来没有？"

乌老爷道："带虽带来了，今儿的惊吓可吃得不小。落船的时候，虽有公所中人，十块钱一只，包送上岸。码头上恰与侦探相遇，险些儿被他瞧出破绽，幸我假意扶着栏杆，把一副眼镜吊在黄浦内，央人捞取。侦探贪看热闹，才得将皮包送上马车，一路回来。我以为可以十拿九稳的了，不意隔壁弄堂口，不知那里来的一个红头阿三，眼睁睁对我望着，我只得送了他十块钱，才得安然进门。你道这桩事险不险呢？"

福尔摩斯听了，恍然大悟，知道乌老爷送他十块钱，果然是买他不开口的，并无别故。但不知皮包中究藏着什么物件，要他这般惧怕。

里面乌老爷仿佛知道窗外有人，要看他的一般，立时打开皮包，取出一块手掌大小、外包红纸的东西，放在台上，一块之后，又是一块，足有五十余块，才将皮包出空，丢在地下。

福尔摩斯仍不明白，这是什么东西，只见乌老爷满面堆笑，一块块拿起来，在鼻孔上闻嗅，似乎其味无穷。

姨太太却靠在乌老爷身上，娇声娇气说道："老爷这趟生意赚了钱，可要买一只金钢钻戒指给我咧！"

乌老爷没口答道："这个自然，这个自然。"

语犹未了，姨太太忽然皱着眉头，说："我心头烦闷得很，想睡一会儿，老爷你少停还要我装烟吗？"

乌老爷道："不妨事，你上去就是，少停我教梳头娘姨装烟便了。"

姨太太听说，急急走出侧厢去了。

福尔摩斯暗想："适才姨太太不是同一个人打架吗？因何不告诉他老爷，反说自己烦闷？便是适才进去的少年，至今还无下落，楼上火又都熄了，料想不在上面。不要打架时，被姨太太弄死了，看不出他一个弱女子，倒有这般力量。"

姨太太走后，乌老爷高嚷一声"娘姨倒茶"，便见适才和仆人讲话的娘姨，捧着一杯茶进来，放在茶几上。

乌老爷并不呷茶，却把一只手搭在娘姨肩头上，道："姨太太有病，教你做替工，你愿意吗？"

娘姨对乌老爷瞪了一个白眼，道："老爷放尊重些！"

乌老爷笑道："不教你替他别样，教你替他装烟呢！"

娘姨笑答道："老爷要我，我那有不愿意之理？"

乌老爷听说，笑得口都合不拢来，手扶着娘姨，拉长声音，高嚷一个"来"字，仆人应声进内。

乌老爷手指指台上，说："你把这些东西，仍收拾在皮包内，好好藏着。"一面柔声对娘姨道："咱们两个就此过去罢！"说着笑嘻嘻的拖着那娘姨便走。

娘姨临走时，又回头对仆人使了个眼色，乌老爷毫无所觉。

福尔摩斯实在想不出其中道理。

那仆人得他老爷吩咐，仿佛很不愿意似的，勉强答应。及见了娘姨的眼色，更面带怒容，待他二人出了房门，他对着二人的背形，咬牙切齿，伸拳捋臂，颇有欲得甘心之状，拿着皮包，将台上一包包的东西，置入里面，口中唧咕说："自己背着硬壳，小老婆汉榔头藏在楼上，还要转别人的念头呢！我只消将这一皮包的东西，去往巡捕房报告一声，就够他受用了。"

福尔摩斯听了，很不解这"汉榔头"是什么东西。乌老爷背的"硬壳"，也不知是铜打的呢，还是铁打的？台上的东西，与巡捕房，又有什么关系？意欲听仆人的下文，不意那仆人将皮包装满，随手抛在屋角，熄了电灯，出房自去。

那时房中又黑暗如漆，只隐约见远处灯光惨淡，吹来阵阵异味，触鼻难闻而已。

福尔摩斯等了多时，不见动静，连后门内也鸦雀无声，只有楼上姨太太房中，还灯光明亮，却也声息全无，想已安歇。

福尔摩斯好生纳闷，暗想："今儿在此露立半夜，虽见了许多光怪陆离的举动，听了不少不可思议的言语，但于'失裤'一案，仍无眉目，而且越弄越入岔路。往年我在英国，无论什么难题目，一入我手，莫不迎刃而解。现在到了中国，这样一件小小案子，反找不出一条线索，真的是'三十年老娘，今朝倒绷婴儿'，可也是我福尔摩斯的晦气。"想到这里，长叹了一口怨气，当时便欲回家，预备明儿再探。

不道走不数步，忽闻脑后"呀"的一声门响，福尔摩斯疾忙回顾，只见乌公馆的后门开了半扇，里面闪出一个人来了。

福尔摩斯定睛一看，见就是适才进前门的那个少年，不觉心中一动，暗道："这人为何进前门，出后门？进去时如何堂而皇之，出来时又怎的鬼头鬼脑？而且同姨太太打了一场架，姨太太也没在乌老爷跟前提起。大约偷姨太太裤子的，定是此人。不过听那仆人口中说，姨太太楼上还藏着'汉榔头'，或者这人有个'汉榔头'，被姨太太藏过了，他因要'汉榔头'不着，才把姨太太的裤子拿去，作为抵押。不过我既受乌老爷嘱咐，侦查裤子的下落，管他'汉榔头'与不'汉榔头'，只消将裤子找到，便可尽我职份。现在那少年，想必回家去了，不如跟着他走，一则认认门口，二则看事行事。能得手的最好，如不得手，与案情亦是大有益处。"

那少年跨出后门，一溜烟奔到弄外，见有黄包车停着，他不同他讲价钱，跳上去喝令快走。

福尔摩斯不敢怠慢，也跨上一部黄包车，命他约摸离开少年的车五六步，不得过分追紧。

随着他奔了一阵，已到一处所在，也是一条弄堂。路旁还停部马车，车夫坐在车内打盹。

福尔摩斯见少年的车停了，也命车夫停下，自己随手抓一把钱，给了车夫，趁那少年回身付车钱的当儿，走他背后，先进弄内。蹲在垃圾桶旁边，假充撒溺，偷眼看那少年，付过车钱，又对停着这部马车，看了一看，才移步进弄，在第三家后门口轻轻拍了两下。

里面有个男仆出来开门，少年问他道："家中可有客人？弄口是谁的马车？"

仆人回言："并无客人。马车是三小姐来接你去的，等有好一会咧！"

少年闻说，笑逐颜开的道："有这等事？你快把那马夫唤醒了，我进去换一套衣服就出来。"说着大踏步走了进去。

仆人也到弄外，招呼马夫去了。

福尔摩斯见后门未闭，而且没有人在，心想："这是一个绝好机会！常言：'不入虎穴，焉得虎子？'此时若不进去，更待何时？"自己一个箭步，已蹿到第三家门口，蹑足走进里面。

穿过一间房,便是楼梯。福尔摩斯壮着胆,上了楼,听房中掇凳开箱的声音,知道那少年在内更衣,自己不敢进去,屏声息气,在扶梯旁边一堆杂物背后,掩了一会。

那少年已换好衣服,吹熄了房中的火出来。因福尔摩斯躲在暗处,故那少年并不顾及,"登登"的下楼而去。

福尔摩斯恐他还要上来,不敢动抬,微闻那少年在后门口,吩咐仆人道:"你关好门,早些睡罢!我今夜不回来了。"

福尔摩斯听得这一句话,始放心进内。

房内虽然黑暗,福尔摩斯身畔,本有干电灯带着,照见房中一切器具,都很精致,所惜衣服物件,随处乱堆,毫无秩序,可知这人天天征逐在外,家中仆人不替他整理,所以呈此凌乱现象。

正看时,忽闻扶梯声响,福尔摩斯暗说:"不好!提起曹操,曹操便到。大约是仆人上来整理物件了。这间房并无第二扇门,仆人已到门口,既脱身不得,又无处藏躲,如何是好?"

他此时急中生智,见铁床四周,都有床帏遮着,便向床底下一钻,却也十分宽大,尽可容身。

说时迟,那时快。福尔摩斯刚入床下,仆人已到楼上,手执一根蜡烛,在房门口照了一照,并不进内,随手将房门带上。"嗒嚓"一声,想已下锁,接着一阵脚声,下楼去了。

常人在此时,深入险地,被别人锁在房内,仿佛笼中之鸟,无可脱身,都不免手足无措,急急打点逃走方法。但这位大侦探临事已多,识见又广,虽知脱身非易,却也不在他的心上,反说:"你锁了门,正好让我安安逸逸的搜寻证据了!"当即钻出床下,拍去了身上尘土,手执小电灯,用拇指按着电钮,先在台上照看。

见摆着许多玻璃小瓶儿,无非生发水、花露水、蜜糖膏、雪花粉之类。还有一大叠照片,男女不一,有些是那少年自己化装所拍;还有几张却是真正女人的照,背后都注着"三小姐送""五小姐送"等字样。

内有一张,很像乌姨太太,不过面庞儿略胖几分,背后也注着"三小姐"三个细字。那一旁还有一张撕破的名片,只剩得小半张,还是对破开的,上写有"香水一瓶,送李小姐哂纳"几个铅笔字迹。正中的名字是,"王忧"二字,但因撕破之故,看不出是全个名字,或是半个名字,是双名脱落一字,或是单名。只这一字,看情形很像这王忧就是那少年的名姓,因送香水给李小姐被他拒绝,还将名片撕破,剩此半张名片,留在案头,作为孝敬不成的纪念。

福尔摩斯见这些东西,都与他自己所探的案情无关,随丢开不看,又向榻上乱堆的衣服中搜寻。果见一条白绉纱衬裤,压在衣裳下面。

福尔摩斯心中大喜,随手抽出,不意一条之下,还有一条。

福尔摩斯反有些疑惑起来,暗想:"这王忧莫非专偷女人衬裤的吗?但乌老爷没告诉我,他那一条裤子是何花色,不知那一条是他姨太太的?料想两条中,一定有他那条在内，不如把两条一并带去，让他自己认清便了。"

主意打定，便把两条裤子，卷作一团，塞在短褂袋内。幸他这口袋比众不同，藏下两条裤子，还绰有余地。

大功既毕，也不暇再看别物，自己打点脱身之策，细看门虽锁闭，窗却开着。

窗外盖着一座凉棚，离窗三尺，有一根竹管直竖到天井内，所惜一出手搭他不着，否则沿竹管可以直泻到下面。幸他随身这根洋伞柄，没有丢掉，把伞柄上的湾头，搭住了凉棚上横管，身子只须略向前宕，便可搭着立管，不难立刻到地。

不过这件事很为冒险，因第一要手劲好，倘若跌下去，磕在石板上，怕不要肝脑涂地吗？

讲到福尔摩斯的精神毅力，真所谓"百折不挠"，虽有危险，何惜身试？

当时他略展身手，如法炮制，早已脚踏实地。定了定神，遥望后门口，那仆人身旁点着枝蜡烛，睡兴正浓。自己也不愿再去惊动他，开了前门，神不知鬼不觉的出来，雇一部黄包车坐了，欢欢喜喜回转南京路事务所。

次日，福尔摩斯包着两条白绉纱衬裤，兴匆匆的前往乌公馆去。

时乌老爷还没起身，福尔摩斯在书房内坐等，留心看昨夜那个皮包，已不知所往。

隔了一会，乌老爷出来，见了福尔摩斯，拱手带笑道："对不起，大侦探先生，白劳你老人家一趟。小妾的裤子，已由小弟自己查出了。"

福尔摩斯听说，不觉一愣，暗想："我费了一身辛力、大半夜苦功，才得查着，怎么他睡在家内，也查着了呢？幸真赃现在我处，不怕他赖了我的酬仪。"便说道："如此你裤子找到了没有？"

乌老爷笑道："这裤子并没出门，便在我自己家内，所以不须寻找，而且我也亲眼见过的了。"

福尔摩斯闻言，暗暗道声："惭愧！我昨儿还当是王忧偷的裤子，故此跟到他家，搜出两条衬裤。照此说来，那两条裤子，一定是王忧自己的了。我还以为侦探得手，岂知自己暗中已犯了一桩盗窃的犯名。幸得昨儿没被仆人进房撞破，否则捉到巡捕房，不免受法律上处分，真的是危险事！但乌老爷如何查出姨太太这条裤子，又怎样失去，倒不可不问他一个明白，也可添一层智识，将来再逢这种案件，也不致如此烦难了。"

当下福尔摩斯便向乌老爷动问，乌老爷并不隐饰，说："小妾因这条裤子，蹋了腌臢，不欲再穿，给了梳头娘姨，其实不曾失去，劳你空费往还，很为抱歉！"

福尔摩斯不悦，道："我原说这件事，须得问姨太太自己，你不肯答应，如今你大约自己问明白了。"

乌老爷急急分辩道："我并没问他！"

福尔摩斯道："如此你大约问过梳头娘姨的了。"

乌老爷摇头道："也没问过，却是我自己先在他身上看见了，然后明白的。"

福尔摩斯听了,愈觉模糊,暗想:"既然是衬裤,应该穿在贴身,若在娘姨贴身,主人因何得见?这件事更觉蹊跷,倒要问问他,解破我这个疑团。"

不意他问的话才一出口,乌老爷已涨得满面通红,说:"你这外国人,忒杀不懂道理!我们中国人,自有中国人的习惯,与你们外国人本来不同,现在也不消你先生费心。这里有十块钱,作为你往还的车资。我这里有事,不能奉陪了。"

福尔摩斯不知自己说的话,得罪了他什么,又因探案未得成功,不能和他计较多寡,只可拿了这十块钱出来。

走到外面,将王忧处拿来的两条裤子,连包丢在垃圾桶内,灭去了自己偷窃的痕迹,说声"晦气"。

回到事务所,将十块钱散了一地,帽子向火炉架上一丢,也不脱外衣,就在椅子上坐下,仍把两腿搁在写字台上,装了一斗板烟,一头吸一头思索这案的原理。

思索多时,仍不明白,况且乌老爷"习惯"二字,作何解释?良久,长叹道:"有了'习惯'二字,不要说用不着我侦探,随便甚么都可免得了。"

(连载于《新世界》,1917年10月24日—12月4日,
标"滑稽侦探"。)

六零六

瘦　菊

有一天，沪宁火车刚离上海，二等车中，一个客人，扬着手巾，高叫："停车！"

要知火车行动，原有一定时刻，岂能任你一二搭客，无故唤停之理？所以由他千呼万唤，依旧机声轧轧，车儿仍和风驰电掣般的前进。

这客人见叫不停车，心中焦急，自不必说，只看他面上红了又白，白了又红，双手乱搓，双足乱顿，恨不能借用当年楚霸王拔山扛鼎的力量，一脚将火车踏停，好让他跳下去勾当他的公事。

他也不管火车中还有别的搭客，兀自在人丛中横冲直撞，口中不住大呼小叫。最奇的他虽然一刻不停的在那里叫唤，却千遍一例，叫的乃是"六零六""六零六"三个数目。

和他同车有个外国人，瘦脸长身，高鼻深目，头戴打鸟小帽，身穿灰色大衣，口中咬着枝板烟管，斗中余火已熄，他犹不知不觉，用力狂吸不已。

这人非别，便是世界有名的大侦探福尔摩斯，他自"乌公馆"一案失败之后，心灰意懒，久不往大马路事务所办公，时常趁着火车，往各处游玩。

今天他又搭车往苏州，想一览虎丘名胜，不意在火车上遇见这个怪人，颇令他技痒难熬，跃跃欲试。

因此他先打量这人的装束，见他身穿一件黄呢大衣，面前第二个皮钮，已经脱落，故而袒着胸，露出里边的湖色绉纱长袍，左襟上染有碗口大一块黄渍。脚上一双卫生绒鞋，右脚面也有黄豆大一个灼洞。适才他扬着叫停火车的那块白洋纱冲丝巾，虽已塞在大衣袋内，一角还露在外面，角上有红丝线绣的花体"H"外国字。

看他年纪约在三十左右，面皮黄黑，眼眶底下，有几条指甲抓破的血痕，业已结疤。想此人三四天前头，一定和什么人有过争斗，所以留着这个成绩。两眼黑而有光，东张西望，闪闪不定，料此人必怀着虚心之病，证以刚才高叫停车，以及不住念"六零六"三字更信。

福尔摩斯看罢，轻轻将那人肩头拍了一拍，道："老兄尊姓？你既上了火车，为何又要唤停？适才你说的'六零六'又是什么意思？请你说出来，如用得着兄弟帮忙之处，兄弟无不尽力。"

那人听说，回头对福尔摩斯看了一眼，摇摇头，口中念念有辞，仿佛说："我姓杨，事情用不着你帮忙。'六零六'乃是'SIX NOT SIX'翻译出来，仍是'六零六'三字。"再问他，索性闭着口，一句话儿都不说了。

福尔摩斯好生纳闷，心中念着："'六零六''六零六'，究竟是什么意思?当年法国的'八一三'一案①,经侠客宣龙贤②用尽心机,始得查出秘密。现在'六零六'和'八一三'叠起来的数目,一般都是十二,莫非又有什么外国皇帝的情书,藏在自鸣钟内吗?我福某名满天下,比宣龙贤高出万倍,放着这般重案,不显一显身手,岂不受天下人耻笑?"

他越想心头越热,火车到了苏州,满拟追随这人,一探真相,不意他人地生疏,只走得一条街,转了两个湾,已不见那人踪迹。

福尔摩斯好不懊丧,也无心再游览金阊风景,在苏州只耽搁一日,就匆匆回转上海,胸腹中没一刻不转着"六零六"三字的念头。

既回上海,想起事务所久不前往,便道:"进去看看可有什么来信。"

果见写字台上,新闻纸和书信积有半尺余高。他雇的那个西崽,因主人久不上写字间,不燃火炉,也不买煤,今年天气又十分寒冷,他只可将些旧报纸,塞在火炉中,充作燃

---

① 这里指的是法国侦探作家莫里斯·勒布朗(Maurice Leblanc)所著侦探小说"亚森·罗苹"系列之《八一三》,由徐卓呆和包天笑合译,1914年1月1日至11月1日连载于《中华小说界》第一年第一期至第十一期;该小说单行本于1915年7月由中华书局分上下两册出版发行。
② 据香港中文大学翻译系博士姜巍考证,《八一三》由徐卓呆和包天笑从日译本转译而来,日译本将"亚森·罗苹"译作"仙间龙贤"(日文转罗马字为Senma Ryuken),故汉名译作"宣龙贤"。

料，自己高跷着腿，坐在旁边烤火，口中随意唱唱京腔，好生得意。

这时候正唱的《空城计》一段二六，"来来来"三字刚唱完，不期门一开，司马懿没进来，他主人倒进来了。西崽吃了一惊，住口不迭。

福尔摩斯早已听见，先将他谈姆夫路骂了一顿，然后再坐下来看信。

看来看去，都是些朋友问候之书，并无一封要紧的。内中只有一封，比众不同，是本埠所发，只粘得半分邮票，背后开着口，里面也无信笺，只有一张硬绷绷的卡纸，抽开来见上下排印着细字无数。最令他触目惊心的，便是这卡纸正中，印的"六零六"三个红色大字。

福尔摩斯见了，吃惊非小，也不暇观看别的细字，即忙将这张卡纸重复塞入信封里面，郑重其事藏在大衣袋内，呆呆思想，估量这封信，大约是火车上遇见那人给他的警告，"不意我心中才存得这一条调查'六零六'的念头，已被他看出形迹，可见这人能力着实不小。此信由本埠发出，想必他已先我回转上海。此人可算得是我一个劲敌，倒不可不刻刻提防着他"。一面将台上放的报纸，取一张当天的阅看，看到本埠新闻栏中，见有一段记事，用大号字排印，上写着：

乌有路二百五十号发现命案，已志前报。昨由医生检验，除面部灼伤外，别无伤痕，亦无受毒形迹。惟下部溃烂，验系花柳毒症，当然与案无关。臆测之，或因死者见毒势蔓延，羞愤自杀，较为近情。据死者之仆供称，主人素有神经病，则因病发自杀，亦颇入理。刻官中已以自杀定案，尸属虽经电告，当未赶到，暂由仆人领回棺殓云。

福尔摩斯看完这一段，更翻隔天的报，果见本埠新闻中，也记着此事道：

> 乌有路二百五十号，前晚忽发现命案，死者即是屋主人。杨其姓，启风其名，温州人也。侨沪近一年，携有一仆，家属均在原籍。
>
> 昨晨，其仆启死者卧房门进早膳，则见主人头入火炉中被灼而死。炉火已熄，房中椅桌均倒，似生前曾与人有一度之争斗被杀。而死者之仆，则坚称："是晚未闻若何声浪，亦无来客。惟日间死者之弟，曾至彼探望乃兄，因事冲突，愤愤而去，出门即趁轮遄返温州。启桯时死者尚安然无恙，晚间由彼亲闭前后门。越日启门，均安好如故，不意屋中乃发现此案，刻已报官请验。"
>
> 按：此事颇耐人寻味，要之为一新奇之暗杀案无疑，想一经官中侦察，不难水落石出也。

福尔摩斯看罢，放下报纸，斗的想起："前日火车中遇见那人,也说姓杨,莫非就是杨启风的兄弟?他暗杀了兄长,匆匆逃往苏州,故此神色慌张,惹人注目。至于告诉仆人回转温州,一定是故设疑阵,乱人耳目,其实他身子仍在上海,以便实行暗杀手段。这种技俩,虽然可以哄过报纸和中国官吏,然而我在外国,见识已多,岂能瞒得了我?这件事与我本来风马无关,但那姓杨的既敢写信戏弄我,明明与我为敌,我岂肯容他逍遥法外?还不免被他笑我无能。"

当下他便着意研究这桩暗杀案的真相,心知非得亲往出事的地方搜查证据,不能着手侦探,随即戴了帽子,拿着行杖,径往乌有路。

寻到第二百五十号门牌,叩了几下,果见有一个仆人出来应门。

福尔摩斯问他:"这里可是姓杨?前几天出人命案的是否此地?"

仆人答应说:"是的。"

福尔摩斯听了,更不多言,大踏步朝里直闯。

仆人不明白他的来意,只得闭上门,随他进内。

福尔摩斯步入客堂,见居中停着一口新鲜棺材,四面抚摩,并无纹隙,用力推了一推,也不能推开棺盖,一验死尸的形状,心中颇为焦急,回头见仆人还在旁边,便问他:"可有斧头、凿子?借我一用!"

仆人大惊失色,说:"开棺见尸,如何使得?主人尸首,已由官府相验,你是何人?为何还要再验?"

福尔摩斯先通了自己名姓,以为仆人一闻他的大名,定必许他开棺再验。岂知那仆人听了，漠然无动，仍不许他开棺。

福尔摩斯好生没趣，又盘问他主人的历史。

仆人见他是外国人，深恐多言惹祸，诿称不知。

福尔摩斯无奈，只得教仆人引他察看出事那所房间。

房中陈设，那仆人因主人家属未来，所以不敢移动，依然是原来摆设。便是出事那夜跌翻的椅桌，也没移正。

福尔摩斯见椅桌地位距离火炉只得三尺左右，火炉装在壁内，炉中剩煤犹存，有几粒煤屑溅出炉外。炉前铁格上染着一搭血渍，椅子向后而倒，桌子却是向前倒的。地上铺着毡毯，故而看不出足印。

离火炉数寸，遗有半橛香烟。福尔摩斯拾起，见是惠斯民公司四十四号牌子纸烟。又见数武之外，还有一个圆滚滚铜元大的东西。

福尔摩斯一见此物，不觉心中大喜。

此物并非珍宝，乃是大衣上一个皮钮。福尔摩斯检在手中，正欲塞入袋内，已被那仆人瞥见，伸手抢了过去，说："这房中各式东西，看看尚可，若要取去，万万不能。因我还须待主人家属来时，作个交待。"

福尔摩斯听他说得有理，不便持强，只得教他谨慎宝藏："这些虽为微物，但都是重要证据，不可忽视。"仆人诺诺连声。

福尔摩斯又在倒的桌子旁边地上，检起一个蓝玻璃小瓶，瓶上牌纸乃是"TINCTURE OF IODINE"，译名碘酒，是种黄色杀虫药水，瓶中业已倒空，药水泼在地毯上，染有手掌大一片焦黄污渍。

福尔摩斯点头会意，再看铁床上棉被未曾摊开，可知死者是夜实未安睡。被面上遗有一方白洋纱冲丝巾，福尔摩斯随手拿起，早露出一角，上有个红丝线绣的花体"H"外国字来。

福尔摩斯见处处斗笋，胸中已有七八分把握。又见枕旁还有一个小小玻璃瓶儿，牌纸朝下。福尔摩斯起初还道又是一瓶碘酒，拿起观看，眼光刚和牌纸接触，忽然惊得怪叫起来，把旁边的仆人几乎惊倒。

原来这玻璃瓶儿的牌纸上，正是那不可思议的"六零六"三个数目。

福尔摩斯见了，得意无比，自言自语道："造化造化！幸亏那天我恰往苏州，不然岂不令凶手幸逃法网？那人的形状，既已久吾眼内，一辈子休想跳得出我手掌之中。现在此人已回上海，见面不难逮捕。不然，我也须亲往苏州拿住他治罪。"

当时他又四面寻了一遍，见无别种证据，但就这几件，已可证明火车上所遇那人，定系暗杀杨启风的凶手，也一定是死者之弟。故也不再搜索，命那仆人将房内各物，妥为保管，自己走了出来，在大街小巷，四路奔跑，寻找凶手。

无如上海的地方太大了，福尔摩斯连跑三天，始得跑遍，但那里有凶手的踪迹？把他一腔热血，几乎化得冰冷。

到第四天傍晚六点钟时候，福尔摩斯没精打彩，由大马路外滩,踱向泥城桥,一路上自己盘算:"今天乃是十二月二十三号,再过一天,便是耶稣圣诞。这天无男无女,无老无幼,人人都该欢欢喜喜,度此令节。偏偏我奇案未破,还有甚心绪与人同乐?这件事本与我无干,却是我自己拖在身上的。常言:'是非只为多开口,烦恼皆因强出头。'想想好不懊恼。"想着心事,走路便有些儿横冲直撞,不意在小菜场附近,和一个行人撞了个满怀,将那人口中咬的纸烟,也撞落在地。

福尔摩斯好不惶恐,口中连称"对不起",一湾腰替他将香烟拾起。无意中见这枝烟乃是惠斯民四十四号牌子,不觉心中一动。再对那人面上一看,暗暗说声"惭愧"。原来此人非别,便是那一天火车上遇见,那个暗杀杨启风的凶手。

常言:"踏破铁鞋无觅处,得来全不费工夫。"福尔摩斯这一喜,真可谓心花怒放。他犹恐眼花误认,仔细将他端详了一会,见他身上穿的大衣,仍旧缺一个皮钮,湖色长袍上,还有一块黄渍,连装束都和那天一般无二。

福尔摩斯细视无误,问他可是姓杨。

那人回说:"正是!"

福尔摩斯听了,更无他话,一伸手将他胸脯揪住,说道:"我那一天不找你,今儿来得正好,快随我到巡捕房去!"

那人不解所谓,连说:"这是什么意思?你自己撞了我,为何还要拖我进巡捕房?难道你外国人讲的外国礼?"

福尔摩斯不答,拖着他径奔巡捕房。

那人随他到了里面,福尔摩斯告诉警官,说:"这人便是暗杀乌有路二百五十号杨姓的正凶,请长官将他依法惩办!"

恰巧警官认不得福尔摩斯,听他说的话有些不伦不类,疑惑他是个疯汉,再问那人,极口呼冤,说:"我今天午间才由苏州来此,并没犯什么暗杀案。这外国人我素不相识,不知他怎样冤枉我杀人?我乃是苏州的绅士,素来安分守己,不信可以调查。我适才好端端在大马路走路,被他撞了一撞,反说我杀人。料此人若非醉人,也一定是个疯子,请长官莫轻信他的言语!"

警官不住点头,福尔摩斯冷笑一声,意欲驳斥他这些都是谎话,不意警官对他摇摇手,令他住口,反问他是死的人什么亲戚。

这句话问得出其不意,福尔摩斯听了,一时回答不出,张口结舌,满面红涨。

警官"呵呵"一阵笑,道:"捕房虽能惩办犯人,但也不能擅拘无罪之人。这里既未有人报告暗杀,你又不是死者的亲戚,我们岂能凭你一面之辞,将他拘押治罪?你必须先找一个证人,或是死者家属,前来报案,那时我们才能调查明白,如法办理。现在你的扭控很不合法,所以我们也未便受理。"

福尔摩斯见捕房不管,没奈何,只得退出外面,但犹不肯放那人漏网,依旧拖拖扯扯,心想:"警官说要证人,那死者的仆人,尽可作证。"当下他又扭着那人,到乌有路死者宅内，好在熟门熟路，一直拖到他出事那间房中。

幸亏各色物件，都未移动。福尔摩斯命仆人牢守房门，莫让他逃走，自己放松手，坐在床沿上歇力，偷眼看那人，心想他现既到犯事的地方，任你老奸巨猾，也一定要心虚色变。谁知那人神色不改，愕然四顾，好似第一次来此一般。

福尔摩斯见了，暗暗称奇。他也知道中国人狠有些心口相违、喜怒不形于色之辈，料那人也是这流人物，故此有意不做声，半响始说："你既已到此，还不从直招供吗？"

那人闻言，仍摇着头说："我不懂你的话。"

福尔摩斯笑道："你还说不懂，我且将真凭实据，指点出来，看你还能抵赖不能？你在一礼拜前头，是否曾到这里？这里主人，名唤杨启风，是你的兄长，你向他要一样东西未得，两相争执。后来你便愤愤出了此屋，临走时，扬言趁轮船回转温州，其实却并不动身，仍伏在此屋附近，趁晚间仆人出门泡水的时候，掩入屋内，匿身暗处，等到夜静更深，仆人已睡，你始出来。

"满拟等你兄长睡熟，乘间偷窃，不意你推开房门，见你兄犹在向火，还未上床。你心中一惊，意欲退出。你兄已闻声惊起，起身时，其势甚猛，所以将坐椅向后带倒。那时你见事已败露，只得挺身上前，立在你兄对面，假装作镇定之状，抽一枝香烟，燃火吸着，一面向你兄要你白天所索那物。你兄一闻此言，心中大怒，就势打你一巴掌。你向后一闪，虽没被他打着，但他的指甲，已在你面上划了几条血痕，香烟也被打落在地。"

说到这里，顿了一顿，看那人面色仍不变动，福尔摩斯又说："你兄见打你不着，心中更怒，伸手抓你胸脯，致将你大衣上第二个皮钮拉下。你见你兄盛怒，意欲闪避，被你兄在你背后一推，你立脚不稳，身子扑在火炉旁的桌上。桌上本有一瓶碘酒，塞子已去。你扑上去时，碘酒溅起污了你的长袍，留下胸前这个黄渍。同时桌子倒下，碘酒也泼在地毡上。你见衣服被污，心中一怒，转到你兄背后，用力也将他向前推去。他也和你一般，朝前跌倒。不过你有桌子倚靠，他没桌子倚靠，所以直倒下去，额角头刚磕在火炉铁格上，头破血出，人也晕去。

"这时候你斗起杀心，将火炉门移开，把你兄身躯，略略移前，将他头颅，搁在煤火上面。那时炉中煤火将熄，你用物拨火，煤屑溅起。有一块烧红的，落在你右脚鞋面上，将你穿的卫生鞋烧了个细洞。可怜你兄内感煤毒，外受火灼，就此身死。这便是你暗杀兄长的真相。

"你既谋杀了兄长，便着手搜寻你所要的东西。这东西大约是张紧要契据，藏在枕畔。你素来知道，故此并不搜索别处，一开手便在枕畔将这契据搜得，塞入大衣袋内。那时你袋中本藏着一瓶药水，其名叫做'六零六'，还有一块白洋纱冲丝巾，角上用红丝线绣着个'H'外国字。你恐药水泼出来，潮了这张契据，将药水瓶、手巾一并取出，本想换藏别只袋内，无意中，手上遭了些药水，你随手将药瓶放在枕畔，用手巾抹去手上的药水。

"这时候忽然别处发动声音，你心中一惊，弃下手巾，掩到房门外面，侧耳静听，声息寂然。你见房中你兄的死尸，很为可怕，故将房门闭上，不敢再踏进去。又因天色还未明亮，深恐开门出外，形迹可疑，被巡捕查问。故此伏到天明，仆人走来开了门，你乘其不备，一溜烟逃走出来。

"出来之后，急急整备行装，趁火车逃往苏州。大约因这张契据的效力，须在苏州发生之故，去时离开车时候尚早，你便坐在车站公用椅子上等车，行囊都放在身旁。后来火车到站，你拎着行囊，匆匆上车，及至火车已开，你一摸袋内，失了一瓶'六零六'。那时你已忘却此药遗在你兄房内，还道遗在车站椅上，故此高唤'停车'，口中自言'六零六'不已。你可记得那时有个外国人问你唤'六零六'的缘故？这人便是区区大侦探福尔摩斯。"

福尔摩斯说时，面有得色，接着又道："你既到苏州，将这契据或卖或用，一应办妥。次日仍趁火车回转上海，不过因这瓶'六零六'遗失在外，心中不定，想必你也久慕我福某的大名，恐我于你有什么不利之处，所以发一封信给我，乱我耳目，可知因此更令我晓得你杀人心虚。我已找你多日，未得遇见。适才险些儿交臂错过，幸亏你吸的惠斯民四十四号纸烟，与我在出事室中拾得的相同，才得将你拿获。现在这里有纸烟、皮钮、手巾、'六零六'，还有你面上的指甲痕、胸前的碘酒渍、鞋面的焦洞、大衣的脱钮……种种证据，请问你还有甚分辩？"

说罢洋洋得意，以为那人听了，一定俯首无辞，伏地认罪。

不意那人仍神色不动，反耸了耸肩，说："你讲的话我概不知道。至于我面上爪痕、衣上污渍，也都有来历，却不同你意中所料。我先叙我自己的历史：我也姓杨，名唤梅仓，苏州人，非但没同胞兄弟，也并无伯叔兄弟。今春偶不小心，染了些毒气，日前开始发动，被我妻得知，和我大闹一场。面上指甲痕，就是他抓破的。当时他逼我到上海求医，医生劝我服'六零六'清血药。我买了几瓶，带回苏州，因等火车，在车站对过面馆中吃了盆炒面，只吃得一半，火车到了。我性急慌忙，致将一碟镇江醋，泼在衣襟上，留下这个污渍，那里是什么碘酒？不信请你试呒一呒，大的还有些儿酸味呢！"说罢又道："我吃完炒面，火车已将次开行。我急急出来赶火车，不期将一包'六零六'忘在面馆桌上，一颗衣钮也在车站铁栅上磕落。既到车上，我始想起'六零六'遗在炒面馆内。但我到上海来，专诚为买此药，所以意欲下车去取他回来。岂知车已开行，急杀没用，当时呼唤，就为此故。手巾上绣红字，与我更无关系。因这手巾我由洋货店买来，每条小洋两角，现成绣着字，同式的不知有几千百打，如何可以指为凭据？至于鞋面上的焦洞，乃是香烟灰所燃。不过我吸的纸烟，并非四十四号，乃是'强盗牌'。适才吸四十四号纸烟，也有一个缘故，因我今天才由苏州来申，恰逢'新世界群芳选举会'开标，我化了两角小洋，前去观光。这四十四号纸烟，便是惠斯民公司派人在门口分送游客之物。我得了一匣，随意吸吸，不意被你看见，当作证据，岂非笑话？"

福尔摩斯听了,还不甚信,一想:"惟有教杨启风的仆人证实他,便不怕他抵赖。"回头见那仆正站在房门口匿笑。

福尔摩斯招他上前,指着杨梅仓问他:"这人是否你主人之弟?即是那天和他斗气的人。"

那仆摇头道:"外国密司忒,你弄错了!我主人今年才只二十余岁,那里来这三十多岁的老兄弟?此人我并不认识。那天和他斗口之人,昨儿已陪着主母,由温州奔丧来沪,你看那边,他不是进来了吗?"

福尔摩斯随他手指处望去,果见房外走进一个十八九岁的少年,对着福尔摩斯点头微笑。

福尔摩斯不觉愕然,那仆接着说:"大约密司忒还没知道我主人的历史,且待我说出来,你就可以明白咧!"

"我主乃是温州富户,自幼便患一种恶疾,叫做'羊癫疯',发作起来,倒地不醒人事。虽汤火在旁,亦所不顾。去年带着数千金来沪就医,不意主人少年好色,在堂子中看上了一个妓女,未及一年,已将数千金挥霍罄尽,还染了一身毒疮,因羞于告人,故暗购'六零六'吞服。碘酒是主人买来涂冻疮用的;四十四号纸烟,也是他常吸之物;皮钮也由他自己大衣上落下,这缺钮的大衣,现还挂在衣橱里面;手巾也是我主人自买,共有一打,还有五六条新的藏着。出事之夜,据官家侦探查得,主人烤火时,忽然病作,连人带椅,向后倒下。因在夜深,没人听得,移时他自己苏醒,挣着起来,无奈身子还未复原,两腿无力,将手支桌,立定身躯,不意一阵头眩眼花,身子又向前扑倒,桌子被他带翻。

他自己的头颅，也跌在煤火上面，重复晕去。煤熏火灼，因而毙命，并不是什么暗杀，何劳密司忒费心？"

福尔摩斯听说，满面羞红，犹不肯服输，对进来的少年道："你那天既和兄长闹口，当夜出了事，不能说没暗杀嫌疑。"又在怀中摸出那封信，向杨梅仓道："你既写这封信给我，岂无虚心痕迹？"

杨梅仓还未分辩，那少年已哈哈大笑道："你说的话盘都缠错了。你可知我因何与死者斗口，因死者流连沪上，日久忘返，嫂氏命我劝他回家，他不肯听，因而斗气，何致将他暗杀？还有这封信，我可以代那位朋友辩白，并不是他所发。你试抽出来一看便知，这乃是某药房的广告信，随处分送，各大商店都有一封，何足为奇？与买'六零六'的人更是无涉。"

福尔摩斯听到这里，疾忙将信中纸片，重复抽出观看，果见"六零六"上面，还有一行细字，写着：

哈兰士医士秘制，内服清血解毒灵药，为花柳毒门之良剂，每瓶大洋一元七角五分，每打洋十七元五角。

福尔摩斯看了，气得几乎发昏，面上红白相映，羞愤交作。

杨梅仓便要和他过不去，定要拖他到巡捕房，告他赔偿名誉损失。幸得那少年从中解劝，福尔摩斯始得脱险出来。

既到外面，不胜愤怒，觉得这一场失败，比"乌公馆"

一案更甚。真的是"王小二过年,一年不如一年",以后谁也不高兴再做侦探。

心中想着,正待雇车回家,忽见面前拖过一部崭新的包车,上坐一个美少年,很有些儿面善。

既过数武,方始想起,这人便是从前乌公馆进前门出后门的王忧,暗想:"此人形迹可疑,我若能探出他的行为,或能将已失败的名誉,从新恢复。"当时他也来不及雇车,洒开大步,跟着那部包车奔去。

"六零六"一案,就在此处告毕。

至于福尔摩斯追随王忧的包车,这一去有分教——"新剧艺员,创设男子淫窟;外国侦探,发现女界嫖客"。

要知端的,且待做书的歇一歇笔头,隔几天细细奉告。

(连载于《新世界》,1918年1月7日—2月13日,其中2月2日—2月10日未出刊,标"滑稽侦探"。)

歇洛克侦案失败史

孙寿华女士

歇洛克（即福尔摩斯）自入中国，故迭在上海探案，皆大失败，以中国人之种种情伪、种种智术，较之泰西诸国，超过十倍，绝非歇洛克之精神与脑力，所能应付，宜其屡试而辄败也。

然虽如是，而歇洛克之壮心未已，不甘湮没，遂复投身于上海种种之社会，侦察情状，以为着手探案之助，誓必恢复其旧日之名誉而后已。

一日，歇洛克方在寓中，衔雪茄烟，坐安乐椅，与其挚友华生谈往事之失败，状殊嗒然。华生复以冷语嘲之。

歇洛克愈不能堪，身摇颤如秋柳，目灼灼注视华生之面，几不能发一语。

"豁琅，豁琅。"门铃之声再震。"暗杀……暗杀……"之音吐，已随此门铃声，而入歇洛克与华生之耳。

俄而，一客仓皇入，气促声嘶，面惨淡无人色，其神经似甚震越者。

时华生静默不语，歇洛克状亦镇定，旋乃现出一种老侦探之面目，周视此客而缓问之曰："客从何来？客来何事？"

客闻言，以颤声发无规则之答词曰："先生——先生——暗杀……暗杀……我所最亲爱之女，今夜为人暗杀。以先生之神技，必能为我侦此暗杀案！"言已，捉歇洛克之臂，请与偕行。

歇洛克从之，且呼一小僮与俱。濒行，顾华生曰："密司忒华生，其毋行，我侦案归，仍烦君为我笔记也。"华生曰："诺！"歇洛克行。

未几，至一处，似中人之家。客仍以猛力捉歇洛克之臂，曰："我即此室之主人也（由此改称'来客'为'主人'），今遭此大不幸事，悲哀失其常度矣。请先生恕我，先生其偕我至我女之死所。"

歇洛克随主人入死女寝室，见室中一切器皿，紊乱已甚，镜台破碎，脂粉留香。女尸横陈绣榻，血迹斑驳，几遍茵蓐，惟已不见其头颅之所在。俯视地上，粪秽狼籍，中有零乱之履迹、襞积之衣痕。歇洛克睹此，点首者再，遂出怀中日记册，一一书之。

验毕，歇洛克问主人曰："而女生时，亦有所眷爱之人否？"

主人曰："吾女幽闲贞静，恒不离吾跬步。吾敢决其无眷爱之人也。"

歇洛克曰："然则人亦有艳羡而女者否？"

主人闻言，眉稍蹙，目上视，沉思有顷，乃答曰："前月初间，忽有一因病请假之少年某宦，侨居于第四号屋内，因见吾女之美好，尝欲纳为箧室，使人来说吾，吾力拒之。

既而躬自来谒，一再固请，且将以利啖吾，吾又拒之。先生，我所知者，尽于是矣。此外将转求知于先生矣。以先生之神技，其必能为我立破此奇案，以雪吾女之冤愤。"

歇洛克闻主人言已，乃自座上起立，慰以必破斯案之语，即挈其小僮而出。

出，至某宦门外，命小僮按门铃呼人。

久之，乃有一女婢启门而问曰："阿谁？"

小僮出名刺一枚授之曰："敬烦传语若主人，密司忒歇洛克过访。"

婢接刺曰："洋大人，请诣花厅稍坐。吾将入内，通报吾主人。"

歇洛克挈小僮入花厅，举目四顾，忽见有可愕可惊之物二，乃使小僮密收之，且令速呼警察易服至。

有顷，警察与小僮俱至矣。某宦亦自内室出，服饰华贵，然内衣殊垢腻，形容枯槁，面目黧黑，身体颤动，手足皆呈拘挛之状。脱非犹有呼吸之声气，自其口鼻中出者，几疑为行尸走肉，非复生人矣。

比至歇洛克座前，屈膝请安，旋伛偻侍立于侧曰："大人早呀！天气好呀！"

歇洛克漫应之，旋即示意于警察，令捕某宦。

于是二警察、一小僮，竟挟某宦与歇洛克俱去。

既至歇洛克之办事室，相将以入。华生亦爽然起。

坐既定，歇洛克顾谓华生曰："密司忒华生，其谛听，其为我笔记。"华生曰："诺。"

歇洛克遂谓某宦曰："吾今有一要事，须以问汝，汝必随吾之所问而置答词，不能作一诳语。汝其可乎？"

某宦惊悸交集，汗流浃背，曰："谨如命，敬受教！"

歇洛克发问曰："汝近邻某家，昨夜出一暗杀案，汝知之乎？"

某宦答曰："知之。"

歇洛克曰："此案中被杀者，为一女子。此女子，闻即汝所欲纳为箧室者。然乎？否乎？"

某宦答曰："然。"

歇洛克曰："汝欲纳此女子为箧室，而其父不许，汝乃潜往，乞媚于其女，女又拒汝，汝遂杀之，以泄汝愤。然乎？否乎？"

某宦闻而觳觫，以首抢地，连呼大人者再，继乃宛转哀告曰："不敢——不敢——小人实未尝杀人，实未尝杀此女子。"

歇洛克又问曰："汝手足拘挛，身体颤动，面目形容，亦甚憔悴，此非汝与此案有密切之关系，因患败露获罪，故现如是之恐怖状乎？"

某宦答曰："否！小人性耽烟色，昼则凭鸦片以消遣，夜则拥姬妾以自娱，历年既多，遂成虚怯之症，面目手足，皆呈异状，实非因身犯重案，畏罪而然也。"

歇洛克又问曰："汝齿颊间有血痕，衣袖间有血迹，此非汝仓卒杀人，惊慌失度，致未能尽灭其形迹乎？"

某宦又答曰："否！小人既患虚怯之症，迭经名医诊治，金谓非日饮人造自来血，不易奏效。小人以自来血为药品所制，其功用或尚有限，苟以生人之血代之，为效必尤妙且速。且人言国家官吏，正为吸民脂膏而设。盖非此，则将无以自肥。故小人于斩决罪犯时，恒命人以巨瓮，收贮其血，日日饮之，以为滋补之剂。今晨饮此过猛，且饮时距此亦甚近，故不觉淋漓于衣袖，流渍于齿颊，实非以仓卒杀人故，致留此种种之痕迹也。"

歇洛克又问曰："死女之寝室中，粪秽满地，其中有零乱之履迹、襞积之衣痕，是必杀人者乘夜潜逃，手慌脚乱，触翻粪秽，踣而复起也。今汝身有奇臭，大似死女室中之粪秽，非即汝杀人之确证乎？"

某宦又答曰："否否！小人生平，嗜钱若命，行止坐卧，必与钱俱。偶与人酬酢周旋，人多掩鼻以去，谓小人之身，时发一种铜臭，令人不可向迩，然小人亦曾不自觉。今大人之所谓奇臭，殆即小人所染之铜臭，实非以杀人逃遁，误触粪秽而然也。"

歇洛克恶其狡辩，忿怒几不可遏，乃命小僮取一人头出曰："此非汝家中物乎？此非死女之头颅乎？"又出一短刀示之曰："此非杀人之凶器乎？此非最新之血迹乎？此非汝昨夜杀人之证物乎？汝尚有何言？可以辩驳。"

某宦仍如前状，答曰："刀诚是，血诚是，头颅诚是，昨夜杀人亦诚是。然杀人者实非小人，被杀者实非彼女。此头颅，实非彼女之头颅。此凶刀，亦实非杀彼女之证物。"

歇洛克骇极曰："怪事——怪事——谁杀人，谁被杀，汝能明白宣告，汝或无罪，否则是汝謷言也。"

某宦乃徐徐答曰："此事，在理固应秘密，然今为剖冤计，即亦不敢深讳。今晨小人甫起，侍婢忽报第七姬被人暗杀。小人骇绝，趋往视之，则姬已横卧血泊中，头颅竟不知何往。尸旁得一矮纸，书十四字曰'汝舍我而恋他人，我乃杀汝以为快'。审其字迹，大似一家丁所为。小人急命传呼，则此家丁者，已莫知所之矣。以故举室仓皇，奔走寻觅，冀得头颅与凶器之所在。而不图此家丁者，竟潜寘此二物于花厅，乃至为大人所检获也。今大人将以此二物为证据，坐小人以杀邻女之罪，是真可谓不白之冤矣。"

歇洛克至此，乃知证据全虚，呆坐椅间，噤不一语，仍如先时与华生晤对状。

小僮与警察，亦兴致全灰，逡巡退出。

某宦乃拾取头颅及凶器，伛偻至歇洛克座前，请安告辞而退。

歇洛克目送之去，终不能发一词。

华生至此，始开其久缄之口，笑谓歇洛克曰："此密司忒式最新侦探之又一失败也。"

歇洛克微怒不答，已乃起而长叹曰："我终无如中国人何！"

（原刊于《小说新报》第七卷闰五月增刊，1921年。）

失 子

逸 民

有一天我在路上闲逛，走到南京路口，恰好碰着福尔摩斯，垂头丧气的踱过来。

我与他本来有些认识，他一见便拖住了我的手不放，并且打着不三不四的中国话说道："好朋友，多时不见了。我现在要恳求老兄做一件事，立待答应。"

我看了他那副面色，心里非常诧异，因从前见他的时候，每每发出一副外国人脾气，懒的不肯说中国话，今日为何如此和颜悦色，故随口答着他道："你为了什么事情，这样鬼鬼祟祟的，快给我说！"

他满面天花的道："好朋友，你不是能做小说的么？我因为被一个马涤烦，披露了我的失败史，名誉一落千丈，近来生意冷淡，故想请你将我的优胜历史，披露一下，恢复我的名誉，真是感激不浅！"遂接连着说出许多自称自赞的话来。

我记不得他许多，当时不过唯唯而别，归家后与我的好友管城子商议。

管城子跳起来道："你好你好，何苦长他人的志气，灭自己的威风？还是将他的失败史，再写几篇出来，投到《大世界》报去，供我人笑乐一番，岂不是件快事？"

我一想这件事倒为难了，后来管城子与福尔摩斯在我心中交战了许多时候，卒为管城子所战胜。（因为管城子是我一个极知己的朋友，有时我还仗他以为消遣，所以不可违他，只好有屈福尔摩斯了。——逸民戏注）

福尔摩斯自至中国以来，委实没一件事占得优胜，不比在外国时，得心应手，诸事易办，所以一天天的郁郁寡欢。

有一日他从大马路回到自己写字间内，一步懒一步的走到那张沙发旁边，朝后一仰，叹了口气，一言不发，随手掏出一支雪茄，划了一根火柴，不住的在口中狂吸，忽然听得壁上那一只自鸣钟，"当当"的敲了十一下，不觉自言自语的道："我当初在外国的时节，何等威风，不料到了中国，弄得名誉扫地，而且今日午餐虽已有了，不知夜餐的钱，尚在何处？"心里越想越气，觉着老大的没趣。

仆人来喊他中膳，喊了三次，他方才走到大餐间内，吃了几个面包、几块牛肉，仍旧回到那张沙发上躺下，随手取过一张旧报观看，偏偏恰是一张《大世界》报。

福尔摩斯很不愿瞧，因为他人以为笑乐的滑稽侦探，就是述着他的历史，所以将刚牙一挫，恨恨的道："马涤烦，马涤烦，我若不报此仇，也不见得我大侦探的本领。"想了一回，复又坐下，两眼直射在写字台上，不住发怔，接连着又叹道："中国人真是懒惰成性，写字台弄得如此杂乱，尚不来收拾收拾，成何体统？"想要喊那中国仆人阿木林，骂他一顿，忽见适才抛在写字台上的一张《大世界》报，被风吹起，直向地上飞去。

福尔摩斯一想，报纸我虽不要看他，然而抛在地下，终不是个道理，遂俯身下去，拾将起来，置于写字台的一旁。

忽有一物，触于福尔摩斯眼帘，他的眼光何等尖利，一望而知是一封未曾阅过的信，急忙取来一看，封面上大书"大侦探福尔摩斯收拆"，内有寥寥数语，道：

大侦探福尔摩斯鉴：

敝处有一重要案件相托，见字速来，不可有误！

九马路半号胡图仁启

福尔摩斯一看，喜得手舞足蹈，不住的说："夜饭钱有了。"再是一想："那阿木林实在可恶，有了信为何不说给我听？若不警戒一下，恐防下次仍旧如此，岂不要失信主顾，回绝了自己的生意？"遂将电铃一按，听得"呤呤呤"响了数声。

那个阿木林气喘吁吁的跑到福尔摩斯面前，两手下垂，恭恭敬敬的道："主人唤我何事？"

福尔摩斯先没头没面的弹姆夫罗骂了一顿，才说到为何接到了信，不来报告，下次若再如此，看你再能在这里吃饭？

阿木林听得福尔摩斯骂他，已经抖个不住，说到他的差处，自然更觉不敢则声，只答应了几个"是"字，兀是去了。

福尔摩斯看了一看时计，不过一点一刻，时候尚早，就穿了一件外衣，戴了一顶呢帽，携了一根手杖，匆匆的往外就跑，走到马路上一想："阿哟！我到了上海十余年，从未听见那一条是九马路，现在向那里走去？没奈何，只好坐黄包车，谅来拉车的一定知道。"遂喊了一声"黄包车"。

谁知有十几辆车子，顿时围裹拢来，口中七嘈八杂，多说："洋先生到那里去？"

福尔摩斯大声喝道："休要啰唣，你们谁晓得九马路的，拖着我去！"

只见那班黄包车夫，个个把头一摇，说了声"不知道"，各自另找他的主顾去了。

福尔摩斯暗暗着急，想要不去，岂不白白丢了一注生意？想要去，又无奈路途不熟，找不到他。

正在进退维谷，忽见一个小老头儿，拖了一辆空车，飞也似的跑来。

福尔摩斯一看，晓得他是一个老上海，遂即问道："九马路去不去？"

那车夫对福尔摩斯看了一眼，说："洋先生亏得问到了我，若问别人，一定不晓得这条路在那里，我来拖了你去很好。"说时将车子停下，叫福尔摩斯上车。

福尔摩斯并不与他打话，坐上了只催快走。

那个车夫拔腿就跑，福尔摩斯看看路径，初时尚还认得，拖到后来，觉着街道渐渐的狭小，从来没有经过，心中兀自纳罕。

忽听车夫说"到了到了",福尔摩斯付了车资,下车正要问信,刚巧头一家就是半号门牌,是一所石库门房子,外面极其气概,两扇大门,紧紧闭着,左边门上,黏着一条红纸,纸上写着"胡寓"两字。

福尔摩斯瞧着有些对了,随手将门铃一揿,只听得里面问道:"是谁?"

福尔摩斯答应了一个"我"字,两扇大门已"呀"的一声开了,走出一个小厮,对福尔摩斯哈了哈腰,说道:"洋先生莫不叫做大侦探福尔摩斯么?我主人等得心焦久了。"

福尔摩斯点了点头,跟着这小厮一直进去,走过一条回廊,到了会客间内,那小厮说了一声"请暂待片刻",就走入内室而去。

福尔摩斯看那所会客间,虽则又狭又小,却陈设得图书满壁,花卉满几,极其精致,因在旁边一张靠背椅上,暂时坐下,歇息一回。

听得咳嗽一声,走进一个土头土脑的土老儿来,头上戴一顶方顶西瓜皮帽,架着一副玳瑁边的老光眼镜,背后拖着一条辫子,身上着的是天青缎子大袖马褂、二蓝银绸袍子,脚上穿着一双又大又阔的老式鞋子,摇摇摆摆,踱将进来。

福尔摩斯看了那副装束,暗暗笑个不住,忽想今朝是为着生意来的,如何好去笑他,莫要被他瞧见,下不过去,只得勉强忍住,起身问道:"来者可是胡图仁先生?"

那人答称"在下正是",又说:"先生想必是大侦探福尔摩斯了,久仰高名,如雷贯耳。"

福尔摩斯听他如此口气,揣摩他一定是一个旧官僚,家中必有积蓄,大好的买卖来了,因格外恭维着他,问他何事见委,特蒙宠召。

胡图仁微微的叹了口气,道:"这是家门不幸,才出了这一桩怪事,待我告诉你听。今朝的大早晨,一个小婢叫做翠香,抱了小儿到门外闲玩。歇了一刻,那翠香慌慌张张的跑进来说:'老爷不好了!'我见他一人在内,心中早吃了一惊,急问他:'公子呢?'他说:'被一个大汉抱了去了。'我问他:'大汉怎生模样?'他说:'那大汉生得又长又大,满脸胡子,极其可怕,抱了公子飞步向外,我追也追不及他,远远望见公子啼哭。那大汉塞了一块糖在口内,始得止住。'大侦探你想他不是骗子,还是谁呢?"

福尔摩斯听了这一篇言语,胸中已有成竹,遂对胡图仁道:"事体可以一定办到,办好谢我五百两银子,现在先支二成,作开办费,你可心中愿意?若是不愿,另请别位也好。"

那胡图仁满口答道:"银子事小,只要事体办得赶快。"说毕转身向外,歇了片刻,拿着一百两银子的英洋,交代福尔摩斯,催着快快去干。

福尔摩斯收了洋钱,向胡图仁点了点头,径自向外,叫了一辆黄包车,一口气跑到写字间。

那只自鸣钟上,已"当当"的四点钟了。

福尔一想:"时候已经不早,就是出去侦探,也是没用,不如且等明日再说。"主意已定,就躺在沙发上养神。

一宵无语，到了明天的大清早，福尔摩斯洗过了面，吃了早膳，匆匆出门，一直在外边侦察，有时步行，有时电车，有时还立在马路上，呆呆的看那来往行人，可有行迹可疑之处。讵知到了晌午时候，尚无一些头绪，心里着实焦躁，就在附近番馆里，胡乱吃了一顿中膳，也不回转写字间去。

到了一点钟辰光，福尔摩斯转了一个念头，想到电车站进出的人，一定不少，而且良莠不齐，我何不守在那处，或有些线索可寻，就跑到南京路外滩等着，足有半个钟点，忽见一个满脸胡子的大汉，抱了一个穿绸着缎的小孩，匆匆上了一路电车，坐的乃是头等。

福尔摩斯到了此时，方悔昨日太觉卤莽，不曾问那小孩子如何一个面孔，穿甚衣服，然而一见那人，领着这个小儿，有些君臣不配，心里就疑惑起来，莫与胡图仁一案有关，因不管三七二十一，也亲自跳上车去，跑到头等里坐下，等买票的来买票。停了一会，看见那个大汉，买到末站，福尔摩斯也就依样葫芦。

那人见福尔摩斯也到末站，就拿两个很凶恶的眼睛，对着他望了望，立时现出惊惶之色。福尔摩斯想有些对了，再看那个小孩，坐在大汉身上，一点没有声息，两个小眼珠儿，望着大汉脸上，不住发怔。

福尔摩斯越看越对，但此时不便下手，只好且到末站再讲，因此丝毫不动声色，闭着眼睛，假作养神，暗中却仍侦察。

那大汉的面色，有时忽红，有时忽白，非常惊悸。

不多一刻，电车戛然而止，那大汉就大踏步下去，想要望小弄内便跑。

福尔摩斯跟着跳下，先想吓他一吓，随手掏出一支勃朗宁，对准那个大汉，大声喝道："你不是个骗子么？快跟我来，若有一个'不'字，立刻请你尝尝卫生丸的滋味！"

那大汉冷笑道："即使我是一个骗子，汝有甚权力，敢来拿我？"

福尔摩斯听他如此说话，知道一定是一个老狐狸，岂肯轻轻放过，随手摸出侦探证据，向他一扬，说："你晓得我是什么人？难道不能够拘你么？"

那大汉才无话可说，但仍想夺路逃走，被福尔摩斯上前一把拖住，仍旧乘了电车，回到他的写字间内，想要问他一个仔细。

忽然阿木林走到福尔摩斯前面，说道："启主人，早间有人送封信来，放在写字台上。"

福尔摩斯答道："知道了，你拿手枪镇住了那个大汉，莫要放他逃走。"

阿木林领了主人之命，持枪止住。

福尔摩斯跑到写字台边，拆开那封信来看时，却是胡图仁写来的，不觉大惊失色，其书曰：

福尔摩斯侦探鉴：

　　棋差一着，错铸六州，而今已矣。盖舍间小婢，乃系新来，诸事未谙，是日抱小儿外适者，实为我知友陆某之老仆也。小婢误以为骗子，遂致误延大侦探，无任抱歉。白银一百两，聊以奉赠，余四百则尚未办事，只能告歉取消矣！

胡图仁谨白

福尔摩斯看毕，面上顿时红一阵白一阵的很不自然，暗想："顷间误拘的那个大汉，如何发落？"一转念间，以为他亦不过是个骗子，若得放他出去，必已经感恩不浅，没有什么不能对付，遂向那大汉说道："你去罢！我现在并不来办你了！"

岂知那个大汉，真是一个大骗，看见福尔摩斯如此模样，心里早就明白，说道："来时容易去时难，须得赔偿我的损失才兴！"言罢，随手掏出一张名片，是中国一个大大有名的人物。这是他早经预备下的，恐防侦探查检起来，好做个脱身之法。

福尔摩斯见他言语强硬，而且有此名片，只得问他要赔偿多少，那大汉说至少二百元，后来千讲万讲，才肯一百元了事。

福尔摩斯无奈，如数给与，那大汉始大踏步而出。

于是福尔摩斯侦探案又全归失败，坐在那张沙发上，唉声叹气不置。

（连载于《大世界》，1919年4月12日—4月21日，标"滑稽侦探"，署名"逸民戏撰"。）

一封书

了 余

却说福尔摩斯,自从在秦凯新家里撞了一鼻子灰,回来坐在办公室中,心里好生纳闷。那失败的历史,又偏生像钱塘江中的波浪,滔滔滚滚,向方寸间汹涌而来。此时不由那天下第一名家大侦探先生,长长的叹了口气,瞪着蓝蔚深深的怪目,独自发愣。

这个当儿,那写字台上的《字林西报》,着了些微风,在那里一动一动,似乎叫人看他发挥的言论,又像觚犀微露,讪笑他主人屡次失败。

那福尔摩斯身当此境,神经异常激刺,心头分外难受,当下立起身来,拿了手杖,想到跑马厅去解解心焦,吸吸新鲜空气。宗旨一定,遂匆匆出了寓所,迤逦向跑马厅,慢慢踱将过去,心中暗想:"若不弄他几桩奇案破破,怎能恢复从前名誉?"

不道事有凑巧,行不多路,只见弄堂中一家门口,围了许多的人,观看闹热。

福尔摩斯,生性好事,何况又是大侦探家,当下挨入人丛,细细一听,方才晓得是冒取银洋的纠葛。再看那冒取的人,生得异常粗鲁,更兼一脸横肉。

福尔摩斯想："此事必须要我出马,但须先向事主问个明白,免得卤莽误事!"遂即踏进门去,向着那些看闹热的,操着上海白道："走开走开,有啥看头?"

这班人见是洋人,大家一哄而散。

福尔摩斯甚是得意,握住了那冒取银洋人的手臂,来见事主。

原来事主却是个年纪三十开外的妇人,面貌虽不甚娇好,衣服却非常华丽,见了福尔摩斯,也是落落大方。

盘问来意,福尔摩斯道："我是英国第一侦探家福尔摩斯的便是,极愿帮助办此事,请把其中原委说明,以便着手。"

那妇人谢了道："极承洋先生好意,因为我的丈夫卫白襄,上月到西湖去游玩,已经三个礼拜,一封信也没有。今朝忽然有这个人,拿着一封信,说要拿五百块洋钿,教奴哪里肯相信呢?"

福尔摩斯听了,便向那人道："究竟这位卫白襄先生,现在那里?"

那人道："他此刻在八马路五号洋房内,这封信还是他自己交代我的呢!"

福尔摩斯接过信来,看了又看,斗的向身边取出烟斗,装了满满的一筒淡菰烟,燃着自来火,狂吸了一会,又向妇人道："密司,这封信的笔迹、图章,是不是你丈夫的?"

那妇人迟疑了半晌,道："笔迹迂拙,不狠像他的手迹,图章却丝毫不错。"

福尔摩斯听了,向那人狞笑一声,右手向裤袋里掏出一枝十三门的勃郎林,握在手中,喝道:"该死的王八蛋!你要死,快快的说;你要活,体动一动!"

那人见了这副尊容,早已吓得应了施耐庵先生所说"三十六个牙齿作刘儿厮打"的一句话,那里还敢强一强?

福尔摩斯却不慌不忙的将他按在地下,叫那妇人拿条麻绳,把来四马追蹄,紧紧一捆,再将抹布撕了一大块,把他的嘴堵上,恰好有间空厢房,就丢在里边,将门闭好,便向妇人道:"密司小心守着此人,不要叫他逃了,我去救你丈夫。因为你丈夫现在已经落在吓诈党的手里,狠是危险。"说毕即提了手杖,向外便跑,出得弄堂,回头一看,只见金碧辉煌的"风流里"三个大字,牢记在心,当下喊了一乘黄包车,一脚跨上。

那车夫照例拿出拍洋大人马屁的本领,双脚如飞,径奔八马路而来。

其时天色已晚,幸亏电灯照耀,如同白昼一般。

不多一刻,到了八马路,给了车资,细细去寻那五号洋房,却在狠冷静的地方,兜到他的后门一看,只见那围墙只有一人多高,里面便是披屋,披屋上有个晒台,靠晒台的楼窗,有些灯光透出,大约不是卧室,即是秘密会议所了。

福尔摩斯看了路道,心中暗喜,此番一定是得手了,虽有前后门,到时不妨再唤几个帮手堵拦。

正在自思自想的当儿,觉得肚中有些饥饿,遂寻了一爿小饭店,胡乱吃了一顿。那些东西,若在平日,必视为垃圾桶的原料。此时一心好像巨功已经告成,便是粗粝,也觉得分外甘美。

食毕出门,找了三个站岗巡捕,教他帮助拿人。那巡捕怎敢怠慢,当即随了福尔摩斯,到那五号洋房门口。

福尔摩斯便命一个巡捕守着,自己带了两个巡捕,绕到后门。叫一个蹲在墙下,用那接长人的法子,进来了两个,那底下的一个,便叫他紧守后门,自己同着上墙的巡捕,蹑手蹑脚的跨上晒台,窃听动静。

只听得窗内有人说道:"什么阿三,这时候还不回来?不要碰了什么岔子?我心里倒有放心不下……咦?一匣勃郎林,放在那里……不要管他,阿三阿四,先拿匣勃郎林来使用使用……"

福尔摩斯听到这里,知道已有八分把握,因距离太远,不能听得十分清晰,又怕他党羽还多。

正在心里纳闷,猛见那边又有一个窗户,福尔摩斯趱到面前一看,不觉大喜。原来此地窗户大开,仿佛是等着福尔摩斯大驾光顾的,且距离晒台,不到三尺。

当下只位大侦探家,略动脚尖,已经跨到窗槛,用手杖向下拄一拄,知是楼板,连忙将身向窗槛一坐,两足挂将下去,意想立起身来。

那知楼板,竟是活络的,福尔摩斯的肥躯,尚未站稳,竟骨碌碌从楼上直跌到楼下,暗想:"不好了!今番又着了道儿了!"可是心里这般想,嘴里却不敢叫苦,等到扒起,忙掏出电筒一照,不觉暗道"惭愧"。

原来是踏空了扶梯,吃这一大跌,并不是什么陷人机阱，暗道"事不宜迟"，当下藏了电筒，重鼓勇气，一手掏出那支勃郎林，两足飞也似的登楼。

说时迟，那时快。上得楼梯，一脚踢开那扇房门，只见一个莽男子，拿着一支旧式手铳，似乎要拒捕的光景。

福尔摩斯大喝一声道："该死的囚徒！"

声犹未了，只听得"骨东"一响，只见一个女子，吓得跌倒在楼板上，再也扒不起来。再看那男子时，手里拿的，却是一支烟枪，在那里索索抖个不了。

福尔摩斯知无劲敌，将一颗心重新放下，开了晒台门，叫进那个巡捕，一同将男妇拿下。又在床上，搜出一个十三四岁的小孩。各处搜出大土二包、膏子四盒。别的违禁品，却一些没有。

那男子同妇人拼命哀求，福尔摩斯毫不容情，登时将烟具等一切取了，便叫押将下去。

一声呼哨，那两个管门巡捕，都已进来。

福尔摩斯着两个监视了妇人小孩，自己同一个巡捕，押着男子，径奔巡捕房而来。

恰好捕头正在写字间，见了只位大侦探家，不觉笑嘻嘻的道："密司脱今天又破什么奇案？被那小说家探听了，编了说部，怕又要风行一时呢！"

福尔摩斯也笑吟吟的取出那封信来，道："小可今天破获一桩掳人勒赎的巨案，不过案中要犯，尚待堂上发落。"一面说，一面将信送将过来。

捕头接来一看，只见上边写着"华儿入目，刻余需大洋五百元，望交来人拿下，此款不可禀明汝桂官伯父为要，切嘱！父字"便觉莫明其妙。

福尔摩斯见他犹豫，即忙说明道："此信乃被掳者被逼所写，内藏玄机，非精密侦探，不能识破。"因略指信中数字"望来人拿下""可禀明官为要""切嘱"，说到此处，不觉指手画脚的高兴起来。

那捕头不敢怠慢，即将卫白襄带至写字间，问其何以犯此大罪，并将书信交渠阅看。

这听那男子供道："八马路五号，是公民私娶的小妾，公民实因身体有病，故犯了烟禁。只信是公民叫儿子写的，今天交车夫阿三到风流里本宅取洋，不知何故落在公堂，又不知如何作了犯罪的证据。"

捕头至此，始知福尔摩斯此案，又办得卤莽了。

原来福尔摩斯脑筋过敏，多生疑心，不免于事实生了误会。此时福尔摩斯自己也已翻悟过来，不觉一阵耳红面赤，趑趄向外。

捕头忙道："密司脱何作此态？此案虽非重要，然破获私食鸦片，不为无功，不过大才小用了些。"

福尔摩斯却竟如没有听见一样，没精打彩的走了回去。

至于卫白襄私吸犯罪，自有捕房判决，无庸小子多赘。小子这一枝秃笔，也暂时宣告停止。

（连载于《大世界》，1919年5月3日—5月5日、5月7日、5月9日—5月10日，标"滑稽侦探"。）

福尔摩斯被骗记

杨时中

中国光复之后,几千年来的政治制度,被革命军一脚踢翻,全国国民都兴奋起来;由此并引起欧美人士对这个"东亚病夫"的注意,而起了一种异样的感觉,——或即是消失了轻视的态度,另眼相看。

为欲明了中国民族的真精神,观察革命后政治社会的真实情况,来华游历的欧美人士,也日渐增加,碧眼黄发儿,到处可见。报纸对这种消息,不断揭载,其中最惹人注目的一个消息,是福尔摩斯的游华,最初载在上海《申报》,其原文如下:

> 【伦敦路透社六月二十九日电】名闻世界之英伦大侦探家歇洛克·福尔摩斯氏,久慕东方文化,退休后屡有旅华考察之意,以事羁未果实行,兹取得其助手华生君之同意,定于七月二日乘玛利皇后号豪华邮船相偕东游,预计约于八月十五日上午十点三十分抵上海登陆,休息一二日,即转赴杭州西湖、南京、天津、北京。由北京出关,考察东北、西北各省状况。作半年之壮游,

然后返回英伦。据称在津浦途中或将一游泰山孔林云。

该报又据美联社电称：

  福氏东游目的，在瞻仰中国固有之文化；但据另一消息，则似与故宫失窃案有关，或出于北京当局之邀请，亦未可知。惟福氏向记者表示：纯系私人游历性质，毫无职务上之关系云云。

  福氏精神一如往昔。为欲状行色，久藏于保险箱中之钻戒，亦为偕行之一员。该钻戒价值三十万元，为世界第二之名钻戒。福氏称：此举世无双之钻戒，余视为第二生命，每远出必相偕而行，盖套于余之指上，较保险箱尤为保险。言罢耸肩而笑。

这个消息传出后，各界人士无不特别注意，引为茶余酒后的谈资。各报为迎合读者兴趣，对福尔摩斯的游华消息及其逸闻逸事，尽力搜罗，争前恐后的揭载，并有"福尔摩斯专页"的印行。福氏为中国人拜服的程度，也就由此可知了。

在这些新闻及特辑中，我们对福尔摩斯的来华准备，已得到一个概要。福氏为举世仅有的侦探专家，对任何事情，都十分留意，不肯因其细微而轻轻放过，这是可以想象得到的实情。但福氏实际上从未到过中国，在职务上，也没留心中国或研究中国情形的必要；仅借退休的空闲，知道中国革命成功，偶尔想起这个国家罢了。他游华的动机，纯出于传染病式的兴致——"旅华热"所鼓动，也可以说为好奇心所驱使。

由于这种事实上的观察，他对中国事情的研究，只有临时抱佛脚了。在时间上，不容他对中国各方面加以深刻的研究，以求得切实的了解；只在"旅行指南"一类的出版物上注一下意罢了。在这种草草准备之下出发，自然嫌于不足，此亦福氏所深知而无可如何者。

福氏所仰慕的是中国古旧文化，对于新的文化，尤其社会侧面，他与西方一般人抱着同样的见解——看不起。他被这种高傲支配了全副精神，于是到处碰壁，尤其社会侧面的势力，一见之下就把福尔摩斯击了个焦头烂额。把一生的名誉，完全丧于中国；所得的代价，是认识了中国的一部——社会侧面之一部。

中秋节的上午十点三十分，玛利皇后号邮船果已入口，泊于黄浦码头。福尔摩斯在中国没朋友，旅行社把他直接送到国际饭店，下榻于二楼十三号。

福尔摩斯口衔着烟斗，在箱子中取出英伦出版公司出版的《上海旅行指南》，和华生计画游览上海的名胜路线，准备下午开始游览，忽有一个侍役走进来，举着一张英文名片，鞠躬道："中国大侦探家九连环的代表李龙飞拜访，见不见？"福尔摩斯正少一个向导，造访人又是侦探家的代表，自然竭诚欢迎。

李龙飞是九连环的临时助手,对英文英语造诣颇深,关于福尔摩斯的个性、历史,极其熟悉。相见之下,略作寒暄,并述渴慕之忱,接着就盛称福氏侦探术的优越,某案如何,某案如何,如数家珍。

两人周旋已毕,李龙飞在衣袋中掏出一封英文信,很慕敬的递给福尔摩斯,说道:"这是九连环先生的一封信,九连环先生对于先生倾倒已极,原想亲自过访,为先生洗尘,因为事情太忙,来了恐不得晤面,徒耗时间,故特派鄙人预约。"

福尔摩斯客气了几句,把信拆开,上写道:

先生侦探技术,前无古人,后无来者!下走亦此道中人,久慕大名,而无由识荆,每引为生平恨事。兹见报载先生辱临敝土,私念夙愿将偿,曷胜雀跃欣幸。先生尘装初卸,本应恭谒候安,侍从导游,用尽地主之谊,但恐冒渎清神,于心未安,特先派代表李龙飞君面订会期,肃聆教益;克广新知,借增荣辉,不胜盼祷之至!倘不弃卑贱,即临远东浴室,聊作名实相副之洗尘,则尤感幸无极矣!

九连环冒昧拜言

福尔摩斯读罢,还没表示可否,李龙飞恐怕他公然拒绝,接着说道:"九连环先生为欲拜识世界知名的大侦探家,有迫不及待之势,倘慨允即时会晤,他就更感激得永铭心版了。"

福尔摩斯恐怕失去这个极合宜的向导,允许当日正午十二点自行前往。

李龙飞叫茶房:"给一三〇〇一三号打个电话,正午十二点开辆汽车来,送福尔摩斯先生至霞飞路远东浴室二十六号,车价无论多少,记在九连环账上。"电话打完,李龙飞便叮咛告辞。

李龙飞辞出后,福尔摩斯一面准备赴约,一面向华生道:"有九连环、李龙飞二人导游,我们便不感寂寞了。"说着耸了耸眉,把烟斗中的烟灰很技术的磕出,笑着说道:"这次还许收一个中国的徒弟。"说罢,将烟斗装入衣兜,正要问茶房汽车开来没有,忽又来了个不速之客。

福尔摩斯接过名片,见背面的英文是"中国国民政府中央情报部驻沪代表陆震南""办公处浙江路三十九号,电话四二〇〇四二"。福尔摩斯恐怕中国政府有什么事情前来接洽,立时就说了一声:"请!"

李龙飞是西服革履的社会人物;陆震南则身穿大礼服,颇有官场气派——态度严肃而温和。陆震南一进门,用鞠躬的姿式向前抢了几步,和福尔摩斯及华生一一握手,各通姓名,然后拿出一个附译英文的电报给福尔摩斯,说:"这电报是南京情报部长发来的,着陆某代表部长欢迎,并嘱照料一切。如需要任何事物,当妥为准备代办,以尽地主之谊。"

福尔摩斯深表感谢,略事周旋,就要辞了陆震南应九连环之约。陆震南坚邀福氏与华生同到办公处午餐,福氏以不便失信于人为辞,婉谢了陆氏,因此耽搁,到远东浴室时,误了三十分钟,九连环已独自入浴,派李龙飞守候,李龙飞把福尔摩斯让入室内,表示歉意道:"九连环先生以为先生遇有要事,不克履约,故先行入浴,尚祈原谅!"

福尔摩斯把陆震南往访,以致迟误半小时的话说了出来,表示歉意后,亦只得独自入浴。这时九连环恰已浴毕而出,李龙飞从中介绍,并代为表明彼此的歉意。九连环即用英语嘱李龙飞速赴皇宫饭店定座,然后与福尔摩斯倾谈,大有相见恨晚之慨。

未几,福尔摩斯独自入浴,出浴后,九连环已不辞而别,及巡视屋中,却发生了意外的变故,除衬衣鞋袜外,其余衣服、名片、钱袋……所有一切,都不翼而飞。

福氏知已遇骗,十分懊丧,为顾全名誉,又不敢声张,等到下午两点,料华生已返寓所,由电话通知华生,赶紧到远东浴室,有要事待商。

这时华生正在国际饭店十三号和陆震南谈论上海的风土人情。陆氏交际手腕极高,华生对之已获得良好印象,对他的谈话,也感有浓厚的兴趣。华生接到电话,不知何事,嘱陆震南少候,俾与福尔摩斯其作长谈。陆微表意欲辞行,华生坚留不放,只得勉强坐下。

华生披上大衣,打开箱子,取出一百元一张的钞票六十张、零票若干,点了点,夹入皮钱包中,顺手放于大衣衣兜。

陆震南问道:"钱够用吗?如不够用,你可随时给六〇〇〇号打一电话,用多少都可送到。六〇〇〇号是沪江银行，那里存有办公处的款，我已留下话，他们接到你或福尔摩斯先生电话，就可送到。"说着掏出一本支票来，道："钱送到，你再开支票给他，这是部长的银行，很便利的。"

华生见陆震南竟这样客气，赶紧把支票本披在陆震南的衣兜中说道："你太客气了，钱我们足够用，将来麻烦陆先生的事多着呢！"

这时隔壁十四号的门响了一下，似乎有一客人先华生而出。隔壁十四号和十三号原是连间，有一木门相通，关上门就断为两号，打开门就成为联号。在钥锁孔中，可以互相窥视，把耳朵靠近钥锁孔，谈话声可以彼此相闻，所以十四号的动静，十三号也听得清楚。华生借此一响的机会，与陆震南分手。

华生下了国际饭店磴磙，见左便道下停有一辆银色汽车，由于陆震南的上海风俗谈，华生知道这种刷色的汽车是待雇的街车，于是停住步，望着银色汽车表示雇用。

车夫立即拉开车门，垂手站在上首，目注着华生，跟车人站在车夫身前，略向外错开半步的距离，向华生作着十几度的鞠躬姿式，平伸起右胳膊，手向车门，正把车夫映在胳膊的后面，表示让华生上车。

华生俯下身去，左脚跨在汽车的踏板上，右脚悬着，上身已探入车门。右脚还没跨进去，车夫的右手似在跟车人的胳膊下把华生的大衣口袋微微触动了一下，但华生毫无所觉。跟车人用洋泾浜式的英语问明地点，直开至远东浴室。

远东浴室侍役把华生导入二十六号。福尔摩斯向着华生摇头苦笑道:"完了!"两手作了个展开姿式,腰板挺了挺,接着道:"一世英名,败于竖子之手!"

华生莫名其妙,询明原委,相对默坐了一回。华生道:"这种事既不便声张,身在异国,一切隔膜,又无法追究;救急的办法,还是买身成衣,回到国际饭店再说。"

福尔摩斯点点头,华生探手入囊,掏出皮钱包,一见之下,面色立刻惨变,目注着钱包,两手抖了起来。原来钱包的大小、形式、颜色,都已变更,速即打开,六千元钞票已失,却发现了一张当票、中国银行钞票二百九十元四角,另附英文手条,上写道:

福尔摩斯先生:

报载先生为表示绅士态度,征装华贵,艳美之至!时当中秋,吾以困于经济,周转失灵,故暂借先生外衣,投之质库,然总计所得不过五百金,大失所望!故又转移其目标于华生君之身,所获较优,感激感激!吾不忍见先生亵衣行国际都市中,谨将原质金二百八十元、利息八元四角、浴资二元,托华生君转呈。日记册等零星物件,均附存质库。至暂借华生君款,于二君起程时悉数奉还,绝不失信。冒渎!冒渎!至歉!至歉!

九连环拜启

福尔摩斯皱着眉,低着头,在屋中来回兜圈子,听华生读罢，停步问道："华生，你怎么来的，路上的情形怎样？请你不惮详细的说一说。中国骗子扒手的技术行动，我们虽一无所知，然在原理上亦不难推知他们的手法。"

华生道："在我离开十三号之前，十四号的门响了一声，我借此与陆震南握别……在上汽车的时候，车夫和跟车的立在车门上首，很恭敬的让我上了车……此外别无可述。"

福尔摩斯默想了一回说道："十四号与十三号，我们住的房子，一间相隔，不无可疑。车夫和跟车的肃客姿式，也是一个疑点。据我推测，你在十三号的行动，或被十四号侦察了去，由车夫之手抵换了皮包，亦未可知。"

华生道："这个推测很合情理，但身居客地，只能容我们推测，想追究是没办法的。若在本国，我们也不会遭遇这种不幸。现在我们已陷身恐怖的包围中，还是赶紧赎回衣装，立回寓所为上策。"

福尔摩斯与华生形状狼狈，跟跟跄跄的遄返国际饭店，走到十三号门首，又发生了惊人的奇事，华生几乎晕了过去，不是福尔摩斯扶住，险些倒在地上。

华生清醒之后，把眼睛揉了揉，眼光又射到十三号门首，福尔摩斯的眼光，也随着射过去，把福尔摩斯又吓了一跳，原来十三号住客姓名早已把福尔摩斯的名片撤去，换了华文周苦盦的名片。

福尔摩斯把十三号侍役叫了来，指着十三号问道："这是我们租的房子，为什么让别人住，我们的东西移到那儿去了?"

侍役取出一张名片递给福尔摩斯,却是福尔摩斯自己的,上写英文两行,译录如左:

祈将余及华生君之行装等交去人送至大亚酒店五十二号。至盼!此上

国际饭店　福尔摩斯(签名)

侍役道:"华生先生去约一刻钟,即有一大亚酒店的侍役,穿着白色号衣,衣襟上挂着黄铜号牌,拿着这名片来搬取东西,我请示陆先生是否可以移去,陆先生说给你打一电话问问。问明后,陆先生就押着行装一同向大亚酒店去了。我在电话旁还听你答话呢,莫非不是你吗?"

福尔摩斯低头不语。

华生道:"一切都完了,我们没有留在上海继续旅行的资格了。惟一的办法,是乘原船返伦敦;玛利皇后号还有一天的耽搁。你看怎末样?"

福尔摩斯颓然答道:"只得走这条路了。"说着把手插入衣袋,想掏出烟斗,烟斗触动了戒指,微微作响。福尔摩斯忽然兴奋道:"华生:你看!他们这一群笨虫!骗去那些不值钱的东西中什么用?无价之宝依然在我手上!"

华生望着钻戒笑了笑,忽由楼下走上一个戴绿帽子穿绿号衣的邮差来,背着绿帆布上漆的邮袋,拿着一束快信,望望十三号姓名牌,问侍役道:"十三号不是福尔摩斯?"

侍役指着答称："福尔摩斯先生在这里！"

邮差捡出一封英文快信递给福尔摩斯——玛利皇后号乘客公用的信皮，封面写明"本市十五局国际饭店十三号面递福尔摩斯先生"。

福尔摩斯把邮差由头上至脚下侦察了一下，看得邮差直发毛，然后在快信条上签了字，交给邮差。

打开信，内有玛利皇后号特等舱客票两张，一张填着福尔摩斯的名字，一张填着华生的名字，两张的号码同是六十五号，当然是两人占一间包房。票的起点上海，终点伦敦。

福尔摩斯暗想道："我们仅准备原船回英，没预订船票，是谁给代购的呢？"举起信封一照，还有一张信纸没抽出，速即抽出交华生读道：

福尔摩斯先生：

度先生与华生君将有返英之议，愧无以为贶，恭备船票两张，尚希笑纳，屡渎清神，至憾！至歉！望赐见原！尊款行装等，恐在旅邸别有闪失，故暂为保管，行前决完璧归赵，请释疑虑！沪滨社会，品类复杂，身外物不同钻戒——套于先生指上即可"较保险箱尤为保险"——此下走所深虑者。为尽地主之谊，固不能不防患于未然，惟方法似乎恶作剧，深引以为憾耳；然无恶意存乎其间，是可质诸神明者也。

九连环拜上

福尔摩斯在本国报纸上所认识的中国人，是官具贪心，吏染污迹，豪蒙土色，绅富劣性，到上海后所见的传单标语，也都是"铲除贪官污吏，打倒土豪劣绅"一类的词句，因此对九连环表白心迹的书札，十分怀疑，以为官绅既没有一个廉洁公正的，区区的骗子懂得什么信义！并且九连环为此费了许多心血，下了很大的本钱，到手的东西那有送还的道理，在文明的绅士之邦——英国——也不会有这种讲信义的强盗骗子。他想到这里，把九连环书信上所给予的希望，早置之无何有之乡，广漠之野了。

华生不知福尔摩斯在想什么，拍了他肩膀一下，说道："票也买了，我们上船吧？"

福尔摩斯懒洋洋的出了国际饭店，摇着头向华生表示道："强龙不压地头蛇，我们没办法。我相信中国侦探家假设手段比我强，在外国过着这种情形也和我们一样没辙。"

华生取笑道："陈查理如何？"

福尔摩斯似乎没留意华生的话，抬头看见一辆银色汽车停在路旁，向华生呶了呶嘴，拉住华生的腕子钻进车去，"玛利皇后号邮船码头！"汽车遵着命令风驰电掣的开着走了。

下车后，福尔摩斯和华生同时把手伸入衣袋中，可是谁也掏不出一文钱来，汽车夫道："我们的规矩先交钱后上车，二位大概短住了，写账吧！"说罢一笑，开着汽车走了。这不是优待洋鬼子，买卖人不会作这种大方事，瞒不了作者，这是九连环的预定计画。

当汽车转过头去的时候，福尔摩斯惊呼道："华生，你看见这部汽车的号码吗？"

华生乍闻之下，虽觉愕然，但不经意的答道："没有。"

福尔摩斯向汽车去的方向指着，用力说道："这车的号码是七十八号。"

华生斜看了福尔摩斯一眼，问道："七十八号有什么关系？"

福尔摩斯道："我们又进了九连环的圈套了！"

华生惊问道："怎末？又入了圈套？什么圈套？"华生对福尔摩斯的推解力，向来是信仰的，但不知七十八号汽车和骗局发生了什么关系，故在答词上画了一串惊奇的疑问号。

福尔摩斯放低了声音道："好厉害的九连环！他知道我们泰西人忌讳十三，整个的拿着十三跟我们开了玩笑——一个不够两个，两个不够三个，三个不够四个……拿十三结成网，布成阵，把我们严秘的包围起来，直到握住网口，封住阵门，才被我们发现，但我们逃不出这个网，冲不出这个阵势了。"

华生道："这话怎末讲？我不明白。"

福尔摩斯屈指计算道："旅行社接客人是九连环的一党，故意把我们送到国际饭店十三号，我们不省悟，竟踏进了我们所最忌讳的十三号的门！这是一个十三。李龙飞把我赚到远东浴室二十六号。这是两个十三，共计三个十三。陆震南的办公处是三十九号,你钻进去了,三的三十,三三见九,这是三个十三,共计六个十三。把我们的行装骗到大亚酒店五十二号,四的四十,三四一十二,这是四个十三,共计十个十三。玛利皇后号邮船的房间六十五号,五的五十,三五一十五,这是五个十三,共计十五个十三。这汽车不要车钱,分明是九连环的党羽,汽车号码恰巧七十八号,六的六十,三六一十八,这是六个十三,总计二十一个十三。——打麻将以十三翻为最大的输赢,我们竟输了个二十一翻,可以说是倒霉到家了。"

福尔摩斯的算学才讲说完毕,忽有一辆行李车开来,进了码头,横在福尔摩斯面前停住,码头脚行像一窝蜂般的围上去,问:"多少号的行李?"

车夫答道:"六十五号包房福尔摩斯。"

又问:"多少件?"

车夫答道:"大小十三件。"

福尔摩斯一听是自己的行李,赶紧挤进去看,除原有的行李外,还有许多礼物,都标着自己的名字,数了数共计十三件。至此,福尔摩斯才把颗悬起来的心放下,喘了口长气上了船。

福尔摩斯和华生走进六十五号包房,李龙飞与陆震南已迎了出来。

福尔摩斯和华生很惭愧又很佩服的与李、陆二人相互交换着握了交欢之手。在握手之间,又演了一幕玄妙的谐剧。

福尔摩斯掏出烟斗吸烟,谈着话装上烟丝,把烟斗举到口边时，福尔摩斯的面色突然变得惨白，用惊疑的眼光注视着左手上的戒指，形如木鸡。

华生走近看时，见福尔摩斯的钻戒已变成赤金的、自己所戴的结婚戒指，举起自己手一看，却变成了钻石的——福尔摩斯的原物。

福尔摩斯此时才恢复了原来的状态，惟有摇头苦笑，表示倾服。

福尔摩斯为欲明了中国骗术界的情形，向李、陆二人要求和九连环作一夜长谈。李龙飞向隔壁的舱墙弹了几下，不多时九连环已出现目前，福尔摩斯跟受了催眠一般，很迅速的站起来，略一凝神相视，像迎天神一般的惊呼道："神州亚森·罗苹！神州亚森·罗苹！"由此九连环又被人尊称为"神州亚森·罗苹"了。

九连环接受福尔摩斯的要求，把他一生所作可惊可愕可泣可歌的事迹，尽一夜之力完全揭布出来；福尔摩斯取得九连环的同意，令华生担任速记，准备把这些奇奇怪怪的惊人事体发表在伦敦《泰晤士报》上。吾书所录就是九连环——"神州亚森·罗苹"本人当时所谈的一部分。

（选自《神州亚森·罗苹》，1941年4月1日初版，上海沪江书社出版。）

中国之福而摩斯侦探谈

涤 骨①

（一）奸！杀！奇案

时！福而摩斯，在上海充侦探事。

一日，午后，二句钟。

福而摩斯，正在新造洋房之三层楼上，办事室中，斜倚百合窗，探头外出，呼吸新鲜空气，手持吕宋烟一枝。

写字台上，置白兰地酒一杯，手簿一册，新闻纸数张，目炯炯若有所思。

忽一仆手执名刺入云："有客来访。"

福而摩斯取视名刺，上书"呆汉"二字，喜曰："我平生专事探访，天假之缘，今又来此际遇。"遂告仆人曰："请！来客进。"

---

① 根据樽本照雄编《清末民初小说目录》（第14b版，清末小说研究会，2023年，第2487页，H2566词条），"涤骨"即陈其渊，字石泉，号涤骨，笔名有嘉定二我、二我等。而根据《自由杂志》第2期，1913年10月20日，嘉定二我即"陈其渊，字石泉，又号涤骨，江苏嘉定人，住方泰镇"，且该期杂志刊载有作者照片。

未几,一少年入,衣服华丽,容貌清秀,鞠躬曰:"先生,即福而摩斯欤?"

福而摩斯起,致礼曰:"然!"

呆汉又曰:"先生老于侦探,名闻中外,今特造府,欲劳先生有限之精神,费先生实贵之时间,探访一事,未识可否?"

福而摩斯曰:"岂敢!我极喜办事,如果可为,无不竭力。"

呆汉又曰:"谢先生许可。"

福而摩斯携椅子,近己坐旁,语呆汉曰:"请君坐此!余欲问君数事,可否?"

呆汉曰:"请示!"

福而摩斯右手执铅笔,左手持小簿,语呆汉曰:"君之大名为'呆汉'欤?"

呆汉曰:"然!"

福而摩斯又曰:"君贵业,何职欤?"

呆汉曰:"洋行买办。"

福而摩斯又曰:"君之来意,窃案欤?血案欤?"

呆汉曰:"否!为不贤妻之生殖器,被人破坏。"

福而摩斯变色曰:"怪事!怪事!我为侦探数十年,未逢如是之奇案!此事甚觉奇异,必有非常之际遇,若能探得证据,于我名誉上,大有关系。"

福而摩斯又顾呆汉曰:"令夫人之生殖器,如何被人破坏?始末情形,实告我,勿讳。"

呆汉曰："此事言之甚惭愧，然当侦探之面，不敢不实告。昨日晚，余因赴友人宴，酒醉，不得归，宿友人家。今晨归，我妻泪痕满面，即前告云：'昨晚君何不归，以至失窃？'我闻言一惊，问：'失何物？速报捕房！'我妻云：'他物幸未失，惟余之生殖器，已被贼人破坏。'我心甚疑，入房细诘之，云：'在十二下钟后，体倦欲卧，忽窗外飞来一缕花麝之香，即迷离朦胧，不觉事物。少顷，如有一男子，入床来……至天明始醒，知生殖器已被贼人破坏，起视门窗大启。'"

呆汉语毕曰："我所知者，大略如是。先生欲探详细，可再诘我妻。"

福而摩斯乃一一录之小簿上，掉头云："难！难！此案甚难办，此事必加详考方可。"

福而摩斯又曰："余欲至君家一观，房屋如何，道路如何，再诘问令夫人数语，君意如何？"

呆汉曰："甚好！余本以马车来，先生能同往探视，查出贼踪，感恩不浅，必与先生无量之酬劳。"

于是福而摩斯，同呆汉登马车，行半点钟，已至呆汉家。呆汉即下车，引福而摩斯进门。

福而摩斯且行且问，以所过道路之曲折，所见房屋之式样，悉记在手簿上。

未几，至呆汉妻卧室。案列女红刺绣物甚多，清雅绝伦。

呆汉妻明眸皓齿，艳绝尘寰，及见福而摩斯同呆汉来，起立相迎，两颊微酡，面目愈形其美。

呆汉顾伊妻曰："此福而摩斯先生也，来侦探……毋含羞，悉实告。"

福而摩斯向呆汉妻曰："昨夜事，请夫人实告，否则我亦不能探察此事。夫人无须隐讳……"

福而摩斯语未毕，呆汉妻之面渐赤，一朵红云，直透眉梢，俯首不答，久之乃言，所语与呆汉语无甚异。

福而摩斯曰："贼人之年岁、面貌、身材、衣服，约略能记忆否？来时去时，能记忆确实之时间否？再有异样之记认否？破坏时，有特别之举动否？若告我，彼贼人必不能逃出我老侦探之锐目。"

呆汉妻不记忆，亦不能一答，但曰："昨夜如在梦寐中。"

福而摩斯曰："若是，则事甚难探。我技亦尽，我自为侦探以来，未有若是困难者。贼人用迷药，迷人本性，以成其奸，此乃显见易知者。贼人为谁，却难访矣。现今须一探视夫人之生殖器，被贼人如何破坏，是第一紧要事。"

忽然，一仆进云："主人，有请客票在。"

呆汉视毕，向福而摩斯曰："仆适有急事，不得奉陪，少刻即来，先生若勿嫌肮脏，可否屈留小住五六日，劳力探察？"

福而摩斯曰："敢不如命？此事或能为力。"

呆汉出，福而摩斯乃探视呆汉妻之生殖器，直抵桃源尽处，四周探察，毫无证据，竭乎生力，亦无动静。

此时呆汉乃大苦,糜费财源,无一证据,寸心焦灼,苦衷莫诉。家中不幸,出此无头奇案,如是著名之老侦探,贼人之踪迹,尚难探出,贼人之手段必精明,贼人之性质必谲诈,贼人必老于行窃者。

此时呆汉家奴仆乃大苦,日必十数次,遭主人家法,审事情,查形迹,问身家,验举动,供给侦探酒食饼果,应接不暇,终日忙忙碌碌,主人则时时怒吼威吓。

此时福而摩斯乃大快,研究秘密侦探法。

此时呆汉妻乃大慰,朝夕希望福而摩斯之侦探有效。

福而摩斯乃竭尽心思,用尽脑力,无奈仍无可握之证据。探第一日第二日,不得;探第三日第四日,不得;探第五日第六日,又不得;第七日之早上,忽然探得……

福而摩斯语呆汉曰:"探得令夫人已有一月之身孕,此案破不难矣。待十月满足,呱呱坠地后,问彼腹中人,必知贼人名字,知贼人名字,案可立破。"

呆汉乃大喜。

呆汉乃备谢仪若干、酒资若干,送福而摩斯归,此案便了结。久之,亦忘却呆汉家歌舞升平,仍如旧。

一日,警察署验尸场内,横陈一溺死人,头被刀伤,衣染血痕,看客如堵墙。询之,警察云:"黄浦江中所得,大约是谋财害命之案件。"

尸,何人欤?呆汉!

此时,乃劳动一班之侦探,得一好机遇,报馆访事,得一好资料,然此案仍不得不烦劳老侦探福而摩斯之手。

呆汉妻请福而摩斯办此案，福而摩斯不辞，立往呆汉家，住呆汉家。

由是，探一日二日不得，探一月二月不得，探十年念年又不得，至福而摩斯死、呆汉妻死、呆汉子死仍不得，事乃冷落，遂冰汰雪洋，事归乌有。

噫！读者诸君！尚未知耶？杀呆汉者，福而摩斯也；奸呆汉妻者，福而摩斯也；侦探者，亦福而摩斯也！笔未暇，故未得告读者耳。

（连载于《申报》，1912年3月11日—3月12日，标"短篇滑稽"。）

福尔摩斯之门徒①

马二先生②

话说福尔摩斯来到中国,已有十余年,已能娴习华语,深悉华人性情。恰届中国多故,需用侦探人才,便立了一个侦探传习所,一时慕名来学者甚多。

这日福尔摩斯唤了两个程度最优的学生,说道:"现在你们也差不多可以毕业了,但是理想与实行纯是两事,不可以为理想好的人,便都能做得实行家。这侦探一职,不是容易做的。我今天意欲带了你们两个去到马路上实地试验一次,将来方可放心让你们去独自办案,不知你们愿意不愿意?"

两个学生异口同声答道:"师父热心指教,那有不愿

---

① 本文曾发表于《新闻报》,1914年11月5日;又发表于《大公报(天津)》,1914年11月11日。两次内容,大体相同,本文以《新闻报》版本为底本,进行整理。
② "马二先生"为冯叔鸾的笔名。根据张福海《海派京剧简史》(上海人民出版社2020年版,第219页)介绍而知:"冯叔鸾(1883—?),名远翔,字叔鸾,别署马二先生,书斋名啸虹轩。河北涿州(今涿县)人。1912年秋来沪,用'马二先生'笔名在各大小报上撰写剧评文章。"

之理？"

福尔摩斯于是命他们二人，登时改装起来。他两个学生，一个身材高大，面目黧黑，扮做一个印度人；一个身材矮小，面白肌嫩，便扮了一个女学生。出了大门，分头去试验。

福尔摩斯也带了化装器具，随后跟了出来，暗地监督着，恐怕他们有误。这且不表。

到了晚来，三人归寓，福尔摩斯便考问他两个门徒的成绩。

扮女学生的说道："我探着了一名乱党。"

福尔摩斯问："在什么地方？何以知道他是乱党？"

扮女学生的说道："我下半日，在张园中，遇见了一个少年，身穿西装，举动矫健，我便和他攀谈。他满口劝我什么平等自由、家庭革命、男女平权这些话，又要约我到他的一个秘密机关处去，我因恐怕藏有炸弹等危险品，所以不曾同他去。先生试想，若不是乱党，那里有什么秘密机关呢？"

福尔摩斯啐道："呸！亏你还是上海人呢！难道连这种人的秘密机关，就是拆白党的小房子，都不懂吗？"又问那个扮印度人的道："你呢？"

扮印度人的答道："我也探着一班乱党的巢穴。"

福尔摩斯又问道："在什么地方？何以见得是乱党巢穴呢？"

扮印度人的得意道："我出了大门，便向法兰西租界走去，忽然走到一处，门口有了什么事务所的招牌，里面人声嘈杂，楼板砰轰乱响。我从门缝一张，才见里面男男女女都有，或是男子披着长发，或是女人剪成短发，乱烘烘的在那里操练翻墙头和私放毒药的勾当。这分明是乱党的巢穴了！"

福尔摩斯下死劲的啐了一口，骂道："真是没见过世面的东西！难道排演新剧都没有见过？"

两个徒弟听着，都咕都着嘴，扫了兴，一时恼羞成怒，便齐声问道："我们固然侦探错了，师父你老人家难道也不曾探着一点事情吗？"

福尔摩斯一面吸烟，一面说道："如何能空走一次？自然探着点消息来了！"

两人忙问："什么消息？"

福尔摩斯道："你们中国侦探大半是要敲竹杠的，现在政府又派了稽查侦探的人了。"

两人听了不觉"呵呀"，失声道："原来如此，我们还在此学侦探做什么呢？"登时出去告诉同学，大家全体灰了心，退了学，各自回家。

那侦探传习所便即日关了门。福尔摩斯也立足不住，回国去了。

（原刊于《新闻报》，1914年11月5日，标"滑稽小说"。）

福尔摩斯中国奇遇记

北京篇

歇洛克到北京第一案

龙 伯

歇洛克到了上海,经过了四次失败的事,可不把他呕极了,他就搭了招商局的新天轮船,到天津去。到了天津,又附了火车,到北京去。到了北京,就在一条什么胡同里头,赁了一间客寓,瞧瞧报,瞅瞅书,跟滑震谈谈天,倒也觉得清闲自在。

那天忽进来一个华友,特地找他说话。歇洛克一瞧,是并不认识的,细细的打量他,又是一个中国狠有体面的人,也就招呼他坐了。

那一个华友道:"歇洛克君,你是一个外国狠有名的神探,今儿初次到了北京,请你瞧咱。你知道咱是怎么样的人?你知道咱昨儿干的,是什么样的事?"

歇洛克道:"你束的是黄带子,不是一个中国的贵人吗?你穿的靴儿,底上有水迹,不是出来不当心,误践了水洼子吗?你的嗓子哑,不是骂了人吗?你昨儿没有睡,不是商议政治上的大事吗?"

那一个华友道:"歇洛克君真神探!歇洛克君真神探!咱真是贵人,咱真是践了水洼子,咱真是骂了人,咱昨儿真没有睡,咱干的虽不是大事,也不能算是小事。歇洛克君真神探!"

歇洛克道:"这算什么?这是咱们做侦探的人,算不得希罕的话儿。你知道咱们外国,有几多最秘密、最险狠的案,那一件不是咱去侦探出来的吗?"

那一个华友道:"歇洛克君,你且慢慢儿的夸口。咱这条黄带子,是咱扮拼命三郎石秀时的装束,忘了解去;不是咱自己的靴儿上的水迹,是咱舞刀时溅上去,不是误践的;咱的嗓子,是唱吵家一段喊哑的,不是骂了人。咱昨儿没有睡,是为总统府里庆生日,跟某伶去奔走酬应了一夜,不是为商议政治上什么大事的。"

歇洛克被他这一说,真臊得要死。等到那一个华友去了,他才慢吞吞跟着滑震说道:"你替咱记了罢。这又是咱到北京失败的第一案。"

(原刊于《友声日报》,1918年6月30日,标"滑稽侦探短篇"。)

福尔摩斯中国奇遇记

江浙篇

滑稽侦探 ①

煮梦生 ②

小 引

吾观学界之现状,而愤而哭;吾观军界之现状,而愤而哭;吾观警界之现状,而愤而哭;吾观社会种种之现状,而愤而哭。然吾愤而人不知也,吾哭而人不闻也,则亦何益之有哉?吾乃息吾愤,止吾哭,吮笔濡墨,而作《滑稽侦探》。

煮梦生识

---

① 本文整理自煮梦生《绘图滑稽侦探》[改良小说社印行,宣统三年(1911年)正月初版],封面标"滑稽小说"。
② 煮梦生,即李煮梦。据郭建鹏、陈颖编著的《南社社友录》(上海大学出版社2017年版,第558页)所载而知:"李煮梦(1887—1914),原名才,字小白,广东梅县(今梅州市梅县区)人。1912年7月17日由叶楚伧介绍入社,入社书编号284。1908年任嘉应州三堡学堂教员,为叶剑英的启蒙业师。加入中国同盟会。1911年9月在汕头《中华新报》任职。民初为嘉应州民政署职员。著有《鸳鸯碑》《新西游记》《岂有此理》《滑稽侦探》《白头鸳鸯》等。"

（一）开幕

歇洛克·福而摩斯既至上海，探案屡失败，福而摩斯郁郁不得志。

一日，夕阳在树，暮色侵窗，正是黄昏时候，于时福而摩斯衔着一枝雪茄烟，斜坐安乐椅中，闭目沉思，眉峰间隐隐露忧郁色。

猛听得"呀"的一声，则有一人推门入，福（即福而摩斯之省文，下仿此）张目视之，则其老友华生也。

华生既入，兀立福而摩斯前，目光炯炯，注射福面者久之，猝然问曰："好友乎，窥君颜色，何乃一似重有忧者？"

福手指安乐椅，而目视华生曰："居，吾语汝。"华生乃坐。

福喟叹曰："华生君，吾办案多矣，而未尝有所失败。犹忆曩昔在吾国时，福而摩斯之名，震耀于英伦；华生所著福而摩斯侦探之书，脍炙于人口。当时侦探家之意气，无有过于我福而摩斯者。吾于是乃生奢愿，将使日所出，月所没，天所覆，地所载，凡有血气者，莫不知有我福而摩斯。吾于是乃与子航海而来中华，将使中华人，先睹我福而摩斯之奇术。初不料既至上海，所办之案，着着失败，又为中国小说家冷血、天笑著为小说，登诸报端，传之天下。于是吾之名誉乃大损，噫！华生君，君试观汝所著《福而摩斯侦探案》中之福而摩斯，一何其聪明。君再观冷血、天笑所著《福而摩斯侦探案》中之福而摩斯，抑何其懵懂。抚今追

开幕

江浙篇

昔，曾几何时，而成败之差，荣辱之异，相去乃不可以道里计。言念及此，兀的不懊恼煞人也么哥，兀的不懊恼煞人也么哥！"

华生笑曰："嘻！君休矣！夫中华文明甲天下，而上海文明又甲中华。彼上海人之机谋思想，远胜欧洲人十倍。君乃一区区英国侦探家，而欲与上海人钩心斗智，毋乃不自量力，毋惑乎吾子办案，着着失败也！"

福而摩斯愀然曰："然则吾终不能震耀吾之名誉于中华乎？"

华生曰："君毋灰心！君今殆有一恢复名誉之机会。吾友滑稽生者，西吴人也。彼约我明日同往西吴，一探虎阜狮林之胜，子盍从吾游乎？吾闻之，西吴之文明，远不如上海，故西吴人之机谋思想，亦远不如上海人。以吾子之聪明机警，遨游于其间，或可于此一显侦探奇术乎！若然，则吾子之名誉，虽失之东隅，或可收之桑榆也。"

福闻华生言，眉宇间忧形渐渐去，喜色渐渐来，耸其肩，颔其首曰："良佳。"

明日，滑稽生来，华生引之见福而摩斯，且告以福而摩斯将往西吴售侦探术。

滑稽生睨福而笑曰："子毋轻视西吴人！我西吴人之才智，殊不让上海人，子不能探上海人，未必能探西吴人。"

福而摩斯笑曰："子非我，安知我不能探西吴人？"

滑稽生亦笑曰："子欲探西吴人，吾将拭目以观汝探西吴人。"

华生负行囊而前曰:"行矣,毋多言!多言伤和气!"

于是三人相将向火车站行来。

汽笛一声,车如电掣,福而摩斯遂去上海而之西吴。

(二)女学生欤?妓女欤?

危城一角,矗立于烟云缥缈中,夕阳明灭,斜照于城巅,黯然作惨淡色,似含有无限凄凉者,是曰"西吴之城"。

城之下,一水绕之,水之西,马路环之,车如水,马如龙。碾破软红尘十丈,陌头游人,来往如织,是曰"金盘之门"。

缘金盘门马路行,半里许,忽逢杨柳阴,柳阴中隐隐藏一大院落,竹叶过墙,薜荔挂壁,花枝低亚,楼阁参差,是曰"寒翠之山庄"。

入寒翠山庄曲折行,渡小红桥,穿曲径,绕回廊,达一小轩,轩外桂子飘香,香气沁人心魄,是曰"闻木樨香之轩"。

一日,黄昏时,轩中有游客三人来。一年长者、一年壮者,皆衣西装;一少年,华装。

嘻!彼何人,彼何人?

年少者,是为滑稽生;年壮者,华生;年长者,则名誉赫赫之英国大侦探家福而摩斯也。

当时三人方凭栏窃窃私语。

嘻!彼何语,彼何语?

则闻滑稽生曰:"福而摩斯君,君非欲于西吴售侦探术

女学生与妓女欤

乎？而今我将烦君探一案。"

福曰："命案欤？抑盗案欤？"

滑稽生笑曰："否否。"

福曰："然则其为珠宝不翼而飞欤？其为亲友杳如黄鹤欤？"

滑稽生摇首微笑曰："否否，不然。"

福曰："然则君有何事，欲令余探？"

滑稽生遥指回廊边一女郎曰："君能以敏锐之眼光，探悉者女郎为何如人乎？"

福回首观之，则见一女郎姗姗其来迟。女郎年可十八九，妆束甚夭冶，金丝边之眼镜架其眼，派律脱之香烟衔于口，芬香袭人之白兰花悬其襟。额发鬖鬖，越显出丰神妖娆；衣衫窄窄，更觉得体态轻盈。袅袅婷婷，齐齐整整。真是宜嗔宜喜春风面，行近前来百媚生。

距女郎三五步许，一惨绿少年蹑其后。少年衣服丽都，眉目间含佻达意，一望而知为轻薄子。

少年与女郎，似相识似不相识，似同伴似非同伴。

有时少年笑，女郎不笑也；有时少年笑，女郎亦一笑；有时少年一溜眼波，女郎秋波不溜也；有时少年眼波一溜，女郎秋波亦一溜；有时少年趋近逗女郎语，女郎不语也；有时少年低语，女郎亦低语。

须臾，女郎抹过回廊去，少年亦抹过回廊去。

福与滑稽生，乃遥隔窗槅窃窥之；华生则绕出回廊外，蜷伏青石峰后，窃窥之。

则见女郎行至绿阴深处，忽却立而不前，回首顾少年，且笑且露愠色。

少年行近女郎身畔，见女郎却立不前，则亦却立而不前。

两人含情并立者，半时许。

少年忽纵目四顾，见左右无人，乃以手牵女郎衣。

女郎亦纵目四顾，见左右无人，则以纤手轻批少年颊。

少年牵女郎衣时，女郎微露弧犀，嘻嘻笑；女郎批少年颊时，少年则乱耸双肩，吃吃笑。

须臾，少年忽以名刺投女郎。

女郎亦以名刺投少年。

少年既得女郎名刺，乃投女郎以白巾帕。

女郎承白巾帕于纤手中，则亦于怀间，摸索一红巾帕，投少年。

至是两人忽现相爱状，携手双双出园去。

福平视一过，笑曰："是不难探，个女郎决非大家闺秀，个女郎决是一青楼中人。"

滑稽生笑曰："何所见而云然？"

福曰："大家女郎妆束必雅饬，而此女郎夭冶甚；大家女郎行止必端庄，而此女郎轻狂甚；大家女郎性情必高尚，而此女郎佻达甚。天下惟青楼女子，为能夭冶、轻狂而佻达。我于此知个女郎为一青楼中人。"

滑稽生曰："嘻，君误矣！个女郎之家世，吾略知之。伊实非青楼中人也。伊固一女学生也。"

福悻悻然曰："子毋欺我！我在欧洲，阅女学生多矣，从未见女学生，而者样放浪者。"

滑稽生笑曰："子真坐井而观天！我在西吴，阅女学生亦多矣，从未见女学生，而不放浪者。"

二人呶呶争不已。

回首视华生，则见华生小立回廊外，顾二人而笑。

福微愠曰："吾曹方争，汝乃笑耶？"

华生手持一物示二人曰："汝曹毋争，吾将以此息汝曹之争。"

二人趋视之，则华生手中所持者，乃一小名刺。

福曰："是恶足以为吾曹解纷者。"

华生曰："是乃彼女郎囊中所遗者也，汝曹观之，则女郎之家世立明矣，而汝曹之是非立判矣。"

滑稽生观之，意甚得，拊掌曰："何如？"

福观之，嘿然不语，眉目间现懊丧色。

良久良久，乃曰："噫！嘻！失败！"

读者诸君知之否？此名刺有何魔力，而能使滑稽生得意，而能使福而摩斯失意？

由来名刺中一行，大书特书曰"贾自由"，右列一行小字曰"文明吴州人"，左列一行小字曰"前某某女学校肄业生"。

（三）警察欤？窃贼欤？

一夕，小雨初晴，淡云欲散。

月色朦胧，漏出云罅，与路侧之灯光，掩映作惨淡色。

啧啧称赞
贼状

柳营戍鼓，冬冬冬已敲三响。

关前木柝，拍拍拍已打三更。

斯时福而摩斯，与滑稽生，方从酒楼扶醉归。

道出长龙街。

行行重行行，转入碧兰巷。

碧兰巷，小巷也，非通衢也，故深夜行人绝稀。福与滑稽生，因欲归金盘门，乃取道于此。

滑稽生方低首匆匆行，忽闻福悄语曰："异哉！彼家之通风穴也，不掘之于檐际，而掘之于墙阴。"

滑稽生笑曰："君醉矣，毋以酒语涸我耳！我闻通风穴，惟泰西营筑之房室有之耳，我国营筑之房室，从无所谓通风穴者。"

福乃牵滑稽生衣曰："汝观之，彼家墙之阴，有洞焉，圆团团大于人面者，非通风穴耶？"

滑稽生乃摩挲醉眼，俯首观之，则见彼家墙之阴，果有一圆洞，洞中灯影隐隐射出洞外。

俯视既毕，不禁指福而笑曰："噫！大侦探！大侦探！天下乃有如此懵懂之侦探！苟倩汝大侦探办窃案者，殆鲜不失败。"

福闻言，知有异，乃絮絮问曰："何谓也？斯言何谓也？"

滑稽生笑曰："吾不意大侦探之眼光，乃如是如是，是固明明偷儿所掘之洞也，而目之为通风穴。"

福曰："偷儿行窃，则行窃耳，掘洞焉胡为者？"

滑稽生曰："汝殆未知我国偷儿行窃之术欤？吾语汝，

我国偷儿，苟欲行窃于此家，则于其家之墙阴，掘一洞。洞既成，彼乃蛇行入。既入室，则尽其所欲窃者而怀之，复于洞中蛇行出。行窃之术，固非一端，而掘洞乃其一类。此类之偷儿，谚语呼之曰'挖壁洞贼'。"

福曰："我在欧洲，从未闻有所谓挖壁洞贼者，奚怪我弗知？"

滑稽生方欲有所语，福又曰："是偷儿大好胆力，乃敢挖壁洞于警察岗位之前。"

滑稽生又摩挲醉眼，回首观之，则见去洞口三五步许，果有一警察之岗位，矗立于残灯落月中。

福曰："我侪当呼此警察，捕此偷儿。"

于是乃纵声呼警察。

呼声震岗位，而岗位中悄悄然，不闻警察答一语。

福曰："彼殆倦极而假寐欤？彼殆深入黑甜乡欤？我侪当撼之使醒。"

福于是步至岗位前。

举手欲撼警察醒，忽惊呼曰："嘻！警察安往者？"

滑稽生闻斯语，亦纵步至岗位前，凝眸观之，则见岗位中，空空然，洞洞然，阒其无人。

福尔摩斯霍然诧，滑稽生恍然悟。

蓦回头，忽见洞中掷出一包裹。

须臾，又掷出一描金小盒子。

须臾，又掷出一棉裘。

须臾，又移出一灯。

须臾，忽见洞中发茸茸然，一头出；须臾，两手出；须臾，腰肢出；须臾须臾又须臾，偷儿全身出洞外。

当包裹之出洞也，滑稽生笑问福曰："君试探之，掘此洞者，果何人？"

福曰："偷儿耳，偷儿耳，是奚用探？夫苟不知掘洞为行窃之术，则亦已耳。既知掘洞为行窃之术，则虽三尺童子，殆无弗知此洞乃偷儿所掘者，又奚用探，又奚用探？"

当灯之出洞也，滑稽生笑谓福曰："我将与此偷儿作片刻谈，请君为我倾耳听。试观此掘洞者，是贼，抑非贼。"

当偷儿之出洞也，滑稽生忽纵步至其前，捉其手若腕，大呼曰："贼！贼！"

贼大惊，惶惧万状。

滑稽生忽悄语曰："觑汝面，似曾相识，汝得非我之同伴欤？"

贼闻斯语，微露喜色，悄问曰："汝为谁？"

滑稽生曰："我乃巡警局中刁老三也。汝为谁？汝苟为我同伴者，其速言，否则我将捉汝官里去。"

贼悄语曰："我亦巡警局中人也。我之名，厥曰王老八。"言次，忽举手指岗位曰："是即我所掌者。"

滑稽生曰："空言不足信也。汝盍示我以证据物？"

贼曰："汝盍纵我手若腕，我将示汝以证据物。"

滑稽生脱然松其手。

贼乃匍匐至洞口，捧一灯呈滑稽生。

福趋观之，则荧荧者，乃一警察之手灯。

福暗诧曰:"斯灯也,固警察用之以缉贼者也,而不意彼乃用之以作贼。"

正思想间,忽见贼又捧累累之证据物,呈滑稽生。

福从旁一一瞷之,则见坚而长者,为一莲花棒;圆而扁者,为一军帽;廓而厚者,为一警察衣;纤而小者,为一警察之腰牌。

福与滑稽生检视讫,贼笑问曰:"信乎?信乎?公其信我为警局中人乎?"

滑稽生笑曰:"信矣,信矣!汝其信为警局中人矣。去去去,速归汝职守去。"

贼乃携赃物,逡巡入岗位去。

贼既去,滑稽生笑谓福曰:"汝曾省悟否?毕竟此掘洞者,是贼,抑非贼?"

福懊恼曰:"是真我梦想所不及者,奚怪我失败?"

滑稽生曰:"奚懊恼为?汝探案之失败,固不自今日始矣,奚懊恼为?"

福而摩斯嘿然不答。

滑稽生笑曰:"我曹归去休,华生卧病榻,当望眼欲穿矣。我曹其速归寓,以斯案颠末告华生,促华生作笔记去。"

(四)学生欤?优伶欤?

翌日午后,华生病小愈,滑稽生乃邀福而摩斯与华生,啜茗于春江花月之楼。

学生嫖 优伶嫖

茶一壶，瓜子一碟，三人且饮且嚼，且谈且笑，意甚得。

隔座，忽有两少年来。

两少年，妆束金俏丽，一衣碧色衫，一衣绯色衫。

两少年，举止金轻狂，自顶至踵，骨无四两重。

眼波，绝不足勾人魂灵也，而时时向人横转。

笑，绝不值千金也，而时时向人嫣然露齿。

颈，万弗如蝤蛴也，而时时向人扭扭捏捏，左顾右盼。

腰，固庞然大逾十围也，而时时学小蛮，摆舞如杨柳。

手，绝非纤纤玉葱也，而戴一蓝宝石之戒指。

足，绝非窄窄金莲也，而着一双湖色之花鞋。

前刘海，长三寸许，鬖鬖然覆于眉梢。

茉莉花，编作圆球，团团然悬于襟前。

莺声呖呖，言语皆作女儿腔；小步姗姗，行动皆作女儿态。

苟非长其衫而马其褂者，人将错认之为跟局之娘姨。

若再斜抱琵琶半遮面者，人又将错认之为时髦之妓女。

当时楼头游客，视线皆集于两少年。

福而摩斯、滑稽生、华生，亦相与集其视线于两少年。

两少年，时而举杯啜茗，时而支颐兀坐，时而喁喁小语。

须臾，碧衣少年忽曼声低唱，其声促以哀，绯衣少年则按拍以和之。

一曲既终，绯衣少年又曼声低唱，其声雄以壮，碧少年亦按拍以和之。

碧衣少年唱时，听者咸击节曰："大好梆子腔！大好一出《红梅阁》！"

绯衣少年唱时，听者亦击节曰："绝妙京调！绝妙一出《文昭关》！"

既而两少年合唱一曲，其声淫以靡，余音柔媚荡人魂，听者又击节叹赏曰："此《十八扯》也，佳绝，佳绝！虽使吕月樵演此剧，亦不过如是耳。"

曲未终，一青衣少年闯然来，傍两少年而坐。两少年亦向之微颔其首。

青衣少年，妆束与两少年大异，大其袖而宽其袍。

青衣少年，举止与两少年大异，高其视而阔其步。

青衣少年，丰彩与两少年大异，腮间、额间、颈间、手腕间，污垢丛积，撮之可盈掬。

滑稽生忽笑谓福曰："我又将烦君探案矣。"

福曰："得无倩我探此三少年，为何如人乎？"

滑稽生笑曰："然。"

福曰："探彼两少年，大易大易；探青衣少年，则稍难。"

滑稽生曰："三少年，一流人耳，能探其一，则皆得之，何探青衣少年而独难？"

福曰："我所见，则与君相左，我谓此三少年，决非一流人。"

滑稽生曰："盍言尔见？"

福曰："彼青衣少年，就其污秽之点而观察之，则酷类贵国烟霞窟中之烟鬼；就其迂腐之点而观察之，则酷类贵国坐冷板凳之教书匠。烟鬼欤？教书匠欤？抑教书匠而兼烟鬼者欤？我殊不能论定其为人，我故云难。"

滑稽生大笑。

福又曰："至若彼两少年，则一望而知为优伶，正不必费我脑力，探其隐而索其微。"

滑稽生大笑曰："谬矣，谬矣，谬以千里矣。"

福曰："奚言谬也？贵国之优伶，不时时效女儿态度以媚人欤？不时时作女儿妆束以悦世欤？汝试观两少年之态度何如？汝试观两少年之妆束何如？"

滑稽生笑曰："证据尽于是欤？"

福曰："初时我观其态度，睹其妆束，即疑彼为优伶，然而未敢必也。及闻彼两人引歌喉，度妙曲，我意乃决。"

滑稽生曰："汝谓两少年为优伶，唐突西施矣。"

福曰："然则我将转诘君，若辈竟为何如人？"

滑稽生曰："据吾意忖度之，彼碧衣少年，学生也；绯衣少年，学生也；青衣少年，亦一学生也。"

福耸肩冷笑曰："君谓若辈为学生，是真唐突西施矣！"

言未毕，忽有两侍儿，双双携手，姗姗其来迟。行近两少年前，同声软语曰："张三少、李四少，怎不来我家吃茶？我家小先生，思汝殊苦，小腰围为汝瘦损几许矣。"

两少年同声笑答曰："日来大忙，学堂中正举行月终试验，我那有闲工夫来汝家吃茶者？"

两侍儿复絮语移时，飘然径去。

侍儿既去，青衣少年喟然长叹曰："噫！汝曹底事迷恋花丛，我辈学生之名誉，尽丧汝曹手矣。"

滑稽生闻斯语，龅然笑。

福而摩斯闻斯语，追忆前言，则亦哑然笑。

笑声震邻座，惊三少年。

三少年佥对福而摩斯，凝眸注视，若有所悟。

（五）学生谈（上）

明日清晨，华生往医院就医，滑稽生伴之去。福独居逆旅，悄然兀坐，意趣殊无聊。

忽有两人推门入，福张目视之，则见前行者，乃昨日徜徉茶楼中之青衣少年，后行者，为绯衣少年。

两少年既入，青衣少年则鞠躬致词曰："君非福而摩斯欤？君非上海来而将探我西吴人者欤？"

福鞠躬答礼毕，问曰："两君枉顾，将安教我？"

青衣少年曰："我侪久耳先生名，兹特来前，意欲领略先生侦探术。"

福而摩斯乃速客坐，含笑问曰："两君将令仆探何案？"

绯衣少年笑曰："曩读先生侦探书，知先生能探人过去事，未尝不心佩。今闻先生惠然来西吴，我侪久欲承教，而苦无奇案，足劳钩稽。无已，其烦先生将我侪昨宵今日所行事，一一探索之，俾我侪一睹先生神技。"

福而摩斯目灼灼注射两少年，详视良久，笑曰："两君

墨斯譚上

非学生欤？"

青衣少年拊掌曰："先生神技哉！先生能知彼为学生，技犹浅；能知我为学生，技殊工矣。盖彼尚有学生习气，我则脱离乎学生习气者也。先生能知我为学生，眼力殊不浅。"

福而摩斯曰："两君颧骨红，隐隐发虚火，眼皮时时欲下垂，而精神又甚困惫。两君昨宵必失睡，然欤？"

金曰："然然。"

福而摩斯曰："两君手腕间，皆隐隐有伤痕，然伤痕轻而微，必非与人斗殴而被击。据吾意忖度之，必因愤怒填膺，以手击案，而用力过猛故，然欤？"

金曰："然然。"

福而摩斯问绯衣少年曰："汝鞋犹新，而鞋帮已裂，必因奔走太疾，为砖石所擦破，然欤？"

曰："然。"

福而摩斯又问青衣少年曰："汝衣裤间有裂痕，亦必因奔走太疾，为物所绊，因以撕破，然欤？"

曰："然。"

福而摩斯曰："然则两君之事不难知：两君昨夜必曾秉烛读书，用心既专，遂不知东方之既白，故失睡；两君所读之书，必为历史，读至权奸陷害忠良处，或民贼残虐百姓处，不禁愤而击案，故手腕因以击破；两君今日必曾运动于体操场，而其运动也，又必为六百码以上之赛跑，两君各思夺锦标，奔不择地。"言至此，忽以手左右指两少年曰："故汝之鞋，为碎砂磨而穿；汝之衣裤，为竹木绊而裂。然欤否欤？"

绯衣少年哑然曰："君所探者，形式皆是也，而精神皆非也。我昨夜诚失睡，然我之失睡，则以在花小宝家，叉麻雀故。我叉麻雀时，友人某，则与花小宝喁喁小语，浪态百出，意在剪边。我大怒，击案狂詈，遂不觉伤及手腕。迨至赌局既终，取时计观之，则已七时有半。我忽忆及今日八时，吾校中将举行地理试验，我乃从金盘门外，迅步归吾校。狂奔可六里许，鞋帮遂因以破裂。我昨夜何尝读书来？何尝读历史来？今日又何尝赛跑来？"

福而摩斯爽然自失，回首谓青衣少年曰："我探彼之语，皆误矣。汝两人，同气相求者也，则我探君之语，当亦误。"

青衣少年曰："误则误矣。然君倘谓探我之误，亦如探彼之误，则尤误之误。盖我两人之行止，固背道而驰者。彼昨宵之失睡也，以嬉游故；我昨宵之失睡也，则以刻苦用功故。"

言未毕，福而摩斯遽问曰："昨宵君乃刻苦用功欤？然则我探君之语，其亦幸而中矣。"

青衣少年曰："否否。我昨宵刻苦则诚刻苦，然而非读书也。良以吾校中，将于今日举行地理试验，我于地理学，殊茫然不之省记。我不得已，乃将一部讲义，写以蝇头小楷，缩而抄诸夹带中。讲义甚冗长，昨宵竭一夜之长，始抄得其半。我不得已，乃以既抄之夹带，纳诸袖中，未抄之讲义，系以绳，悬诸裤裆中，而以绳端系之裤带。当试验之时，教员某，忽将我夹带搜去，扬言将扣我二十分。我因思我课卷中，语语中肯，一字无讹，殊有冠军之望，苟扣我二十分者，则龙头不我属矣。我乃向之叩头如捣蒜，求其勿扣我分数，教员不许。我大怒，乃击案詈教员，遂不觉伤及手腕。迨夫试毕出场，而裤带忽崩断，裤裆中之讲义，摇摇欲坠。我大恐，恐讲义堕地，又将为教员见，我乃一手携笔砚，一手捧腹而狂奔。行过檐柱前，不意柱上铁钉，忽钩我衣，衣裤遂因以撕裂。我昨夜何尝读书来？何尝读历史来？今日又何尝赛跑来？"

言至此，绯衣少年起立曰："事毕矣。大侦探之伎俩，不过如是。我侪归去休。"

青衣少年曰："君且去，我犹将与歇洛克先生作片刻谈。"

绯衣少年曰："子欲谈，吾亦从子而谈尔。"

（六）学生谈（下）

两少年既留而不去，福而摩斯乃以雪茄烟奉两少年。三人各擦自来火，徐徐吸之，吐雾吞云，怡然自得。

少顷，青衣少年笑曰："先生，英国之神探也，幸勿因我侪为中国人，而吝教，我侪犹将承教。"

福而摩斯逊谢曰："仆之侦探术，殊无他奇，全恃思想锐敏耳。顷者，两君既令我探汝曹昨宵举动，我因两君乃学生，故从学生一方面着想，不意两君之举动，乃出乎学生范围之外，致令仆之思想，亦出乎两君举动之外。两君倘犹有

学生谈下

疑难之案乎，敢请两君就教于高明。仆不才，敬谢不敏。"

青衣少年曰："虽然，我侪犹将承教，先生幸勿吝教。"

福犹未答，绯衣少年曰："欲烦先生探案，则试言其案由。絮絮焉，奚为者；喋喋嚅嚅焉，奚为者。"

青衣少年曰："若言案由，则殊简单，盖我将烦先生，一探我侪之衣服。"

绯衣少年微笑曰："个案情亦大佳妙。"

福笑谢不敏，谓西吴之衣庄，以数百家计，我将安从探两君衣服之来历？

青衣少年笑曰："否！我非烦君探衣服来历也。我与彼，同一学生，而彼之衣服，何若是其华丽，我之衣服，何若是其垢腻，敢烦先生一探其原因。"

福而摩斯曰："此则易探。彼时时嬉游，故好修饰；汝时时刻苦，故无暇修饰耳。"

青衣少年曰："否否。彼虽嬉游，固无日不徜徉乎课堂中；我虽刻苦，固无日不征逐乎大马路。衣履之华敝，固不系乎是，君言非是。"

福而摩斯凝思久之，笑曰："我知之矣。彼家富，衣故华；汝家贫，衣故敝。然欤？"

青衣少年曰："彼之衣，华则华，家产不足一千金；我之衣，敝则敝，家产富可三十万。衣履之华敝，固不系乎是，君言非是。"

福而摩斯曰："然则此中原因，我不能探，盖我之思想，已尽乎是，敢请两君明以教我。"

青衣少年曰："君苟欲探悉此中原因，当从我侪志趣上着想。我与彼，虽同为学生，顾我两人之志趣迥异。志趣异，故衣履之华敝亦异。"

福曰："公等志趣如何，非我所能探索者。乞教我，我当倾耳以恭听。"

青衣少年曰："我之志趣，专在功名。我之为学生也，盖将借学生为功名之饵者也。既欲求功名，则不得不求我学绩之优；欲求学绩之优，则不得不博教员之欢心。盖黜陟学生之权，尽操于教员掌握间。吾校教员，类皆迂腐者流，其黜陟学生也，大都视其衣服垢敝与否为转移。衣垢者学绩常优，衣华者学绩常劣。故我衣敝衣，以迎合教员意。"

福问绯衣少年曰："彼之志趣，则既闻命矣。愿闻公之志趣。"

绯衣少年曰："我之志趣，专在钓蚌珠。我之为学生也，盖将借学生为钓蚌珠之媒者也。西吴女郎之性情，大都喜与学生为伍。苟其人为学生，则钓蚌珠殊易；苟其人为时髦之学生，则钓蚌珠尤易。我以欲钓蚌珠故，故特投身学校，华其衣而丽其履，为一时髦之学生，以博二三小家碧玉之欢心。"

福而摩斯笑曰："独不畏贵校教员恶汝耶？"

绯衣少年曰："我之为学生也，殆如'醉翁之意不在酒'，学绩于我何有哉？功名于我何有哉？我奚必畏教员？"

福而摩斯曰："两君之志趣，殊出乎学生范围之外，致令我之思想，又出乎两君志趣之外。"

绯衣少年曰:"君乃谓我侪志趣,出乎学生范围之外耶? 不知西吴学生,营营扰扰者,大都不出此两派耳。"

青衣少年曰:"先生谓我侪举动、我侪志趣,金出学生范围外,然则我将问先生,必须何等举动、何等志趣,乃在学生范围内?"

福而摩斯曰:"学生所当致力者,惟品行耳、学业耳!"

青衣少年曰:"先生既言品行,我即烦先生一探我二人之品行,谁劣而谁优?"

福而摩斯曰:"若言品行,则君优于彼,远甚矣。是奚用探?"

青衣少年面有得色。

绯衣少年艴然曰:"君何从知彼品行之优,又何从知我品行之劣?"

福而摩斯曰:"嫖不嫖,一言决之耳。"

绯衣少年曰:"君以为彼果不嫖耶? 吾语汝:彼之嫖院,乃在西门外;彼之意中人,则为野鸡窠中之王月娥。今日我侪来金盘门,道出西门外,王月娥犹牵彼衣,殷殷索缠头也。先生特未之见耳。"

语至此,青衣少年面有惭恧色。

福而摩斯面有懊丧色。

绯衣少年笑曰:"先生探我侪品行,则又失败矣。我今再烦先生,一探我二人之学业,谁劣而谁优? 先生而再失败者,从此我将不敢烦先生探一案。"

福而摩斯逊谢曰:"我与两君初相识,两君学业如何,非我所深悉，我将安从而品评？"

青衣少年曰："是大易事。而今我侪权畀先生以主试权，先生可举行临时试验。"

福笑曰："是则吾岂敢者？"

绯衣少年曰："戏之耳，庸何伤？"

福而摩斯曰："然则乞恕我唐突，我将先发历史问题，两君亦知克林威尔及拿破仑为何如人乎？先答者列优等。"

青衣少年曰："我知克林威尔，决是一外国人；我知克林威尔，决非中国人。"

绯衣少年曰："我知拿破仑，决是一欧洲人；我知拿破仑，决非亚洲人。"

福笑曰："我将安从品评甲乙哉？无已，则请觇两君之优劣于地理学。巴黎为何国京城？柏林为何国京城？先答者列优等。"

绯衣少年遽答曰："巴黎乃英国京城。"

语未毕，青衣少年摇手曰："否否。巴黎为德国京城，柏林乃英国京城耳。"

福而摩斯哑然一笑，莫知所对。

青衣少年见福无语，乃殷勤问曰："我侪学业，毕竟谁优而谁劣者，先生盍下一定评来？"

福逊谢曰："两君学业，美矣，茂矣。我殊不能探其浅深。"

青衣少年曰："先生真不能探乎？"

福笑曰："不能，不能。"

绯衣少年曰："先生既不能探，我侪且去。"

两少年飘然径去。

去去至门外，则相与切切私语。

福倾耳听之，则闻一少年笑语曰："所见不逮所闻远甚，不意英国之神探，乃若是其无能。"

又闻一少年笑答曰："汝言不其然乎！我侪之事迹，为彼探者，仅仅'学生'两字耳。"

福闻言，窃笑曰："汝曹亦高之乎视我矣，我则安能探汝曹？我实告汝，即此'学生'两字，盖犹滑稽生教我者。"

（七）马夫欤？大少欤？

一日，福而摩斯宴华生、滑稽生于普天香。

普天香者，西吴著名之番菜馆也。楼阁凌空，雕栏相望，凭其阑干观之，则陌上之鬓影钗光，花香人影，皆历历可辨也。以故吴客之嗜番菜者，日必徜徉于普天香。

当时三人既登楼，侍者殷勤出迎客。

滑稽生顾谓侍者曰："其为我曹陈杯盘于六号室。"六号室者，普天香最精美之室也，故滑稽生如是云。

侍者则笑谢曰："敢乞先生曲谅。六号室已有客矣。五号室何如？"

滑稽生徐颔其首曰："亦佳。"

于是三人遂相将入五号室。

五号室与六号室相毗连，中仅隔一重碧纱窗。从六号室

馬夫歎土芥獄

中窥五号室，一览了然也；从五号室中窥六号室，亦如之。

三人既入室，举目一顾，则见隔窗而据高座者，为一少年。

少年年可二十许，衣白袷衫，丰神奕奕，精爽之气，扑人眉宇。

环少年而坐者，凡十数人，皆袅袅婷婷、齐齐整整之二八好女郎也。

滑稽生且顾且笑，且笑且语福而摩斯曰："子倪欲平章吴宫花草乎，花世界之精英，今日咸萃于是矣。"

因一一指示之曰："彼衣藕色衫者，花宝琴也；衣碧色衫者，张月娥也；衣杏色衫者，王双珠也。皆花世界之翘楚也。"

福而摩斯笑曰："汝相识之女郎，抑何多也。"

滑稽生曰："我特举其芳誉最著者示汝耳，实则彼室中之人，殆无一人不与我相识者。"

福而摩斯曰："彼少年郎汝亦识之耶？"

滑稽生颔首曰："识之识之，云胡不识？"

福而摩斯曰："伊是谁家贵公子，汝盍告我？"

滑稽生笑曰："安有大侦探欲探人之家世，而乃询问于人者。"

福而摩斯曰："我固不欲探彼人之家世也，我特询其姓名耳。"

滑稽生曰："汝虽不欲探彼人之家世，我将烦汝一探彼人之家世。"

福而摩斯笑曰:"敬谢不敏,我不能探。"

滑稽生曰:"何以故?"

福而摩斯曰:"以我近来探人之家世,多失败故。"

滑稽生曰:"然则汝第以极简单之法探索之:彼少年者,上流社会中人欤?抑下流社会中人欤?"

福而摩斯曰:"彼乃上流社会中人也,是何待言?"

滑稽生曰:"上流社会中,流品亦多矣。彼乃教育家欤?著作家欤?政治家欤?外交家欤?抑亦资本家欤?烦君一探其究竟。"

福而摩斯曰:"是则非我所能探也。无已,姑答君以葫芦提语。彼少年者,盖西吴之贵公子也,盖西吴之阔大少也。"

言次,意甚得,一若此葫芦提语,模棱两可,面面皆圆,颠扑不破者。

滑稽生则以冷隽之音问之曰:"何所见而知其为贵公子也?何所见而知其为阔大少也?"

福而摩斯曰:"彼苟非贵公子,彼苟非阔大少,安能开琼筵以坐花耶?安能消受如许艳福耶?"

滑稽生长笑曰:"嘻!福而摩斯君,汝又失败矣!"

华生久不语,斯时忽愀然动容曰:"彼又失败耶?我殊不信汝言!"

福而摩斯则正襟危坐而问曰:"然则我将转诘君:彼少年郎,竟为何如人?"

滑稽生笑而不答。

福而摩斯故故问之,华生亦故故问之。

滑稽生曰："汝曹欲询此少年为何如人乎？此时我殊不必告汝曹。我即告汝曹，汝曹亦必不信吾言。少顷，汝曹当自知耳。"

言次，侍者陆续以肴核来，三人乃倾勃兰地酒于杯中，且饮且嚼。三十分钟后，杯盘狼藉矣。

酒阑，三人咸回首顾六号室，则群花已尽散，惟少年独留。

须臾，忽见一妇人，姗姗其来，笑拍少年肩曰："阿有，不图汝乃寻乐于此。我寻汝殊苦，足胫几为汝走折。趋行趋行，黄大少待汝久矣。顷将与我家先生游公园去，汝其趋驾尔车。"

少年闻斯言，遂携妇人手，匆匆去。

滑稽生掉首笑语曰："汝曹亦曾闻此妇人之语乎？彼少年之行踪，尽括于此数语中矣。"

福而摩斯与华生，犹懵然不解所谓。

斯时侍者则以咖啡茶与雪茄烟进，于是三人且饮咖啡茶，且吸雪茄烟，盘桓可十五分钟，始徜徉出普天香之门。

行未数武，忽有一马车冲软尘而过。携手并坐车中者，一少年、一丽人也。彼高坐车沿、扬鞭驭马者，亦为一少年，短服劲装，丰姿飒爽，而面目依稀似曾相识。

华生瞥眼见之，眉目间忽现惊讶状曰："嘻！彼驭马者，翳何人？翳何人？"

福而摩斯亦讶曰："嘻！彼非二十分钟前，徜徉于普天香之少年郎耶？"

滑稽生笑曰："然然，良是。彼即二十分钟前开琼筵以坐花之贵公子也，彼即二十分钟前消受艳福之阔大少也。"

言竟，拊掌吃吃笑不止。

华生闻滑稽生言，嗫嚅不能作一语。

福而摩斯则哑然有间曰："噫！嘻！忽而贵公子，忽而小马夫，不图个儿郎之易容术，乃出我上。"

（八）兵欤？盗欤？

一日，福而摩斯方与华生、滑稽生，对坐旅窗，促膝谈当年得意事。

旅馆侍者，忽引一华服之客来，云是访福先生者。

福乃逊之坐，且询来意。

客曰："曩读《华生侦探案》，尝谓此乃著书者欺人之语耳。世间宁有福而摩斯其人者？即有福而摩斯其人，其探案手段，亦未必若是其神奇也。不意而今竟有一福而摩斯来游西吴，我故特来奉访，意欲一觇先生探案手段，果若是其神奇否。"

福曰："窃窥先生意，殆欲令我探案欤？"

客曰："然。"

福笑谢不敏，谓才力浅薄，殊不敢以欧人之腹，度华人之心。

滑稽生笑劝曰："盍试为之？"华生亦曰："试为之，即失败焉庸何伤者？"

兵敗如山倒

江浙篇

271

福闻言，心稍稍动，技稍稍痒，乃曰："然则先生其以案情告我。"

客曰："我殊无奇案，足劳钩稽，先生但将我生平事业，约略探索之，足矣。"

福乃举目瞩客，自顶至踵，环视无遗，良久良久，乃笑曰："先生必时时与人格斗，然欤？先生之衣衫，必从攘夺而来，然欤？十分钟前，先生必曾横卧于烟榻间，然欤？"

客色微变曰："然然，皆然，皆然。顾先生何以知我时时与人格斗？何以知我之衣衫乃从攘夺而来？何以知我十分钟前，曾横卧于烟榻间？敢请先生细言其理由。"

福曰："此理殊浅。我观汝颈额间，有刀痕三，故知汝时时与人格斗。汝腰围粗而身材高，然汝之衣衫，则腰围殊细而身材殊短，汝着之，殊不称体，因知此衣，必非汝之故物。我初疑汝此衣，殆假于朋友者，既而悟其非。夫人之恒情，物之属于己者，必珍惜备至；物之假于人者，则土芥视之耳。顷汝就坐时，目注安乐椅中，拂拭再三而后坐，一若深恐灰尘染污汝衣者。倘从假借而来，汝何至珍惜若此？然则汝也者，必此衣之主人翁也。此衣既属于汝，而又非汝之故物，其从攘夺而来明矣。我又睹汝衣袖间，有烟迹一点，湿而未干，故知汝十分钟前，曾横卧于烟榻间。"

客点首者再。

福曰："我所探者皆然欤？"

答曰："皆然，皆然。"

福曰："然则案情已披露，君可去。"

客曰："君所探者，我之事迹也。我烦君探者，我之事业也。我乃士欤？农欤？工欤？商欤？抑不士不农不工不商者欤？先生绝未道破，恶得云案情已披露也？"

福笑曰："汝之事业乎？是则我不敢言，言之恐触汝怒。"

客曰："先生尽言之，我弗怒也。"

福曰："汝殆一江洋大盗也！盖天下惟大盗为能攘夺人物。"

客默然不答，惟徐徐解其长衣之钮扣。

须臾，钮扣松，客披襟示福曰："福先生，汝趋观之，汝趋观之，我乃江洋大盗乎？抑非江洋大盗乎？"

福注目观之，则见衬于长衣之里者，为一军人之衣。

衣襟间绣以红色之字，大书特书曰：某营某哨某号兵。

福未及语，客遽大笑曰："今而后知《华生侦探案》，真欺人之语也；今而后知福而摩斯先生，信乎其无能也。"

华生闻客语，意不能平，乃曰："福先生探汝事业，虽失败，然其探汝事迹，则固语语中肯也，岂曰'无能'？"

客曰："是恶足云能？是恶足云能？夫格斗，军人分内事也；攘人财物，军人分内事也；沉溺烟霞，亦军人分内事也。其人苟能兼此三资格而备于一身，则虽三尺童子，殆无弗知其人为军人者。盖微军人，固无人能兼此三资格而备于一身者也。福先生既知我备此三资格于一身矣，乃竟不知我为军人，且诬我为江洋大盗，是直童稚之不若耳。恶足云能？恶足云能？"

言竟，长笑一声，徜徉竟去。

（九）妓女欤？女学生欤？

小雨初收，晚烟笼树。凉风习习，黄叶乱飞。云端夕照，斜射林巅，黯然作浅红色。

于时西吴城里，桃花桥头，方有一女郎渡桥而西。

女郎年可十五余，容华绝代，窈窕若仙。檀口点樱桃，粉鼻倚琼瑶。淡白梨花面，轻盈杨柳腰。衣衫妖娆，满身儿堆着俏；体态苗条，一团儿衡是娇。

女郎右手携一蝙蝠伞，左手挟一书。书极华美，巨册而洋装。

当时女郎既渡桥，行可十数武，迎面忽来一半老之徐娘。

女郎见徐娘，则遥呼曰："母！"

徐娘则微露愠色曰："香玉，汝才放学归来耶？归何暮也？"

女郎曰："母，勿愠！我非故意迟迟归，特欲多习几句普通应酬之英语耳！"

女郎言至此，徐娘已行至女郎前，回身携女郎手，匆匆去。

斯时福尔摩斯与滑稽生，方潜蹑女郎后。

福微闻女郎语，眉目间忽现喜色曰："何如，何如？我固谓伊为女学生也，伊所语，汝曾闻之否？伊不云习英文乎？伊不云欲多习数句普通应酬之英文乎？伊勤学若此，非女学生而何？"

滑稽生不答。

福又笑曰："曩在寒翠山庄所遇之女郎，我目之为妓，

姑女歟女學生歟

汝目之为学生，汝言卒中；今日所遇之女郎，汝目之为妓，我目之为学生，我言当亦中欤！"

滑稽生曰："汝勿争，争亦无益。我侪姑尾随至伊家，一觇其门闾，试观我言中乎？汝言中也？"

斯时女郎与徐娘，已行行至城外。

福与滑稽生，亦行行至城外。

已而女郎与徐娘，行行渡钓鱼桥。

福与滑稽生，亦行行渡钓鱼桥。

既渡钓鱼桥，女郎与徐娘，则折而西，行行入美人巷。

福与滑稽生，亦折而西，行行入美人巷。

女郎与徐娘，行至巷里第三家，翩然入。

福与滑稽生，追随至门前，仰首观其门楣，则见一金字牌，高悬于其上。

牌之上，大书特书曰：赵香玉书寓。

滑稽生拍掌睨福而笑曰："何如？汝言中乎？我言中也！"

福哑然曰："怪哉！曩者所遇之女郎，若妓女然，而实一学生；今日所遇之女郎，若学生然，而实一妓女。怪！怪！"

滑稽生笑曰："汝见殊浅哉！妓而优则学，学而优则妓。此亦寻常事耳，何怪之有，何怪之有？"

（十）结子

福而摩斯来西吴，探案多失败。福而摩斯灰心甚，越数日，遂束装归上海。华生、滑稽生亦从之。

結子

江浙篇

一日，三人对坐旅窗，无所事事，乃闲谈以消遣。

福忽笑谓华生曰："子盍将我在西吴所办之案，作一英文侦探案乎？"

华生曰："诺。"

福又谓滑稽生曰："子盍将我在西吴所办之案，撰一华文侦探案乎？"

滑稽生曰："唯。"

越数日，两人之书佥脱稿矣。华生所撰者，仍题名曰《华生侦探案》；滑稽生所撰者，题名曰《滑稽侦探》。

福而摩斯取两书反复观之，不禁喟然叹曰："噫！嘻！失败！上海失败！西吴又失败！一而再，再而三。而今而后，我不敢为中国之侦探！"

福尔摩斯之视察

蔚 南

某日与友人乘小汽轮游武陵,值大风雨,故驶行甚缓,而天已昏黑,余乃发起述故事,以消此漫漫长夜。

余先述英国善哭之小儿,名约翰者,每日约哭一百三十余次,所费时间七小时有余,总计一年约二千七百五十余小时,其间尚除去耶稣降生日及元旦数日云,闻者大笑。后孙君述狐事,令人毛发尽竖,煤油灯亦暗淡无色,若鬼气袭来,阴风飒飒然。

有沈望洲者,正读某君所著之社会小说,忽合其书,向余辈曰:"诸君所述者,均不近于事理,不若余阅此小说,将社会上黑暗情形描摹殆尽也。"

余辈即请伊所阅之小说为谈助。

沈君曰:"此书之著者,系大侦探家福尔摩斯也。盖福至中国,其侦探术屡遭失败,且被一般小说家,著为小说,愧恶无似。"

某日,福谓华生曰:"余在中国之失败,实因不悉中国之人情耳。我将化妆为中国人,一探中国内地之情形也。"

一日雇民船，福谓舟子曰："随风顺行，值东南风，乃向西北出发。"

舟行三日夜，抵某乡。

福即登岸，见有高塔耸云霄。

福问舟子曰："此地非龙华乎？"

舟子曰："非也。"

福指塔曰："此非龙华塔耶？"

舟子曰："吾国内地多塔，不仅龙华有也。"

福始恍然，乃与舟子登塔尖，瞭望四野，精神一爽。

舟子谓福曰："彼明如镜者，太湖也。青青然者，洞庭山也。蜿蜒如带者，运河也。"

福屡点其首，赏叹不已，告舟子曰："中国风景，一山一水均能入画，天然者固胜人造倍倍焉！何欧洲风景之俗不可耐耶！"

相与下，蹶踬者屡。休息片刻，始进朝膳。既毕，化妆为乡人，跣其足，穿短衫，装豚尾，手携旱烟管一枝。

入某茶寮，与乡人共座，所见诸乡人，均负一竹笼。笼中贮白丝，面所议论者，亦均丝价之涨落，知此乡以丝为大宗也。

后复入一茶寮，见有年约三四十之男子，面目黄黑，唇间留鼠须三四根，怒目向某甲曰："期限已届，尚不偿还耶？如明日仍不交来，当置汝身于警察局中矣！"

某甲几欲哭，哀怨之曰："先生！不知余今岁之厄运耶？先丧姊，后丧弟，复丧子，所费约上百金，嗟乎！吾合家力作一年，所得不至百金，而今岁遭此大厄，先生竟不能谅吾乎！"

此凶狠之男子，张其怒目曰："汝死姊弟，与余何涉？汝虽死父母，仍当取偿于汝也。"

某甲面壁泣下，放其哀细声曰："休矣！休矣！准明日偿还可矣！惟为数若干耶？"

此男子即以笑颜相向曰："原数百元，照加一三分息计算（第一月每元取息一角，自第二月起，每月每元取息三分），共一百四十三元也。"

窃思犹太人以重利贷人，乃至亡国，何中国人竟亦如是耶？福为之叹息不已。

斯时忽见众人呼号东去，福乃混入人丛中，见有男子倒拖一乡人，后见众人哄入某商店，将乡人倒于地，饱以老拳。乡人则狂呼："庄二先生！何故殴人！"

不已，有貌甚魁梧者出，叱之曰："畜生！你为什么骂人？今天请你男看看人家的手段哪。"并以木柴殴之，求救之声，惨不忍闻。

噫！中国为共和国，而惨无人道之行为，竟与未开化之非洲土人相等，令人感叹不止！

乃出此商店，望其商号，为"庄某某之米行"焉。

日已亭午，返舟中治膳，下午欲参观该乡之教育，于是穿西装，携手杖，并取刊参观教育者數尔摩卡片数纸，匆匆赴某国民小学校，授卡片于校仆。

逾片时，有鼻架托力克眼镜迎入会客室，消去十五分之必须客气语。此鼻架眼镜者，系该校校长汤某也。

后入教室，觉臭气直充鼻观，不知此臭气自何而来也。

学生数不及三十人，一见客至，咸肃静无声。客既出，则复其故态，已交头接耳矣。

福不欲久闻臭气，即出，而绕道西行，忽发见该校之后门，埋置粪坑，其臭气之由来，亦有所矣。

信步前行，至一私立丝业两等小学校，由某教员导引入内，布置尚能适当，学生数亦较多。

后该校长至，互相握手，谈该校之创始及存迹等，而语气中，若含有非伊之经纶伟力，不克臻此然，继问福曰："君曾入政界乎？"

福曰："未也！特与政界中稍通声息耳。"

伊长叹一声曰："余曾毕业于中等师范之简易科，复研究法律学年余，而屡应县知事试，均不能如愿以偿，岂我命运恶劣欤？若一旦入于仕途，岂不荣耀乎哉？"

福思此人，何狂妄若是，官热病竟达于寒暑计沸点以上，岂患神经病欤？旋即出该校。

一日之光阴至速，已将四时矣，急返舟以治晚餐。

殆至夜，月明如镜，风景天然。爰渡禹迹桥（该乡之桥名），望水月而天低；登慈云塔（该乡塔名），摘明星于云霄。

夜已深矣，返舟就寝，一枕黄粱。

鸡鸣报晓，乃即起身。食事毕后，化妆为上等绅士，访该乡之警长。

既相见，若素谂此人者，而脑海中若现恐怖心，互通姓名，知其为季某也。福乃思得之矣。

盖袁氏称帝时，彼曾于某城，树独立之帜，自命为首领之一，强使民间饷助，不从，即以手枪相向，民间苦之。厥后被水师所围，战争五分钟，即遁往他省。福曾与之一面于海上也，今为警长矣。不知其鱼肉乡民，一改其旧否？

福不欲与之多谈，即告辞而出，见诸警士与多女数人，喁喁私语，或携手抱腰。见警长送福出，女乃各散，警士慌忙立正，倒持其枪亦不觉。

两日间触于福之目帘者，尽为半开化之状态。

福叹曰："中国号为共和国，而文明程度竟如斯，余之侦探术失败亦宜矣！"此福之傲慢语也。

沈君述竟，相顾叹息，时计已报一下，乃各就寝。

（连载于《时报》，1917年9月2日—9月3日，标"社会实写"。）

福尔摩斯到宁波后

平 青

福尔摩斯环游世界各国,因科学的进步,他的技术慢慢地有些不适用起来了;他为了本身生活计,于是到了产业落后的中国。

最初是到了上海,但是上海租界里的侦探,对于一切罪犯,已经用不着侦查,未获的,可以用兜捕式、绑票式……种种方法,将他们拿到;已获的,也可用藤条、电椅……种种工具,使他们招供;福尔摩斯的技术,一些也没有人来请教。于是他是不得不到了产业更落后的宁波。

可是宁波地方,毕竟富翁不多,盗贼稀少,"反动分子",也久已绝迹,因此福尔摩斯虽然在外滩租了一座三层楼洋房,依旧是"门前冷落车马稀"。吃了面包无事做,只有靠着楼窗,对着浩浩甬江,成日价唉声叹气。

有一天,来了一个三十几岁的男子,当门铃响时,福尔摩斯知道买主来了,欢喜得掀开笑脸来。男子一进办公室,便笑着问:

"你可是歇洛克·福尔摩斯先生?"

"鄙人正是福尔摩斯,不知先生有什么见教?"福尔摩斯一面站起来，一面请那男子坐。

"久闻先生大名，先生的脑子，如水银泻地，无孔不入，所以特来请教，请先生休要拒绝！"那男子坐下以后说。

"是的，鄙人一知半解，徒有虚名，但很愿替人家尽力，不知先生委我的是件什么事？"福尔摩斯吸了一口雪茄烟，这样的问。

"因为先生目光锐利，心思细密，有神仙之称，今天就请先生查一查鄙人，可晓得鄙人是怎样的一个人？"那男子说。

福尔摩斯将那男子细细端详一会以后，便又吸了一口雪茄，一手撚一撚胡髭说："先生的衣服，内绸而外布，先生的脸上，时时带笑容，足见先生的虚伪。又先生之背曲而恭，是表示先生能忍辱。先生之手粗而长，又表示先生会捞钱。先生之头尖而锐，则能钻洞营窟，也是意中之事。"

"就是这几句话吗？"男子问了。

"这几句话，已经描写出一个整个的先生了。"福尔摩斯很得意的说。

"那末，我也能够描写出一个整个的先生来，"那男子说，"先生夜里一定睡觉，早晨一定起来，饥了一定吃饭，渴了一定喝茶……可是不是？"

"哈哈！这连孩子都会说的，吃饭、睡觉、喝茶、起床，是普遍的生活，那一个人们不是如此？"福尔摩斯反驳说。

"哈哈！你只知道吃饭、喝茶、睡觉、起床，是人人如此的；你难道不知道虚伪、忍辱、捞钱、钻营，是我们中国人人如此的生活，还劳先生的推测？"那男子也反驳他。

"哦！你们贵国……"福尔摩斯又觉得失败了。

（原刊于《出路》第七期，1933年7月1日。）

福尔摩斯中国奇遇记

巴蜀篇

侦探之侦探案

毋　我

列位看官，可知那英国大侦探家福尔摩斯，在清代光宣之际，来在我们中国上海地方，闹了许多笑话，后来承他的老侄阿耿司，助些盘费，劝他到我们四川，小试手段，又演了一场喜剧，被人揭破，从此便隐身不见。

阿耿司因失了福尔摩斯的踪迹，就来到成都，寓悦来旅馆，恰好游艺助赈开会，就出了五千元的酬金，在游艺助赈会会报上头，登着广告寻他。一般看报的人，见了这注大财喜，好不眼热，就有许多人想得这注大财，就处处摸风捉影，搜寻起来。那种着急的情形，比想得储蓄票头彩的，还高九十九万倍。

单说其中有一位名叫周戈来先生的，更是热心，有天至午十二点钟的时候，打从总府街过，看着许多人围在一间大书铺门口，瞧那檐柱上挂的肖像，暗想道："这莫非就是福尔摩斯的尊容么？"赶忙挤上前一看，才是陈逆步三，便无精打彩的，去瞧那壁上五彩《娱闲录》的广告，偶尔抬头，见着一人站在二层楼走廊上，不觉大叫道："得哉，得哉！俗语说：'踏破铁鞋无觅处，得来全不费工夫！'"这话诚然不错!"便三足两步,跑到悦来旅馆,寻着阿耿司,便说道:"先生不是登着广告寻人吗?请先把他的像片给我瞧一瞧。"

阿耿司也不答话,打开皮包取了一张像片给他。

周戈来看了,更是得意洋洋的说道:"那末这人被我寻着了,酬金怎么付给呢?"

阿耿司道:"你把他领来,我自然当面付给,决不短少分文。再不然你领我去看,如果是他,也是如数酬你。"

周戈来道:"他如今躲在一家书铺里,怎么能够引得来呢?就是先生同我到书铺,恐怕也不容易出来见你。我今天特来报信,请先给酬金一半,我再设法引你去看,就不然我用快镜子把他尊容照一张拿来,如果不错,先生马上请贵国领事,写一封信给那书铺,自然就可以见着了。那时才把酬金全数给我,岂不两全其美吗?"

阿耿司听了这话,想了一想,就从皮包里取出一包中国银行的新钞票来,在其中取出五张,把所剩的一齐递给周戈来。

戈来接到手里,数了一数,才是九十五张一元的,便道:"先生这钞票是一百元吗?"

阿耿司点一点头,周戈来道:"那吗就少数了一手。"

阿耿司道:"向来贵国与我们的银钱交涉,都是九五折扣,难道你一点都不知道么?"

周戈来道:"借债自然是九五折扣,这种事情,却又不同,请先生转一转手罢。"

阿耿司又给他四元,周戈来道:"先生这又是甚么缘故呢？"

阿耿司道："我们与贵国订的条约，都是以九十九年为限，难道九十九元，就算不得一百吗？"

戈来没有话说，只得收了，辞别出来，从此就在书铺的附近，时时踱来踱去，探听福尔摩斯的消息。经过了两三天，不但见不着他，就是丝毫的消息，也打听不着，心中好不焦灼，免不得在那街心慨叹一番。

忽然听得皮鞋的声音，橐橐的响，回头一看，迎面来了一位先生，身材瘦瘦的，戴一副蓝色眼镜，穿的蓝色衫子，套着一件纱马褂，手里抱个皮包，走到书铺门口，一直就进去了。

周戈来一想，这人的装束，与众不同，我何妨探听探听，散一散心也好，便立在书铺门口，瞧那些书籍封面和广告，忽听得楼廊像有人说话的光景，抬头一望，见着这人，同前日那人，站在楼廊。

正欲把快镜照他，二人偏又进去了，周戈来心中一想："这人莫非是那人的朋友？我要侦探那人，何妨从这人下手呢？"

列位看官，著书的人说了些这人那人，未免耗费列位的心思，如今就与这二人取个符号，省省列位的脑筋，好去研究甚么救国呀，国货呀，那些事体。这人就叫蒲南轩，那人就叫彭亚黎罢。

闲话休提，言归正传。约莫三十分钟样子，蒲南轩先生就出来了。

周戈来便紧紧的尾着那蒲先生，到了四时春门口，又在那书摊上盘旋一阵，买了几本小说，才绕着省行政公署，穿入少城，到了一个所在。

两道墙外，栽着一排树子，发的嫩条，外像葱玉一般。

蒲南轩进门去，周戈来看那门榜，才知道是一个学校，便在这左右徘徊观望，忽又听得马蹄声响，回头一看，前面来了一乘小轿，轿帘关得紧紧的，后来跟着一个马弁，想必是一位阔人的太太，就不去理他。

谁知这轿子到了学校门首，落下，走出来，才是一个男子，身材狠高的，嘴上长着两撇胡子，穿的是古铜色湖绉夹衫，套着一件夹纱背心，手里拿的是亨利厂新式帽子，扬长进去。

周戈来自言自语道："这军官与进去那位，必然又是朋友，那福尔摩斯想作军事侦探，所以与这般人联络，却是他为甚么躲在书铺呢？且不管他的，我现在先侦探这两人。知道他们的下落，那还怕他老先生飞上天去么？"

话虽如此，但不知从何下手，才得要领，正在学校门前思索，忽然来了一位先生，手携皮囊，好像要入学上课的光景，见了周戈来，即忙点头说道："好久不见！"让他进去坐谈。

那人正是学校里监学的令兄，名叫刘仲安，又是本校体操兼音乐的教习，本是周戈来旧同学。

彼此在应接室，谈了一阵，恰巧那学校正短一位物理教习，监学托刘仲安荐人，就把周戈来荐上了，不多几日，也就接聘上课。

蒲南轩原在这学校任图画教习,彼此既是同事,那福尔摩斯藏在书铺楼上的原故,自然容易打听。那知不打听倒也罢,这一打听,把个周戈来急得两眼发呆,半响说不出话来。

你当是甚么理由?原来周戈来所见总府街书铺楼上的福尔摩斯,不过符号叫彭亚黎,无意之间,丰采有些与众不同,不想周戈来想钱发了昏,竟把他当成神出鬼没福尔摩斯大侦探,向阿耿司报告,冤冤枉枉,硬使了阿耿司九十九元硬银。

到如今周戈来才从蒲南轩口里,把假福尔摩斯的真历史,打听得一字不漏,并且蒲先生房中,挂得有彭亚黎的照相片,与周戈来误认的楼上福尔摩斯,丝毫不错。从此提起这话,想起这事,总不免有些难过。而且阿耿司那一面,待听回信,再拿甚么去对付?这一节周戈来虽莫有向别人说过,心里却是非常着急,一来怕阿耿司追究起太没面子,并须吐出九十九元硬货合军票二百多张,要抵学校钟点二百多点钟,为这事忧愁得连茶饭都不想吃。

同事的朋友,一天要到游艺助赈会,拉他同去消遣。周戈来也想借此散闷,同行刘仲安、蒲南轩之外更有三四人,由通顺街进助赈会场的西门,果然游人如潮涌一般。有说吃了雕花鸡蛋,就会雕花的;又有说龙口里流水,实在可怪的;有说吐的是洋油,吐满一池,电灯公司就要来取去做电灯的,议论纷纷。可惜龙不会说话,不然必要大叫禁止妖言惑众了。至于看会的善男信女，更是形形色色，千变万化，正是俗话说的"各有各的心事"。

周戈来也无意勾留，无精打彩的，随众人走了一圈，出了公园门，刚走到第一教养工厂售货处门前，相距半箭地，远看着许多人，围到售货处，好像有甚么新鲜玩意。

刘仲安道："其中必是特别女宾在买货，快去看罢。"说着走到跟前。

这一看不打紧，把周戈来的三魂七魄，几乎摄去十分之九。原来那里买货的，不但不是女宾，并且不是寻常男宾，竟是三个西洋人，有一个像是某国领事，有一个正是住在悦来旅馆找寻福尔摩斯的阿耿司。

这位周戈来先生，害的就是忌讳阿耿司的症候，一旦碰着了对头，禁不住肉颤心跳，一溜烟跑回学校，睡到第二天，连上课都没有精神。

这且不提，且说阿耿司在悦来旅馆久等周戈来，没有回信，晓得又上了当，好在只有九十九元，也值不得计较，只好在别处另外设法，打听福尔摩斯下落。

那天在领事馆闲谈，被领事约同游助赈会，自己尚在梦中，竟把周教习惊破苦胆。他与领事，还在售货所游览，忽见陈列物品中，有一个洋漆烟卷盒，上面刻的花纹，大是异样。阿耿司用手把那烟盒，取来细看，越看越神，把领事觉得狠可怪。来往过路人，却当成新闻，把教养工厂售货处，竟围起来了。

只见阿耿司向领事，西的西、花的花说了些甚么，在怀中掏出了银元一块,买那个烟卷盒。

售货所的管事,接过银元,笑嬉嬉说道:"照硬元合算,还要找四角。"

阿耿司简直听不着那些闲话,拿了盒子,同领事迈开大步,一直走出会场。

坐轿回到旅馆,不到三日,悦来旅馆又添一位西宾,卧室与阿耿司相隔甚近。

此人年纪、面目,狠不出众,来到四川,暗中也做了些事情,长了些见识。第一次失败的时候,曾经睡在旅馆的床上发狂,向堂倌闷头闷脑的,说是要打电话。

堂倌见他神色困顿,言语又似半吞半吐,就把他领到一处烟馆,叫他过瘾。

那位先生到了此地,又急又气,然而转回来一想,这不又是最好的侦探练习所么?也就随遇而安,放开调查的手段,试看成都的地狱,与上海没有区别。那知事不随心,调查尚未得手,忽然被几位警兵,闯进烟馆,把烟馆子的主客一干人等,并烟灯、烟枪、烟灰一齐带到警厅,照例问了几句,就送到教养工厂,做工悔过。

因此那位先生,又做起犯罪的工业家来了,一天做了几个烟卷盒,偶然心血来潮,想起故友华生,有一个烟盒,图案是蛤蟆打伞,狠是有趣,便随意画在烟盒上,又落了一个别号。

那知事又凑巧,这个盒子,恰被阿耿司买去了,又托英国领事,向教养工厂托辞,就说是领事府的司书某人,误入烟馆，情愿受罚具保，经官许可，然后把他请出来，与阿耿司相见。

这就是阿耿司出五千元赏格，要寻找的全球著名大侦探——英国的福尔摩斯，到了悦来旅馆，与阿耿司见面的时节，彼此相别已经一年多了。

后来说周戈来报信，骗去九十九元，福尔摩斯忽然想起了一件事。当初在上海的时候，有一个拉车的，名姓好像也叫周戈来。据阿耿司说起姓周的面貌神气，简直与福尔摩斯所见的拉车的，是一无二。怎么他也到了成都，借书铺楼上的先生的洪福，享受了硬货九十九元。

然而那位周戈来先生，胆子极小，自从在会场遇着阿耿司，骇得魂不附体，半月多不敢出门，后来想出避祸的法子，一直跑到铝城办新政去了。

（原刊于《娱闲录：四川公报增刊》第二十二册，1915年6月2日，标"滑稽小说"。）

福尔摩斯中国奇遇记

台湾篇

智 斗①

馀 生

一 挑战

福尔摩斯与华生闲坐暖炉左右。

福手叶卷烟力吸,投身安乐椅中,仰视烟雾飞散状,意其中有佳景在然。

华生则倚于炉傍,注视福之举动,亦若观剧者。

历时既久,华生久坐无意,起身行一深呼吸而言曰:"福君,天气甚佳,盍往野游乎?"

福每于深思之时,虽傍华客有所问,慨置不答,以扰其思。故华生问不答,而华生夙知,亦不之怪,移身窗下,探视路中,忽见一邮夫从窗前过。

---

① 馀生的《智斗》(标"探侦小说")从《台南新报》第七千七百五十三号起开始连载,编者目前仅见 1923 年 9 月 26 日、9 月 27 日、9 月 30 日和 10 月 11 日四期的高清影印文献,对应的章节标题分别为"一 挑战""一 挑战(续前)""第二章""第六章(续前)",今整理成文。又见 10 月 2 日、10 月 6 日—10 月 8 日、10 月 10 日、10 月 12 日—10 月 13 日七期,亦有其他章节连载于该报中缝,惜所见资料清晰度不佳,且有残缺,不易辨识,故暂无法整理收录。

无何门铃乱鸣,既而门番持二书留信入。

福取其一,裂封视之,欣欣然有喜色。

华生见而曰:"福君,有何可喜事乎?"

"有趣之注文书也,吾辈许久无所事,得此堪破寂寞。"乃以书授华生。

华生急趋受而观之:

福尔摩斯先生鉴:

久仰大名,如雷贯耳。每欲趋承教诲,奈多俗务,又远隔大洋,甚为耿耿。兹者敝受甚大之盗难,敝地警队虽敏,奈大盗手腕更凶。盗难频发,被难甚巨,窃思非先生莫治,敢祈拨驾一游以治之,虽敝个人之幸,亦敝地全市人之福也。书不尽言,详细待到台后面谈。专此恳请!

年　月　日

街　氏　名

林　茂

再者倘蒙见诺,祈即电知!

福:"来适其时,吾辈久闻台湾虽为小岛,而民富地弱,新文明之国,每欲往游以旷眼界。今幸有此便,岂可不往乎?"语毕,又裂其二之信视之,则颦眉怒目,切齿变色,将信揉成一丸,掷之废纸笼中。

华生怪之,拾而视:

大探侦福尔摩斯老先生侍右：

每承教诲，铭刻不忘。兹者仆今欲忠告先生者，近日必有依赖先生事，祈先生切不可应之。诺之恐有不利于先生，非但此，且于先生之名誉上、贵体上，亦必大受损伤。故祈先生静坐炉边为佳，因友情上专此达知。

华生先生处亦祈代恳！

月　　日

亚森·罗频顿首

"亚森·罗频乎？"华生讶声而言。

福则力打其傍之桌，砰然一声，愤而言曰："可憎之畜生，竟公然视吾辈为童子，决吾辈之必败。余必报之报之！"

华："福君，此非罗频惧君而仰止者乎？"

福："非也！罗频非弱者。挑战也，挑战也。"

华："然则罗频何以知林君之来信？"

福："仆非仙人，何能知之？但君何以发此奇问？"

华："非仙固也，但因君有不思议之怪术。人所不能者，君能之，故是问。"

福："嗟乎！何为不思议之怪术乎？仆之所能人之不能者，乃理其源、推其端，理想之也，非怪术也。君不可误意！"

华生语塞。

福则踩踩室中，既而坐，既而步，竭其明晰之脑，想其如何结果，终则按铃呼仆，命其备旅行用之用品。

华生曰："君欲渡台乎？"

福："然也。仆意林君之事，必罗频为，不往则为所笑。"

华："福君，仆亦同往。"

福："信乎？君不惧彼乎？"

华："与君同往何惧哉？"

福："然也。君亦强者，罗频无谋之辈，竟欲再与吾辈战，其败必也。君可急准备。"

华："电知否？"

福："不电为佳。电则适为罗频知吾辈之渡台。"

数日后，台湾岛基隆港。

亚米利加入港，上陆客中有二英人。变装为岛人者，乃华生也。其变装之精，实可惊叹，殆与岛人无异，一见确为岛人，不复英人矣。

且福因有意渡台，故数年前已精熟岛语，亦流畅与岛人无异；华生虽不及福，亦胜于中等辈。

方出改札口数武时，忽有锐声呼曰："福尔摩斯先生乎？"

福惊不应，默想彼何人，乃能识余之至者。而呼声再，乃有一岛装妇人，急急而至曰："先生非福尔摩斯先生乎？"

福不得已停趾视之，则柳眉凤眼，樱口蛮腰，亭亭可爱，东洋之尤物也。但颜色惨郁，一见知其有所忧。

福："夫人有何贵事乎？"

妇:"先生确为福尔摩斯先生乎?因有要事相商。"

福:"然也。贵事为何?"

妇:"先生有非常之事也,先生今非欲行嘉义乎?"

福:"然也。"

妇:"先生切不可往,往则先生不利。"

福:"有是理乎?"言已拔步欲行。

而妇人则急遮福之前曰:"先生不吾信乎?噫!先生聪明人,胡不知余之虚实?"语柔而悲,使福闻而知其诚。

福乃曰:"夫人,然则当如何?"

妇:"不往为佳,而暂居台北,待后回船便,急归贵国可也。"

福:"夫人诚意,敬谢不忘,但仆非畏难者。"语毕,嗤然而行。

华生急随之。至十字路通,则见一乐队鼓吹而至。二人停步观之,则一长六尺幅四尺之白板,中大书:

奉　福尔摩斯
对
迎　亚森·罗频

后面则:

福尔摩斯、亚森·罗频之大竞技
大探侦

英国选手到着
嘉义大豪林某之盗案

福大怒,前止乐问之曰:"汝辈何时受雇乎?"

曰:"今日。"

福:"历几时矣?"

曰:"一时间前。"

福:"然则此广告板,准备久矣?"

曰:"是否,非吾辈所知者。但所知者,为一绅士命吾辈至北门街,看板屋,负此鼓吹广告而已。"

呜呼!罗频果挑战矣!知福之将至,故使乐队广告,以激之。诚不思议也。

福无法,适自动车至,遂乘之,愤而言曰:"畜生,汝竟宣战矣!识之,余非执汝誓不归英也。"

第二章

嘉义市街皆华美之大厦并列,其中最堂皇者,为南门外一八番地之建物。屋前多栽松柳,其华观殆不可以笔述者;屋后有旷庭连接公园,花木竞茂,山水庐亭悉备。嘉义街数一二之富豪也。

时为午后四时顷。此屋之前,勿有自动车一辆。及门而止,则有二人跃下。趋至门前押铃,则有仆启门鞠躬,案内入接待室。

是二人乃福与华生也,坐后回视室中装饰,因皆高价之世外品,互叹之主人之奢。

而华生微声谓福曰:"以理推之,采集此多数骨董,费时必久。主人当有五十左右龄。"

语方毕,门忽启,林富豪与其夫人入室。华生之推理竟失败。主人夫妇乃差一二龄之三十左右中年人也,举止从容,言词谦逊,因福之至甚喜,握手致词曰:"远隔大洋,慨然肯来,不胜感谢!此番以患盗故,得会先生,仆却以难为幸福。"

福亦绍介华生毕,分坐茶后,华生则推想曰:"台湾人诚不可思议也。"

既而林曰:"先生乎,时者金也。仆意欲即以事因告奉,未知可否?但先生未知能决此事之必胜否?"

福:"幸甚。然欲决其结果,必先理其源。"

林:"然则先生尚未之知乎?"

福:"未知也。奉君以其起因,略不少蔽以告仆。"

林:"盗难也。"

福:"起于何时乎?"

林:"土曜日也。概必土曜日之夜,日曜之望。"

福:"然则六日前矣,其难何以致乎?"

林:"仆与拙荆,因身分上,外出甚少。儿童之教育,来客之接待,室内装饰,仆辈之生活也,而必至夜半。此室多骨董品,故每夜下闩,息灯,仆之习例。先周土曜之夜,十一时顷,仆以习例各门窗下闩后,乃息灯入仆之寝室。"

福:"君寝室在何处乎?"

林:"此邻也,彼门是也。翌日仆早起,秀英拙荆,尚未醒。仆恐恐扰其眠,轻足入此室,则先生乎,前夜下闩之窗其一已启。"

福:"贵仆辈未知否?"

林:"仆起呼之前,皆未曾入,而诸室之门,尚下闩,盗必自外破窗而入。仆又发见窗之右方,第二枚与厅邻之玻璃已破矣。"

福:"其窗者何?"

林:"此也。窗通露台,露台则石栏干附之。此室楼也,自窗可望庭与公园隔栅,盗必确自公园以梯过栅而上露台也。"

福:"君确知其不误乎?"

林:"栅两侧之软土上,有梯端形之凹印各二;露台之下,亦有二;且栏干亦有擦伤处二。确为梯所传者。"

福:"公园之门夜闭乎?"

林:"昼夜皆不闭。因尚通十四番地之出入焉。"

……

第六章(续前)

福与汪不约而互视,老探侦汪和,则握拳吐气,满身战栗,低声曰:"必罗频无疑矣。"

福虽强克制力,亦胸跃不已。

少顷，张忽曰："彼妇人出矣。"

二人急视之，果然。陈金枝自门内现，而步于路傍。

张又曰："李玉亦出矣。"

福："李玉乎何者？"

张："彼持包人也。"

福："何以乃不见其送妇人者而各道乎？"

张："诚哉！彼二人未尝有同行例。"

福与汪亦起谢张，乃雁列出，赖街灯辉，视与妇人各道行之人，确其必为罗频。

汪曰："今欲尾何人乎？"

福："罗频贵。"

汪："仆则妇人。"

福："不可不可。"

福以此事不欲汪和有寸毫涉，故止之曰："倘有用彼妇人时，仆不论何时，皆可得之，使君独行则不可。"

汪乃与福并行，以少许间隔，赖诸行人及路上树，为楯，而尾罗频后。

罗频绝不回顾，昂然直行，步忽若跛者。

强视察力之，汪和识之曰："嗟乎！倘使巡查二三人，则必为所愚矣。"

然路中乃不曾与巡查面，倘出庄太远，应援则不可得，汪忧之。

福曰："嘻！过湖子内庄矣。"

二人尾行已二十余分。罗频忽折入八掌溪通，进沿岸侧，至中程遂下溪埔有所事。福等因远隔且暗，不可知其所事。

四五分后，罗频事毕返。二人急匿大树后让之，及至所持品失矣。

方过，忽有一人自屋荫现，而亦隐于他树际。

福低声曰："彼似亦迹之者。"

汪："必然也，仆来时仿惚已见之矣。"

二人遂再续尾行，因加入此人，事乃更纷杂。

罗频返由来道，入下路头庄，归所住屋，福与汪急近之，则张益方欲闭门。

汪问曰："若见彼归乎？"

张："方余息瓦斯灯时，彼已下闩矣。"

汪："彼一人而已，抑有他？"

张："无他，彼独一人也。且彼饭亦不在此餐。"

汪："通楼门有他乎？"

张："绝无。"

汪顾福曰："仆守罗频室外，君急往西门外警察分署，呼署长至，为上策。"

福反对曰："倘于彼时遁者。"

汪："有仆在。"

福："君度能斗彼否？"

汪："但仆非欲入埔，乃欲伺于室外而已。"

福："劣策也。此时即押铃呼之，出应则捉为佳。"

……

附：

万殊一本

福 魂

阅九月二十日《南报》探侦小说，林答福"盗难"语，福君询问何时盗难，林答以"土曜"，福应之曰"然则六日前"语，颇离奇，事属古怪，真令人百思莫解也。盖自发信起，迄福君抵嘉，仅六日间耳，岂福君曾□遁甲之术，不然何与前判若两人耶？福君与予虽不甚熟，悉经予友□君屡次介绍，亦略知其一二。设福君果能遁甲，何不由英直达嘉义，乃竟乘阿米利加丸由基上陆？倘福君现在内在书信往返，整整半个月尚称迅速，何况远阻半球，竟不经旬而到，林君之信亦赖遁甲邮便之力欤？不然，何其越出廿世纪思想以外之神速耶？敢请馀生先生，登报惠覆，使开第塾为感！（福魂谨启）

（原刊于《台南新报》第7765号，1923年10月8日。）

冥界篇

福尔摩斯中国奇遇记

阴司侦探案 ①

僇

华生者,与福尔摩斯雅故。福既与莫山长相搏死,华无聊甚,日惟酗酒自放废,醉则呼福尔摩斯名不去口,如是以为常。

未几,华忽手稿一束,求售于伦敦晚报馆,其中所言,皆福殁后于阴府旋行时情事,□故友谊,特示梦华,语华始末。华既醒,因削简纪其崖略。

天僇生有友游伦敦者,以译稿邮示生。生因润其辞,列如下方,而纪其缘起如此——

> (华生曰)吾自福死后,意趣殊不自得,忽忽者且数载。

---

① 邓百意著《王钟麒年谱》(河南文艺出版社2013年版,第69—70页)中介绍:"小说注明为'华生笔记',实际上是王钟麒自撰文言体短篇小说。小说以华生的口吻,记叙梦中福尔摩斯回忆自己死后至中国阴司所历之境。文中称清廷为'野鸡之国',写中国阴司的牛首马面也在到处捕捉革命党,实借以讽刺时政。小说主角虽然是福尔摩斯,但显然已经不是侦探题材,更近于社会讽刺题材。小说标《阴司侦探案》(一),似应有《阴司侦探案》(二),未见。"

一日醺薄酒，拥被僵卧，恍忽觉出户。信步所之，路晦不辨。掌有大溪，亘于前。溪声灌，甫前进。

忽失足堕水，水热，气腥秽，着体如钻钻。约堕数十丈，豁焉而止。一开目则身立岸侧，方惶惑。

忽有人自后呼曰："华生，若毋恐！某在此。"

予聆其音甚稔，急回首，向曰："若为谁？"

曰："吾福尔摩斯也。"

予是时亦竟忘其死，惊喜过望，直前握福手相劳苦，如平生。

予谓福曰："吾无在不觅君，初不意君尚在人间也。"

福含糊应予，唯曰："是非畅谈所，盍从我行？"

遂相将抵一处所，视其榜，酒肆也。相偕入，佣者以肴糗进。

予执杯谓福曰："君别来究何所事事？"

福曰："君不知耶？吾死久矣。"

予斯时甫知为鬼，疑己身亦死，手掉舌挢，体大震欲踣。

福曰："勿恐！吾非祸若者。"

予念惧亦无益，即亦无怖，乃曰："请君悉前后事，语吾。"

福曰："可。"

福曰："吾初与莫同投水时，浪花扑面绝痛。心甚明了，与莫互结不可解，顷之沉矣。既沉，觉魂已离舍，自知已死，即无所悲痛，惟身迷惘不自主。自思生平于欧美举游历殆遍，惟足迹未一至支那，今脱室家累，盍往彼中一游？举念所至，足即随之。若御风行，欻抵一村。村有镇，镇有市，市人往还如织，着支那冠服，其衣如沐猴，状绝猥琐，人人皆含有畜生象，目眴转若豆，长不胜外府之裘。予就其中年长者诹焉，曰是阴司也，厥地属中国。

"予前行约里许，见一城，以黑石为墙，色如墨，风物愁惨，阴气逼人欲僵。城上有守兵百数十，有牛首人身者，有马首人身者，又有狐首、猿首而人身者，诡异欲噬人。予大惊，亟俯首趣入城已弗及，为所执。其中有虎首者，服与众殊，盖官也，努目□曰：'尔西洋人何为至是？是必开洋行，专为革命党人运军火者。'挥守兵曰：'速捕若，检若身，有革命书籍否？有手枪药弹否？'即有守兵入，捽予手足仆地上，搜检甚至。久久无所得，虎首人曰：'既无违禁物，姑释若俾他适。'

"予斯时气忿填胸，大声诘守兵曰：'若曹无礼乃尔，敢辱及外国人，罪当死！'守兵闻言，甚惶，遽曰：'先生勿怒，此非吾辈意，亦不得已而为之也。自去岁阳世大捕革命党，其膏砧砥者，无虑数十百，怨魄不散，相联合为一群，散处酆都城左右。阎罗王以幽显一体，唯其危乱我阴府是惧，时时派鬼兵，严斥堠，砺戈铤。昨又奉玉帝诏，言自许赐凤被戮后，鬼党推许为率，由鬼门关，运军火入内地，定于某月日，推倒野鸡政府。玉帝特派元绪真人,为上柱国,司剿捕会党事,并令各殿鬼王,慎防堵。王奉诏大怒,立饬无常鬼,往夜叉国,募兵三千人。夫夜叉国者,去阳世三万里,性狞恶,嗜食人胸肝。募既集,王辄鸠夜叉为一侦探营。惟若曹,性至蠢,非知侦探术者,须求能者部虑之。'

"守兵语至此,予聆其言,忽触发好奇心,念吾诚由此进身者,计亦良得,因谓守兵曰:'尔言至有味,吾实告若:吾名福尔摩斯,为西洋大侦探,有闻于诸侯。今靡所事事,若诚以吾名告而王者,王必贵吾,吾必大腴若。'

"守兵曰:'善!先生姑待之。'入宫以予语语王侍者马面。马面急趋入朝曰:'夫福尔摩斯者,欧洲之大侦探也。今鬼革命党,出万死不顾一生之计,为非常之事。夜叉诚众多,恐不得要领。徼天之福,福尔摩斯道出是,王诚召用福尔摩斯,福尔摩斯必感圣恩,相得一当以报,革命党不足灭也。'王意徐动,曰:'若幸为我致福尔摩斯耳!'马面喜,使使诰予,召朝王入宫。宫有榜,榜三字,曰'罗刹府'。既入,闻呵殿声,王自内出,貌甚诡异,年约四五十,腹大如五石瓠。夜叉数十人,腰雕弧,手白棓,左右侍。

"既登殿,受朝如仪,百官分班鹄而立。其最贵者曰'不叉侯',猬狐佞魃曰'抄道伯',潜弩谏驍曰'颊钩王',兼'骨箕帅',狼浮食魃(按:右官名本樊南《怪物赋》)。三人位至尊踞,公卿以降数十人,听侧目,语掩口，人人戴面具，面具愈多位愈尊，真面目不可得见。其前列者，顷刻间面目十数易。予旁觑方观叹，即有牛头人二，宣予上殿。王欠身谓予曰：'慕先生名久已。天既全付，予有家顽类弗率，借数百年刍荛之德，而孽牙是，予甚愤之。幸先生来，予不为无助。'"

（连载于《神州日报》，1907年10月25日—10月27日，未完，标"滑稽小说""华生笔记"。）

附录一

福尔摩斯中国奇遇记

福尔摩斯与鼠

觉 盦

（鼠子曰）余寓伦敦培克街二百二十一号，依福尔摩斯为活。福善侦探，疑难之案经其手，无不立破。然而，余之寄食门下，福竟不知也。

余伏处承尘间，福之一举一动，咸不能逃余目。福日举侦探所得，与华生医士抵掌高谈，余闻之已熟。余性素黠，自接福之警欬，黠者益黠。福之伎俩，且日落余后矣。

一夕，余子戏于壁上，失足堕落案头。

福正据案凝思，大惊而起，疑仇家以炸弹相饷。既而知为鼠，则又大怒，操杖逐余子。

余子缘壁窜，福不能及，遂脱险。余大笑，以为福捕盗贼如探囊，今乃不能捕余子。

未几，余子复夜出，三日不归。余自出寻觅，行经案侧，见一小铁网笼，中贮佳饵，笼有小口，可容余体出入。铁网略带血痕，嗅之，则余子之血也，知余子遇险矣，悲极而号。

余初垂涎笼中之饵，至是舍之不复顾，翻案头墨水瓶而返，日图复仇之计。

顾以余渺小之躯,与伟大之人类角力,咸知不能胜,计惟有设法败其名耳。福丧余子之命,余败福之名,轻重虽不相抵,亦足一泄吾愤。

于是夜穴其箱,进啮其所贮案卷,至于粉碎。

啮未尽,福自梦中醒,余乃趣避,暗中闻福启箱检卷,叹曰:"一生心血,惟余此七十案矣!"

盖福历来所探之案,本有百四十件,为余啮其半。诸君今日所得见之七十案,即余之唾余也。

当时余心大快,思并其七十案亦啮去,不意出穴数十武,为福所见,趣塞余穴,余于是亟筹自卫。

福有支那古磁瓶,甚宝之,常陈案头。余见事急,即趣伏瓶后。

福操杖汹汹索余,见余负瓶目固,果不敢击,伸手移瓶,余即跃去。

福追至,余复回身避瓶后,如是者数四。

福怒极,举杖猛击,瓶碎,杖亦折。

余得乘机避入华生之房。时华生他出,福乃不便擅入。

余知福决不干休,遂以华生药笼为家。

会华生与美兰姑娘结婚后,与福分居,余遂依华生度日。而神出鬼没之福尔摩斯,遂毕世不能复余仇。

(原刊于《新闻报》,1914年12月7日,

标"滑稽短篇"。)

福尔摩斯之失败

小 蝶

科南·达理作"歇洛克·福尔摩斯探案",穷极变化,不可捉摸,使读者身入其中,似见歇洛克其人,跃跃纸上,才大诚不可及也。然予以为福虽权谋善变,安知无或败之时?特华生不肯言耳,因撰是篇,借博读者一笑。

(华生曰)予曩者,以为予友福尔摩斯,果精于侦探术也,今乃知其非矣。夫福名之扬,实因予《歇洛克奇案开场》①一书。故自后凡福所至,予辄与偕,藉为参赞,而福亦辄胜。顾前礼拜之事,予独弗往。盖事极细,初毋需予,而福亦寻败。然则福之所以胜者,直赖有我故耳。福乎福乎!吾艺胜汝,又为汝侦探之功臣,而汝乃下我。吾著是篇,吾殊耻汝,亦以令天下读者,知福尔摩斯之探案,实华生之探案也。

一日,予方晨餐,福尔摩斯忽排闼入,凝立门中,岸然

---

① 《歇洛克奇案开场》即柯南·道尔《血字的研究》,林纾、魏易同译,1908年3月初版,商务印书馆印行。

如展图画。以门作圆洞形如月影，壁作淡碧色，适衬其背。远望之，直嵌图画于壁间耳。以仪表论，福固岳岳，非复猥屑，特与常人殊。鼻直而颧突，颏内陷，几可藏物。不知者，必以为此中藏有无限智机。予初亦作是想，今则知其非矣。所特异者，则其双目，时复露锐光，从黄色之睫毛中灼灼射人。故予恒惧之，而谥之曰"鬼"。

渠闻语亦不怒，且自幸其为"鬼"也，则纵声笑，呼予曰："华生，吾实为狞鬼，且又为老魅。盖彼辈暴徒，有如新死之魂，故见予辄惧走耳。"予亦不禁失笑。

此时福尔摩斯既入，见予方晨餐，乃曰："华生，汝才起乎？若我则起久矣。"言次，转身阖其门，就一软榻而坐，翘一足，以趾点地，"答答"作声。

予因曰："密斯特福尔摩斯，君今日乃颇暇。"

福尔摩斯弗答，但自吸其烟，久之，乃蹙额曰："华生，予迩来门可罗雀矣。昨者予居停之老妇，复絮絮向予索租金，予乃竟无以应。华生，汝当知，我负欠盖三十磅矣。"言次，余烟缕缕自其鼻孔嘘出。

福尔摩斯亟闭其口，似噎，扬其烟斗，余灰落予餐盘，如被新霜。顾福犹未觉，仍续其语曰："故予自思，非售去化装之假须不可。此物购入时，值价至六十磅；今售去，或可偿主妇逋也。"

予诧曰："福尔摩斯，汝亦有假须乎？"

盖福生平探案，纯在理想，固未尝一用化装，故深以为异耳。

福尔摩斯闻语，乃笑曰："华生汝思之。吾人既为侦探，亦犹艺员之演剧耳。化装之品，宁备而勿用，又安可省哉？"言次，探怀出纸包一，授予曰："华生汝视之，其式佳乎？"

予视之，则为一棕色之假须。须极长，虬虬如蟹爪。予试对镜戴之，乃不禁大笑。盖须既虬而长，面目可尽为所掩。予苟非华生者，亦几不知镜中人即华生矣。

予方欲卸之授福，而壁间电话之铃忽震。予乃呼曰："歇洛克，愿汝为我问之。予髯茸茸，不能语也。"

福尔摩斯乃自榻间跃起，趋电话之机。顷之，遂向予曰："顷者为劳斯街百十六号密斯特理仑得斯。渠家方失窃，故趣予往。华生，汝可居此少待。予少顷即来。兹事小，当不致有棘手处也。"

予曰："案情曲折乎？"

福尔摩斯曰："否，但失窃耳，且云贼去才顷刻。吾意尚在室中，亦未可知，故须即往耳。"言次，径匆匆出门去，既而又返身曰："几忘一事。华生，汝可以须授我，今当需此矣。"予授之，遂径踯躅而去。

夫福尔摩斯之脑筋，犹利刃也，韬匿者已多日，今始得及锋而试，故其愉快乃无喻。然福非因探案乐也，待以借此可得多金，则其偿逋之费有着，是以乐耳。

劳斯街与倍克街，相去不过一哩许，故福尔摩斯遂步而往。

既至，则理仑得斯已率其妻女，鹄立而俟。密斯特理仑得斯老矣，体绝胖，面臃肿如其腹。而目绝小，灼然如鼠，时偷从眼角觑人。衣晚礼服,油垢乃可刮,隐然可见人影,与密昔司理仑得斯手上钻石之光相映,衣上乃射奇彩。见福尔摩斯入,则立蹒跚而前,鞠躬曰:"密斯特福尔摩斯,君即福尔摩斯耶?吾扰君,吾……"

理仑得斯语未毕,而密昔司已大怒,遽以掌击其冠。密昔司之为人至顽,纳其夫于胯下,犹绰绰也。故掌下,冠乃立陷其首,设非密斯特理仑得斯之鼻高者,冠檐且覆其肩矣。

密昔司乃詈曰:"若老悖。此如何事,乃犹客套。"言时又扬其手,钻戒之光烂然。

理仑得斯乃缩其颈而呻曰:"哎。"侧其身,帽檐乃磕其女之额。

女哭,密昔司亦不禁哑然而笑,则亟闭其口,向福尔摩斯曰:"先生,吾人昨者,方赴跳舞之会,至今始归。归则室中什物,已均不翼而飞,箱笼亦复翻倒。"言时,乃屈其指曰:"钻石若干,宝石若干,有……"

其女闻语,立止其哭曰:"先生,吾母之所谓金钢钻者盖实药制,而宝石则鹅卵石耳。"

密昔司大怒,俯身捆其颊。女负痛,乃复哭。密昔司亦不顾,仍絮絮诵其所失物,价咸值连城。

福尔摩斯乃截之曰:"夫人,此贼为昨夜来乎?抑今晨来乎?"

其时密斯特理仑得斯默已久,至是乃噫声曰:"嗟乎!福尔摩斯先生。吾人果知者,亦无烦汝矣。"

在理，福尔摩斯闻语当赪，顾仍洋洋如平昔。其后福以此告予时，予诚佩其忍耐之力大也。

于时，福既闻语，遂又询之曰："密斯特理仑得斯，君家有后户否？吾思贼逸时，必从彼间出也。"

密昔司理仑得斯答曰："吾家无后户，虽有临街之窗，然咸范以铁槛，不能逸也。"

福尔摩斯乃大喜曰："然则贼未遁也，吾当往捕之。"言时，探其须出，戴之颊际，后取枪，实以子弹，以口拟理仑得斯曰："来！趣道吾行。"

理仑得斯睹状，大惊，以为将射己也。既而知其非，始踌躇前行，且曰："先生，汝枪口毋向予背，使予背乃如芒刺。"

福尔摩斯不禁失笑，因下其枪。

既而抵一室，福尔摩斯乃自理仑得斯冠顶之上，探其首内视，状如猎狗之侦兔。

其时目光方为浮云所蔽，室中光线骤黯，福尔摩斯遽呼曰："止！罪人得矣。"言时枪立放，弹着理仑得斯高冠，冠乃立飞。

顾室中人犹矗立，福尔摩斯大疑，悄然曰："密斯特理仑得斯，彼室中人殆鬼欤？奈何弗动？"

时理仑得斯惊悸已至亡魂，闻语乃自抚其头曰："贼……贼……在何所？"

福尔摩斯以枪内指，理仑得斯乃大怒曰："贼？此衣架耳，奈……"

理仑得斯语未毕,忽隔室之门陡开,二男子欻然出,自后捉其臂。

理仑得斯大惊欲呼,则口已为二人所塞,且以枪指福尔摩斯曰:"若勿声,声则弹洞而脑矣。"

福尔摩斯睹状亦不惊,举其枪以向二人,厉声曰:"若亦毋伤我友,不则吾枪亦能洞而胸也。"

嗟乎!福尔摩斯诚大勇哉!吾尝见世间大勇之人矣,居闲则夸,临难则逸,成则贪天之功,败则不恤以他人生命,求一己安全。以视吾友歇洛克·福尔摩斯又如何哉?

福尔摩斯之枪既举,于是一室尽寂。四人者,心房跃跃,乃与时计秒针相同。久之,忽砰然一声,遂又有一人应声而倒。

当福尔摩斯之入也,密昔司理仑得斯偕其稚女屏息而俟,以待成功。顾乃久久弗出,则大疑。疑二人且被盗扑,然又不敢自往,惧遭祸,乃呼其女曰:"曼儿,汝曷往观而父及密斯特福尔摩斯,事如何矣?予当坐此为守,贼出必经此,不能逸也。"

曼儿时方罢哭,以其指蘸颊上泪痕,划案作 AB 之形,闻语则昂其首曰:"母,汝不见密斯特福尔摩斯已负一包裹而出矣?"

虬须犹戴颊际。特其旁一人,则非密斯特理仑得斯也。理仑得斯本侏儒,而其人则硕,口鼻时复牵动,作鬼脸,状至可哂。

密昔司睹状,知获贼矣,则曰:"密斯特福尔摩斯,贼已擒乎？"

福尔摩斯点其首曰："然！贼来有二，予获其一；尚有一人，则方与理仑得斯斗于澡室。然彼极弱，非密斯特敌也。"

密昔司闻语乃大慰，因曰："先生并获其赃乎？"

福尔摩斯曰："然！"言时指其包裹曰："凡物尽在是中，但今未能即授夫人，盖尚须以人赃并交警署，登录簿籍也。"

密昔司颔之，福尔摩斯遂向鞠躬，偕其人而去。

将及门，福乃回首向密昔司理仑得斯而笑。

福尔摩斯去后，密昔司理仑得斯知事已定，乃自赴澡室视其夫。

澡室又在卧室之后，当密昔司理仑得斯抵其卧室时，睹状乃大惊。盖房中什物，匪特翻乱无余，且地上积水泛滥，已将成巨浸。桌椅大半入水中，厥状乃如张子和《浮家泛宅图》也。

密昔司虽顾长，然亦水没其踝，涉足以入澡室，则水势益复汪洋。瀑布从自来水管中飞出，浪花乃四溅。其下本以浴盆承之，顾量隘，水遂四溢。

密昔司初以为其夫尚斗于水中也，四视乃不见踪影，呼之则微有唔声，似出自水中。

密昔司闻声立悟，知密斯特理仑得斯必高卧盆中，乃即逆水而前，止自来水头。令弗下，复探手入盆中四摸，既而果得一人。顾已为绳索所缚，不能动侧。

密昔司力拉之起，以其头枕之己肩，哭曰："吾亲爱之……嗟乎！天也！"

当密昔司之语未出时，而其目光已射其面。密昔司乃大骇几晕。盖其人者，实非侏儒之理仑得斯，而为多智之福尔摩斯。

夫福尔摩斯者非已携其赃出乎？其人既无化身术，奈何又复在此？

其时虬须已失，以困于水，眉目乃紧蹙不开。黄毛茸茸如团沙，水点淋漓，滴滴自发际而下，厥状乃如落汤之鸡。至是，始徐徐开其眼曰："嗟乎！险哉！夫人更迟一刻来者，则吾命终矣。"

密昔司诧曰："先生汝非已去乎？奈何犹在此？今密斯特理仑得斯又何往？"

福尔摩斯乃噫气曰："嗟乎！吾何尝出？特彼辈盗我之衣饰，伪为予状出耳！密昔司理仑得斯汝受其欺矣！"

密昔司至是始知先者之福尔摩斯，盖赝鼎耳，然亦无暇虑此，亟曰："然则吾夫又如何矣？"

福爽然曰："不知。盖当二人捉我置此浴盆中时，密斯特理仑得斯犹豕伏于卧室中也。但彼辈曾于我袋中塞一字条，汝试视之。"

密昔司乃为解缚，则袋中果有一字条在。虽湿透，幸未模糊，其辞曰：

　　汝夫痴笨，面目可憎，聊与相戏，夹墙之根。

密昔司读已,乃立偕福往。登墙内窥,察知所在地,则已奄奄一息,不类生人矣。

盖其地适当阴沟,秽气辄复四蒸。密斯特理仑得斯竟何福修来,得居此地,醍醐灌顶,遍体清凉,以视福之为大水鼋者,为幸多矣。

日既夕,福尔摩斯乃淋漓而归,告予以此事,且曰:"华生,此事予必报之,必勿使贼奴遁也。"

予乃不禁失笑。

著者曰:"福尔摩斯之探案,盖犹诸葛亮之用兵,风流儒雅,别是一格。今乃使之短兵相接,宜乎败矣。"

(原刊于《礼拜六》第四十五期,1915年4月10日,标"滑稽小说"。)

福尔摩斯之失败

王 衡

日者,福尔摩斯枯坐一隅,口烟斗,喷烟作圈状,一望而知其脑筋方在极扰乱之时,因亦默尔而坐,取桌上之报纸而披阅之。

良久忽闻福曰:"此事殊奇特,奈何?"

予急抬首,则见福方纳烟斗中,引火吸之。然意若不属,以故火已烬而犹未觉,反狂吸之,一若烟已燃着者。予睹斯状,不禁微笑。

福见余笑,则曰:"华生,君胡为者?"忽瞥睹己手尚握有已熄之火柴,而烟斗中反奄奄无生气,因亦自顾而笑。

予因询曰:"老友,何事乎?值得如许烦恼。"

福曰:"华生,君真不知轻重者。"

予曰:"究属何事,予尚未知,乌得责予不知轻重?"

福曰:"君既未知事之本末,盍免开尊口,而乃贸贸然谓予曰'何事乎值得如许烦恼'?充君之意,以为是必区区小事,初无烦我脑筋之价值。庸知天下唯极平常之事,往往有极奥深之玄秘存。庸人忽焉不察,以为是何足介意。噫!是岂真何足介意哉?"

予亟辩曰:"予之言此,初不过观君之愁眉不展,心神不属,因有此问。在我之意,作为慰问之词则可,不图乃来君一席教训,是岂予之始愿?"

福笑曰:"承君良意,感甚!第我以为脑筋愈用则愈敏捷,犹之金之冶,剑之锻。金愈冶而愈精,剑愈锻而愈厉。君试观懒惰之人大抵愚笨,而辛勤之人每多聪颖,足证我论之非诬。"

语次,福自袋中取一纸授我。纸有折痕,若团皱然。第纸质极精细而美丽。既视所书,则仅寥寥数字:"福君鉴:事急,待我,勿出!"

予询福曰:"此纸从何而来?"

福曰:"君试猜之。"

予乃效福之所为,视察良久,乃曰:"纸质坚而细,色泽美而艳,于此可断彼人必富于资,且用之者必为女郎。更一观其字迹,则英秀之中而含有巾帼之气味,非女郎而何?观其信中所述,似有求于君之臂助。"

福笑曰:"君言胡太模棱乎?我问君此纸从何而来,而君乃答我以此。"

予曰:"我未来之前,有一女郎来访,出此函授君。"

福笑曰:"否!"

予曰:"然则必由邮局递来。"

福大笑曰:"愈说愈远。"

予微愠曰:"予本非侦探,更无君之才能,又焉能必吾言之不误?"

福曰："君言虽是，然君从余有年矣，小小案件，大可推想而得。况君今之所言，何自相矛盾一至于此？"

予曰："予所矛盾之处安在？"

福曰："君毋怒，请听我言。君谓'有一女郎来访，出此函授我'，试思彼人既亲见我面，曷为不以口而以笔？是矛盾者一。且观其信中所述，则有祈'待我，勿出'，使彼人而已亲见吾面，又何为书此二语？矛盾二。君又谓'由邮局递来'，则此累累之皱痕从何而来？若谓由我团皱，则我于案中要件，保存原状之不遑，又焉肯轻事毁灭？矛盾三。况我更有一物，足以证予之言。"自袋中取石子出授予。

予因笑曰："予过矣。然此纸究何从而来，君其有以语我。"

福曰："实告君，在君未回之前，予枯坐无俚，因一检理案上书籍。正在忙碌之候，忽闻背后窸窣一声，似有物堕地者，因亟回首，则见一纸团在地上。予知必有人自下掷上，缘趋至窗前，俯首视之，则毫无可疑之形迹，乃返身拾纸团起，展而视之，则中裹石子一枚，与此寥寥数字耳。"语次，出火柴燃烟狂吸之，默不一声，两眼睒睒作光，若欲鉴人之隐。

予曰："君言虽是，然有一疑点，请君释之。"

福闻余言，漠不加意，第曰："君之疑团，我知之矣。"

予讶曰："我言尚未出口，君胡由知之？"

福曰："察言观色，本侦探之随身法宝，君其忘之乎？今君之疑团，发生于阅书之后。君殆疑此信之非真，或我故设此以戏君。然予无缘无故，何为而欲戏君乎？即使我欲戏君，与君丝毫无损，我何为而作此不智之行为？是故此一疑团，虽发生于君之脑海中，然不过一秒钟之久，即已消灭矣。君既不疑我之戏君，自必推想至于第三方面。彼人何为而授我此信？既授我信而乃效尹邢之避面，是殆故作危词以戏我乎？抑街上顽童有意作耍？君之疑得毋为此？"

予叹曰："神哉君也！实足鉴人肺腑矣。第君能解予之惑欤？"

福笑曰："一分钟后，解君之惑。之女郎行将入室，可毋烦我之喋喋矣。"语次，忽闻叩门声，已而履声橐橐，则已上楼。

门辟，一女郎衣饰华丽，然面色惨淡，眼瞳无神，似经剧变者，而其面貌之昳丽，仍隐约可睹，顾余二人曰："孰为福尔摩斯君？"已而指予友曰："君其福尔摩斯乎？"

福颔首，女郎乃续曰："适间之信，即侬所掷，率而冒昧，敢请鉴原。"

福状若不耐，徐曰："虚浮之言，毋庸多谈。"

女郎曰："诺。"遂缕缕述其案由。

女郎之言曰："侬名丽丽，与侬父同居。侬父昔曾经商，今年已老，耳已聋，故于四月前卜居于威斯街之九号。父以残病，故深居简出，而侬则时与社会相周旋，如司密斯夫人、洛志夫人、葛莱德、李爱娜等皆与侬莫逆。不意近数日来，每当侬出外之时，辄觉有人潜尾于后。迨侬止步察之，则又毫无可疑之形迹，以是侬心中惴惴，默念彼尾我者，究为何人？若谓侬之仇，则侬固未尝树怨于人；若谓侬父之仇，则侬父平日固亦束身自好之流。百思不得其故，因亦置而不问，盖侬尚存'见怪不怪，其怪自败'之念。讵前日之夜，侬睡梦中醒，忽闻有声蛮然，若远若近。侬素胆怯，不敢起视，欲呼仆人，则又惊不出声。少顷，忽闻窗辟声，继而复见绿光一道，掠侬窗而过。斯时之侬，真心胆俱裂矣。因蒙被而卧，明日起视，则窗户仍阖，并无痕迹，因疑或侬神经过敏所致。第昨日之夜，声音复作，惟绿光则昨夜未之发见，然有搬动器具声。迨旦视之，则……"

语至此，门忽辟，寓主妇入，呈福一函后即出。

福拆视之，则云：

福尔摩斯君鉴：

如有女子名丽丽者，来君许求助，祈君拒却，否则吾党将以施诸丽丽者，转施之君。君聪明人，幸勿负固。

J 上

福阅竟，以函授女郎曰："女士试认此为谁人之笔迹。女士友朋之中，首一字母可有 J 字之人？"

女郎默然者久之，继而曰："此笔迹颇属生疏，似我平生所仅见者。至于友朋之中，首一字母为 J 者，固不乏其人，然类皆善良之俦，似与此案无关。"

福闻语嗒然。

女郎续曰:"先生肯为侬探案,不为威胁,是实侬之幸也。惟今有所请者,如先生无问侬之处,则侬将归,恐侬父望穿老眼也。"

福曰:"女士何为不面余于掷信之时,而乃访余于现在?"

女郎曰:"否。侬本欲立即访君,惟忽睹一人,徘徊于君之门前,因不敢进,故书此一纸,取石裹之,继复窥旁无人焉,乃掷入君之室中。迨侬出巷之时,则此人仍在,惟背对我耳,因急雇一街车至我友之家而膳也。膳毕复出,至君街之首,则此人已不在,因径来叩君之门。"语已微笑,第此笑初不自然,因而知其心之益苦也。

女郎既去,福默然不声者久之,忽突然起立入室。

少顷,忽有一下流工人自室内出。予知福又乔装矣,欲有所询,特福步履迅疾,瞬息已失踪矣。

福去后,予益沉寂,因翻阅各种医书,藉作消遣。如是者约三句钟,福仍不归,因思予胡不出外一散步乎?然天有雨意,出外之念顿息。经此一番纷扰,更无心阅书,而独坐亦无兴趣。因和衣而卧,不知不觉已深入睡乡,见老友与罗苹决斗于原野,罗苹步步进逼,老友势将不支。

斯时予心急计生,折树上之枝猛刺罗苹之足。罗苹出其不意,手中一软,遂被我老友所克服矣。老友骑罗苹之背,予则以拳猛击之……

忽觉手痛异常,张目视之,则老友立予之前,而予双手已为渠所紧握。

老友顾余而笑曰:"君梦中胡为两手乱挥,岂欲奋臂杀贼乎?然贼虽胆大,亦不敢一莅我室。"

予告之故,福微笑,余因询之曰:"事何若矣?"

福曰:"予自出后,即驱车至威斯街。地处僻静。行人稀少,四周俱植树木,故景颇幽雅。女郎之屋偏于东南,与女郎之屋毗连者有三:左为亨利斯堡得,执业于爱丁堡;居其中者为其夫人暨二三女仆而已;右为乔治,前曾执教鞭于牛津大学,今已年老,故辞去职务,而卜居于是。与之同居者,为其老友葛莱训,其夫人早已物化。亨利斯堡得之左,为一退职之军曹。三家之居于是者已有年矣。女郎之家,初为一探险家所侨居。至今年春,探险家去而女郎来矣。以故女郎之来为时甚暂,左右邻近初不深悉其底蕴,惟只知女郎之父,初本为一贵族之长子,以聋故不能袭乃父之爵位,惟其父于临没时,曾分其遗产三之一与之。渠既得此遗产,初不事事,仅东游西荡而已,三十岁与玛丽订婚于美之纽约,逾一载生女郎,女郎生后十五载而母没。女郎之父于玛丽葬后之六月即归,初卜居于司克惠街,甫二周即迁居于是。第老人则自迁居以来,初未出门一步,而女郎则每有盛会必预分也。"

福语至此微止,既复续曰:"案中之线索已约略探得,会当循此线索而觅彼头绪矣。今我先一提案中之疑点,逐层剖解,庶几着手较易也。"

福语至此,因为予述案中之疑点于下:

女郎之父，初则东游西荡，今则深居简出。疑点一。

女郎之母，不知为何许人，与女郎之父为新交抑旧识？其死也死于何病？疑点二。

玛丽死后，何以不仍居美国，而乃遄返英伦？疑点三。

"今我虽已得其端倪，然非俟女郎明日告我老人历史之后，决不敢确定也。"

予曰："君何以知彼姝明日将来告彼老人之历史？"

福曰："顷我曾发一信，嘱其明日来此。"

余曰："如此良佳。"

福微笑不语。

次日，予甫起身，忽闻福呼曰："华生视之。"

予急回首，则见昨日之女郎，面无人色，垒息趋向予寓。

福曰："是殆有不可思议之变故欤？"

语未毕，女郎已入室，见福呼曰："先生，侬父失踪矣。"言已而泣。

福不语，注视女面良久，始曰："请道其详。"

女郎曰："昨日侬别先生后，回思二夜之事，殊觉恐怖，欲以告我父，尤恐老年人不堪受惊。欲不告又恐别生变故，侬不能负此重责，最后决定且俟明日。嗟夫！侬决此念，断送侬老父矣。然当时侬又曷克计及此哉？"

福曰："女士昨夜曾闻声息乎？"

女郎曰："侬以惊弓之鸟，又恐夜间恶魔复来扰我，故略饮安眠药水，以为即使有鬼魔前来，我正在黑甜乡中，不知惧矣。"

福曰："然则何时始知老人失踪？"

女郎曰："我自服药后，酣睡达旦，中夜之有无声音，我不知之。惟今日侬方起身，佣妇忽来问侬曰：'老主人何往？'予曰：'不在卧室耶？'佣妇曰：'然。'予大异，亟趋视之，则阒无人焉。床上被褥，整齐如恒，似未经睡过者。返视台上，则惟有小说一册，地衣上亦无痕迹，而室中窗户亦并未启开，因疑侬父或在他处。乃遍搜各室，讵虽翻转房屋，亦不能得侬父之踪迹。出而问诸邻居，俱云'不知'，因急来君处，祈君为我一探之。"

福俯首不语，继顾谓女郎曰："女士先去，我行即至矣。"

女郎曰："先生曷不与侬同行？"

福曰："我有事尚未就绪。"

女郎曰："然则君其于十五分钟来侬居。"

福曰："诺。"

女郎遂去，福乃顾谓余曰："华生，速就君早餐。餐毕，我侪其行矣。"

予诺之，五分钟后已与福上车，向威斯街进发矣。

少顷，至矣，入则莱斯屈莱特暨三警亦在焉。

莱见福入，呼曰："老友，君亦来乎？然则是案之破，固易易也。"

福周视室中，予亦循而视之，则室中陈设虽不十分考究，而清洁整齐，足可当之无愧，屋宇闳大。

福卒然问曰："彼姝何在乎？"

莱曰："君得毋谓彼丽丽女士乎？"

福曰："然。"

莱曰："渠已至君所，君岂未之见耶？"

福曰："我固见之，惟渠已先我而出，岂至今犹未至此耶？"

莱微笑曰："然。"

福知有变，急谓莱曰："莱斯屈莱特君，此地一切，务令悉遵其旧。"既谓余曰："华生，速从我行。我逆料彼人或在中途遇难也。"遂匆促携余手出，从原道返。

福在途中，左顾右盼，几如狂易。

少顷，行经一丛林。是地位于勃斯得街之西南，距威斯街约里许。林占地不广，而树木翁郁，树间群鸟喁唧，若不知人世有此惨痛事，更不知有二人方为此事而奔波也。

福至是少息，频运其敏捷之眼光，若欲勘破是中之秘密。第林中黑暗异常，福虽有如电之目光，恐亦无能为力矣。故福初则周视林外，而予则坐于地上，略事休息。

少顷，忽闻福怪呼声，亟视之，则福方俯地细审，似生物学家之研究标本，又如医生之研究微菌。

予行近观之，则福高耸之鼻几与地触，而所研究者，仅为一足迹耳。

福视此足迹，与案中有莫大之关系，而予则目之为无足重轻。盖是地虽清净，然难保无人走过，更难保无人留此足迹。而福乃误目为要节，宁非可笑？然福侦事固未尝失败，则此次之要节，又安知非予之误耶？

是时予复返顾福，则渠方匍匐前行，时而得意，时而失望。至丛林尽处，福忽仰天而嘘，若欲一泄其积思。既忽匆匆向前行，急坌息随之，则福方驻足于维纳街之端。是地南达轮埠，北通车站。

予既追及，因就而询之。

福曰："贼已遁矣。"

予曰："君安从证明其为贼欤？"

福曰："我在丛林之侧，发现一女子足迹。初时我犹不以为意，继忽思及今日女郎来时，其所着之履，与此相仿。君其忆之乎？当时我既发见异迹，因循此前行，忽见女足之旁有男足，行时似系并肩携手。盖其距离之尺寸，虽有模糊之处，然大致不外半英尺，且步伐亦甚整齐，无参差之处。且观男之足迹，其年龄当在二十五岁以外四十岁以内。盖举步雄壮而轻捷，故足印之落于地者，清晰而不甚深刻，且亦可表明是人思想伶俐，举止活泼。然彼究为女士之何人，何以在此紧要之秋，而乃能逍遥野外？今姑假定男子为既劫其父而复思劫其女，则丽丽睹此面不相识之人，必狂奔逃避。而今乃不然，与之并肩同行，则此人之为女士所认识，可断言矣。是前说不啻根本推翻，今姑复假定是人为女士之情人，然当老父失踪之时，而犹得与情人携手同行，毋亦太好整以暇乎？以是我乃不能无疑于女郎，更不能无疑于女郎同行之人。"

予曰："君得毋谓女士与是人、与是案有关？"

福曰："想当然耳。不然，彼女之行，先我十分钟，当先至其家。而今莱斯屈莱特君乃云未见，是女郎必于此十分钟间，驶入是间而逃矣。由此以推，则女士所言，无一可靠。今我姑往其处而一探之。"

于是予与福返至威斯街。

时莱斯屈莱特已候久焦灼矣，见余侪至，迎询曰："事何如矣？"

福不答，第曰"上楼"。于是福先登，予与莱继之。

行次，莱复以是询余，余以适才之事告之。

莱摇首曰："我终不以女郎为与是案有关。娟娟此豸，我实钦之。不知福何所见而云然？"

时予已登楼入室，因亦无暇作答。第周视室内，布置齐整，一似未经变故。惟台上书籍，稍形凌乱，然此亦无足怪，盖年老之人每每如此也。床上被褥，未经睡过，如女郎言。台之左为窗，窗仍紧阖，壁饰白垩，窗户饰油漆，色泽既新，更无剥落之处。地衣上亦无凌乱之足迹。

时福正察地衣上之足印，喃喃曰："女郎之足迹，固与吾前之所测者无异。惟彼老人之足印，何与彼男足相同耶？第彼者轻捷，而此者略笨重。然细审其笨重之迹，实属拆揉造作，盖欲掩人耳目。若是则老人与彼男子一而二、二而一者也。然究其何以化装为老人，则……"忽瞥睹台上抽屉有一纸角露出，趋而视之，则上有"S"一。因启抽斗，无如抽斗内键。

福乃亟取百合匙启之，则金镑三十，掩纸上。

福乃抽是纸而阅之，面色顿灰败，呼余曰："去休去休！予不复问此事矣。"复谓莱曰："此地各事，一任君意措置。"语毕，即挟予出，登车而返。

车中，福默然不语，时露切齿之声。予亦不敢复问。

既抵家，福乃呼曰："孺子欺人太甚。"言次，自身边取二纸出，一纸授我，一纸则裂之为粉碎，且以足践之，复取石子出，掷之街上。

予睹其状，惊讶异常，不知女郎何罪而逢我友之怒，因亟取予手中之纸而披阅之，则云：

> 福尔摩斯，可以归休。予侪之事，毋庸君劳。金镑二十，用赎我愆。其余十枚，请致莱君。戏弄君等，实深抱歉。只此一遭，下不为例。先生君子，当能原谅。一切详请，立即奉上。
>
> 丽丽留白

是纸与前同，予因询福曰："然则君岂未之料及耶？"
福微叹不语。

少顷，丽丽之函至，而事乃大白，然我老友倒霉矣。

今我请回笔一叙彼二人设计之颠末，以清眉目——

先是美之纽约，有一少年曰"穆士基"，性夙诙谐，每逢宴会而无此君，举座不欢。曾眷一女伶名丽丽者，欲与之订婚。女故意留难，谓须做一件惊天动地之事业，然后可。

少年询以何事，女沉吟有顷，始曰："当今惟福尔摩斯聪明伶俐，不受人欺。子能骗之入彀，我方允子之求。"

穆曰："易易。惟须允我二事：一、子必与我同行；二、凡事须听我指挥。"

女诺之。

二月之后，英伦之司克惠街，发见一老者与一少女：此老者之耳聋，居恒不见人面；而少女则喜与人交，而人之得友少女者，莫不引以为荣。

二周之后，司克惠街之踪迹杳，而出没于威斯街。

老者非他，盖即少年穆士基之化装。穆固精化装，故饰此以愚人，而人竟受其欺。少女即丽丽也。丽丽既居于是，常日从诸邻游，并时邀之过其家，其意盖欲使人不疑，而后可售其计。

每当众人访丽丽时，必见此老人或坐椅上，或观书，或散步。闻人谈论，不加可否，间亦稍稍发言，人见其龙钟之态，庄严之容，亦敬而畏之。而丽丽善言，每发一语，四座生风；而老者笑容不露，众以其耳聋也，亦不奇之。

丽丽与亨利斯堡得夫人、洛志夫人暨李爱娜最善，时相过从。

丽丽居尝语人，谓："父为英贵族，以聋不能袭爵，性喜游历，自谓我耳虽聋，我目不盲，我手足不瘫痪，大可游山玩水，了吾一生，否则终年闷坐斗室，有何乐趣？"又云："我母死已近一年，父以我貌类母，故甚钟爱。而我亦因父老耳聋，自愿终父之身，不言嫁人。"

人之闻其言者，莫不五体投地。以故，福来探问时，众即以此告之。

二人见时机已熟，穆乃命女伪为家有变故，奔福求援，且恐福之拒绝，乃复伪为盗党之信，以激福之心，坚福之志。

女归之后，窃笑福之中计。后接福信，穆笑曰："此事之功，推卿为首，使无卿之浅啼轻颦，一擒一纵，彼老奸巨猾之福尔摩斯，又焉肯入我罗网？"

旋二人议决翌日动身。穆先行，女至福家，出而直至轮埠。

案遂结，我意福于此有一失策。盖纵女先行，而己则落后，是不啻纵虎离山。使予侪与女同车，则女将奈何？失败之处，固福之咎，而穆为一戏言，竟敢出此险策，胆亦豪矣。

予于是案获二益：一则凡事不能自满；一则丽丽之倩影，犹深嵌吾脑府中焉。

此篇为余之臆说，非译作也，造意与描写，均无长处。而唐突名人，尤觉十分抱歉，阅者谅之。

著者识

[原刊于《春花》(毕业纪念刊)，1923年。]

附录二

福尔摩斯中国奇遇记

《福尔摩斯侦探案全集》序一[①]

包天笑

人群物质愈进步,事理益繁颐,而于是神奸大憝、剧贼巨盗接踵于社会,诪张变幻、巧窃豪夺之事,层出而不穷,使吾民惴惴有所未安。试问谁为之摘奸发伏,以致之于法律乎?则世不可无侦探其人也。

二十年前,汪康年、梁启超诸君所发行之《时务报》,首载有福尔摩斯侦探案,余读而好之,是为吾国译侦探小说之始。嗣后续有译者,而于是福尔摩斯之大名,留我脑界,而福尔摩斯之小影,贮我心目,仿佛真有其神出鬼没之人物。抑知所谓福尔摩斯者,文家虚构其名,欲写其理想中之事实而已。

虽然,今之所谓侦探者,夫岂苟焉已哉,必其人重道德、有学问,方能藉之以维持法律、保障人权,以为国家人民之利赖。若寄托于纤竖、驵卒、优隶、游民之手,彼固不审其名义之何物,责任之何在,而闾阎受其肆扰,国家殆无宁晷矣。

[①] 见《福尔摩斯侦探案全集》,中华书局1916年版,原题"笑序"。

《福尔摩斯侦探案全集》告成,敢弁一言以为读者告。我无他望,望彼为侦探者,人人能读福尔摩斯案,则已为人民之幸福矣。

天笑生序

《福尔摩斯侦探案全集》序二[1]

陈景韩

冷曰：福尔摩斯者，理想侦探之名也，然而中国，则先有福尔摩斯之名，而后有侦探。

夫福尔摩斯之为侦探也，抉隐发微，除奸锄恶，救人于困苦颠沛之中，而伸其冤抑。中国侦探则不然，种赃、诬告、劫人、暗杀，施其冤抑之手段，以陷人于困苦颠沛之中。然则中国之所谓侦探者，其即福尔摩斯所欲抉发而除锄者欤？世人有云，泰西之良法美意，传至中国而无不变为恶劣，我读福尔摩斯侦探书全集，我慨靡穷矣。是为序。

---

[1] 见《福尔摩斯侦探案全集》，中华书局1916年版，原题"冷序"。

《福尔摩斯侦探案全集》序三[①]

严独鹤

福尔摩斯,无是人也。福尔摩斯侦探案,无是事也。无是人,无是事,而柯南·道尔氏乃必穷年累月,雕肝呕心,以成此巨著,岂故为是凿空之谭,炫当世之耳目,而取快一时哉?意别有在也。

夫有国家,有社会,不可以无侦探。无侦探,则奸黠者得以肆恶,良懦者失其保障,是生民之大患也。然侦探有官与私之别,私家侦探不可少,而官中之侦探,则多且滋患。何以故?为私家侦探者,必其怀热忱,抱宏愿,如古之所谓游侠然,将出其奇才异能,以济法律之穷,而力拯众生之困厄者也;下焉者,亦必自信其才智之足以问世,将藉是以谋生活,树声誉,乃亦兢兢业业,无敢失坠者也。若夫役于官中者则异是,有俸给以为养,有大力以为凭藉,初不求战胜于智识学术间,惟贪功而好利焉,其何能为社会国家之益?

柯南·道尔氏深慨之,则著为《福尔摩斯侦探案》,以攻其偏弊,而示之准绳。故其意造之福尔摩斯,一坚苦卓绝

[①] 见《福尔摩斯侦探案全集》,中华书局1916年版,原题"严序"。

之私家侦探也。而所谓官中侦探如莱斯屈莱特之俦，则皮里阳秋，婉而多讽。此其微旨，已昭然如见，然犹虑世之人或未能深知其苦心也，乃更托为福尔摩斯之语，以明告读者曰："苟以我之事迹，加以论理，传之后世，可为学侦探者自修之本。"（说见本集第十四案）三复斯言，则知徒以小说视《福尔摩斯侦探案》者，且浅之乎测柯南·道尔矣。虽然，彼英伦之官中侦探，固文明国之侦探也，而其不足于柯南·道尔者犹若此。至于吾国，则自有侦探以来，社会几无宁日，狂澜莫挽，论者病之。要惟发明侦探之学，使业侦探者有所师法，用侦探者知所鉴别，庶渐趋于正轨耳。

《福尔摩斯侦探案》，侦探学中一大好之教科书也，则其适合于我国今日之时势，殆犹药石之于痰疾也已。同人因汇而译之，将以饷当世。某不敏，既执铅椠，从诸君子后，辄有所感触，书成，乃掳其意如此。

乙卯季冬独鹤严桢

英国勋士柯南·道尔（Sir Authur Conan Doyle）先生小传[①]

刘半农

先生，英人，姓道尔氏，名奥肃·柯南，以千八百五十九年，四月二十二日，生于苏格兰之爱丁堡（Edingburgh）。父却而司·道尔（Charles D.），精美术之学，季父理查·道尔（Richard D.），则以工绘讽刺之画见重于时，二人盖名美术家约翰·道尔（John D.）之子也。

先生幼而颖悟，喜治文学，尤喜举所闻所见笔而出之。时或脑中储有幻想，则微论其为龙蛇之搏斗，为神鬼之交哄，罔不以鹅毛之笔，书其起讫以为娱。故先生自述著作之经验，尝言：" 吾年未十龄，即喜涂写故事，而读书不多，字不敷用，恒于字里行间参以图画。写成自视，则字如蚯蚓，杂蛇神牛鬼之怪象于其间，墨沈淋漓，见者以为可笑，而余方以为可娱也。" 是先生之撰著事业，得诸学力者十之四，而本诸天性者十之六矣。先生之幼年教育，初受于史顿尼赫司德（Stonyhurst），继受于德意志，自千八百七十六

[①] 见《福尔摩斯侦探全集》，中华书局 1916 年版，署名"刘复（半农）"。

年至八十年，乃习医于爱丁堡，得医学博士学位。越一年，以所学问世，悬壶于南海（Southsea），至千八百九十年，辍业，专事著述。然当其求学时代及行医时代，已著书行世：千八百七十九年，投稿于《却姆勃司杂志》（*Chambers's Journal*），撰小品文字数篇；八十七年，成《极星船长》（*The Captain of The Polestar*）一书；八十八年，成《血书》（即本书第一案）及《克劳勃尔之秘密》（*A Study in Scaret* and *The Mystery of Cloomber*）二书；八十九年，成《密卡克拉克》（*Micah Clarke*）一书；九十一年，成《白党》（*White Company*）一书。此皆先生初期之著述也。

自九十二、三二年，《福尔摩斯侦探案》（*Adventures of S. Holmes*，即本书第三案至第十四案）及《福尔摩斯探案纪》（*Mermoirs of S. H.*，即本书第十五案至二十五案）二书，前后告成，刊登于伦敦《海滨杂志》（*Strand Magazine*）中。先生之名，乃大显于世，不特英国文人学子，宗之为泰山北斗，即世界有文字之国，亦无不迻译其书而景仰先生矣。九十三年，又成《髯刺客传》（*The Refugees*）一书。九十五年，成《史挞克门洛之函件》（*Stark-munro Letters*）一书。九十六年，成《遮那得自伐》及《洛得尼石》（*Brigadier Gerad* and *Rodney Stone*）二书。九十七年，成《世父彼那克》（*Uncle Bernac*）一书。九十八年，成《克罗司哥之惨剧》（*The Trugedy of The Koresko*）一书。千九百有二年，成《獒祟》（*The Hound of Baskervilles*）一书。而在千八百九十四年，则编一短剧曰《滑铁卢故事》（*A Story of Waterloo*），仅一幕。

九十九年，又编一剧曰《半》（Halves），亦甚短。

千九百年，英人有事于南斐，先生投身伦门陆军医院（Langman Field Hospitol），以救护伤兵病卒，抒其慈善之怀。又以一时欧洲各国，不善英人所为，谓英人强而凌弱，有背公理，其势虎虎，直欲群起而掣英人之肘。先生忧之，为作一文曰《英脱大战论》（The Great Boer War），布之于世，详阐英人不得不战之理。各国见之，忿激之议，始稍稍杀。事平，英廷以先生有功，锡以勋士之爵（Knight）。

先生今年五十七岁，精神犹健，《海滨杂志》中，仍时见先生手笔。《罪薮》（Valley of Fear）一书，仅脱稿于二年前也。先生所为文，思想既高，笔力亦雄健有奇气。方其初撰侦探小说时，意在压倒美人濮氏（Adgar Allen Poe）之作，今则有志竟成。濮氏以先进之资，而文名不逮先生远矣。

千九百十六年，复从同志诸君子后，集先生前后所著《福尔摩斯侦探案》而译之。书既成，谨就先生毕生事业之有关著述者，记其大要，冠诸编首，且论之曰：昔人以良相良医并称，先生良医也，非良相。而世界之大，何国无相，何时无相，又何国何时无良相？而相也，良相也，其盛名终不能尽与先生敌者，何哉？岂非以其如椽之笔、不疲之腕，功业之及于人心世道者，有过于通人之所谓相若良相者欤？尝谓世有在朝之相，有在野之相。在朝之相常有而不必尽良，在野之相不常有而有则必良。先生拳拳忠爱，国家有事，则起而扶国，无事则出其所学，撰为有益社会之作以导人。"相"之一字,训曰"扶",曰"导",先生兼而有之,信乎其为在野之良相矣!以良医良相集于一身,宁得谓非今之人杰也耶?

《福尔摩斯侦探案全集》跋 ①

刘半农

丙辰之春,同人合译《福尔摩斯侦探案全集》既竟,以校雠之事属余。余因得尽取前后四十四案细读一过,略志所见如左。

天下事,顺而言之,有始必有终,有因必有果;逆而言之,则有终必有始,有果必有因。即始以推终,即因以求果,此略具思想者类能之。若欲反其道而行,则其事即属于侦探范围。

是以侦探之为事,非如射覆之茫无把握,实有一定之轨辙可寻。惟轨辙有隐有显,有正有反,有似是而非,有似非而是,有近在案内,有远在案外。有轨辙甚繁,而其发端极简;有轨辙甚简,而发端极繁。千变万化,各极其妙。

从事侦探者,既不能如法学家之死认刻板文书,更不能如算学家之专据公式,则惟有以脑力为先锋,以经验为后盾,神而明之,贯而澈之,始能奏厥肤功。

彼柯南·道尔抱启发民智之宏愿,欲使侦探界上大放光

---

① 见《福尔摩斯侦探案全集》,中华书局1916年版,署名"半侬"。

明，而所著之书，乃不为侦探教科书，而为侦探小说者，即因天下无论何种学问，多有一定系统，虽学理高深至于极顶，亦惟一部详尽的教科书足以了之。独至侦探事业，则其定也，如山岳之不移；其变也，如风云之莫测；其大也，足比四宇之辽敻；其细也，足穿秋毫而过。夫以如是不可捉摸之奇怪事业，而欲强编之为教科书，曰侦探之定义如何，侦探之法则如何，其势必有所不能。势有不能，而此种书籍，又为社会与世界之所必需，决不可以"不能"二字了之，则惟有改变其法，化死为活，以至精微至玄妙之学理，托诸小说家言，俾心有所得，即笔而出之，于是乎美具难并，启发民智之宏愿，乃得大伸。此是柯南·道尔最初宗旨之所在，不得不首先提出，以为读者告也。

柯氏此书，虽非正式的教科书，实隐隐有教科书的编法。其写福尔摩斯，一模范的侦探也；写华生，一模范的侦探助理也。

《血书》① 一案中，尽举福尔摩斯学识上之盈缺以告人：言其无文学、哲学及天文学之知识，即言凡为侦探者，不必有此种知识也；言其弱于政治上之知识，即言凡为侦探者，对于政治上之知识，可弱而不可尽无也；言其于植物学则精于辨别各种毒性之植物，于地质学则精于辨别各种泥土之颜色，于化学则精邃，于解剖学则缜密，于纪载罪恶之学则博

---

① 第一案《血书》，周瘦鹃译，载《福尔摩斯侦探案全集》第一册，今通译作《血字的研究》。

赅，于本国法律则纯熟，即言凡此种种知识，无一非为侦探者所可或缺也；言其为舞棒、弄拳、使剑之专家，即言凡为侦探者，于知识之外，不得不有体力以自卫也；言其善奏四弦琴，则导为侦探者以正当之娱乐，不任其以余暇委之于酒食之征逐，或他种之淫乐也。

此十一种知识，柯南·道尔必述于第一案中，且必述于福尔摩斯与华生相识之始，尚未协力探案之前者，何哉？亦正如教科书之有界说，开宗明义，便以侦探之真面目示人，庶读者得恍然于侦探之事业，乃集合种种科学而成之一种混合科学，决非贩夫走卒、市井流氓，所得妄假其名义，以为啖饭之地者也。

一案既出，侦探其事者，第一步工夫是一个"索"字，第二步工夫是一个"剔"字，第三步工夫即是一个"结"字。

何谓"索"？即案发之后，无论其表面呈若何之现象，里面有若何之假设，事前有若何之表示，事后有若何之行动，无论巨细，无论隐显，均当搜索靡遗，一一储之脑海，以为进行之资。若或见其巨而遗其细，知其显而忽其隐，则万一全案之真相，不在其巨者显者而在其细者隐者，不其偾事也邪？而且案情顷刻万变，已呈之迹象，又易于消灭，苟不于着手侦探之始，精心极意以求之，则正如西谚所谓"机会如鸟，一去不来"。既去而不来矣，案情尚有水落石出之一日邪？故书中于每案开场，辄言他人之所不留意者，福尔摩斯独硜硜然注意之；他人之所未及见者，福尔摩斯独能见之。此无他，不过写一个"索"字，示人以不可粗忽而已。

何谓"剔"？即根据搜索所得，使侦探范围缩小之谓。譬如一案既出，所得之疑点有十，此十疑点中，若一一信为确实，则案情必陷于迷离恍惚之途，使从事侦探者疲于奔命，而其真相仍不可得。故当此之时，当运其心灵，合全盘而统计之，综前后而贯彻之，去其不近理者，就其近理者，庶乎糟粕见汰，而精华独留，于以收事半功倍之效。故书中于"凡事去其不近理者则近理者自见"及"缩小侦探范围"二语，不惮再三言之者，亦以此二语为探案之骨子。人无骨则不立；探案无骨，则决不能成事。而此二语简要言之，惟有一个"剔"字而已。

至于最后一个"结"字，则初无高深之理想足言。凡能于"索"字用得功夫，于"剔"字见得真切者，殆无不能之。然而苟非布置周密，备卫严而手眼快，则凶徒险诈，九仞一篑，不可不慎也。

或问福尔摩斯何以能成其为福尔摩斯？余曰：以其有道德故，以其不爱名不爱钱故。如其无道德，则培克街必为挟嫌诬陷之罪薮；如其爱名爱钱，则争功争利之念，时时回旋于方寸之中，尚何暇抒其脑筋以为社会尽力，又何能受社会之信任？故以福尔摩斯之人格，使为侦探，名探也；使为吏，良吏也；使为士，端士也。不具此种人格，万事均不能为也。柯南·道尔于福尔摩斯则揄扬之，于莱斯屈莱特之流则痛掊之，其提倡道德与人格之功，自不可没。吾人读是书者，见"福尔摩斯"四字，无不立起景仰之心，而一念及吾国之侦探，殊令人惊骇惶汗，盖求其与莱斯屈莱特相类者，尚不可得也。柯氏苟闻其事，不知亦能挥其如椽之笔，为吾人一痛掊之否？

全书四十四案中，结构最佳者，首推《罪薮》①一案；情节最奇者，首推《獒祟》②一案；思想最高者，首推《红发会》③《佣书受绐》《蓝宝石》《剖腹藏珠》四案；其余《血书》《弑父案》④《翡翠冠》⑤《希腊舌人》⑥《海军密约》⑦《壁上奇书》⑧《情天决死》⑨《窃图案》⑩诸案，亦不失为侦探小说中之杰作。惟《怪新郎》⑪一案，似属太嫌牵强，以比较的言

---

① 第四十四案《罪薮》，程小青译，载《福尔摩斯侦探案全集》第十二册，今通译作《恐怖谷》。
② 第三十九案《獒祟》，陈霆锐译，载《福尔摩斯侦探案全集》第十册，今通译作《巴斯克维尔的猎犬》。
③ 第四案《红发会》，常觉、小蝶合译，载《福尔摩斯侦探案全集》第三册。
④ 第六案《弑父案》，常觉、小蝶合译，载《福尔摩斯侦探案全集》第三册，今通译作《博斯科姆比溪谷秘案》。
⑤ 第十三案《翡翠冠》，常觉、小蝶合译，载《福尔摩斯侦探案全集》第四册，今通译作《绿玉皇冠案》。
⑥ 第二十三案《希腊舌人》，程小青译，载《福尔摩斯侦探案全集》第七册，今通译作《希腊译员》。
⑦ 第二十四案《海军密约》，程小青译，载《福尔摩斯侦探案全集》第七册，今通译作《海军协定》。
⑧ 第二十八案《壁上奇书》，常觉、天虚我生译，载《福尔摩斯侦探案全集》第八册，今通译作《跳舞的人》。
⑨ 第三十七案《情天决死》，常觉、天虚我生译，载《福尔摩斯侦探案全集》第九册，今通译作《格兰其庄园》。
⑩ 第四十三案《窃图案》，陈霆锐译，载《福尔摩斯侦探案全集》第十一册，今通译作《布鲁斯-帕廷顿计划》。
⑪ 第五案《怪新郎》，常觉、小蝶合译，载《福尔摩斯侦探案全集》第三册，今通译作《身份案》。

之，不得不视为诸案中之下乘。而《丐者许彭》[①]一案，虽属游戏笔墨，不近情理，实有无限感慨、无限牢骚蓄乎其中。盖柯南·道尔一生，自学生时代以至于今日，咸恃秃笔以为活，虽近来文名鼎盛，文价极高，又由英政府赐以勋位，有年金以为事蓄之资，于生计问题，不复如前此之拮据，而回思昔年为人佣书，以四千字易一先令之时，亦不禁为之长叹。故特撰是篇，以为普天下卖文为活之人，放声一哭，且欲使普天下人咸知笔墨生涯，远不逮乞食生涯之心安意适也。

以文学言，此书亦不失为二十世纪纪事文中唯一之杰构。凡大部纪事之文，其难处有二：一曰难在其同；一曰难在其不同。

全书四十四案，撰述时期，前后亘二十年，而书中重要人物之言语态度，前后如出一辙，绝无丝毫牵强，绝无丝毫混杂。如福尔摩斯之言，以之移诸华生口中，神气便即不合；以之移诸莱斯屈莱特口中，愈觉不合。反之，华生之言，不能移诸福尔摩斯与莱斯屈莱特；莱斯屈莱特之言，亦不能移诸福尔摩斯与华生。惟其如是，各人之真相乃能毕现，读者乃觉天地间果有此数人，一见其书，即觉此数人栩栩欲活，呼之欲出矣。此即所谓难在其同也。

其不同者，则全书所见人物，数以百计，然而大别之，

[①] 第八案《丐者许彭》，常觉、小蝶合译，载《福尔摩斯侦探案全集》第三册，今通译作《歪唇男人》。

不过三类：有所苦痛，登门求教者一类也；大憝巨恶，与福尔摩斯对抗者又一类也；其余则车夫、阍者、行人之属，相接而不相系者又为一类。此三类之人，虽有男女老少、贵贱善恶之别，而欲一一为其写照，使言语举动，一一适合其分际，而无重复之病，亦属不易。且以章法言，《蓝宝石》与《剖腹藏珠》，情节相若也，而结构不同；《红发会》与《佣书受绐》，情节亦相若也，而结构又不同。此外如《佛国宝》之类，于破案后追溯十数年以前之事者凡三数见，而情景各自不同。又如《红圆会》①之类，与秘密会党有关系之案，前后十数见，而情景亦各自不同。此种穿插变化之本领，实非他人所能及。

侦探固难，作侦探小说亦大不易易。以比较的言之，侦探之事业，应变在于俄顷之间，较之作小说者静坐以思，其难不啻百倍。然精擅小说如柯南·道尔，所撰亦尚有不能尽符事理处，是以知坐而言者未必即能起而行。余前此曾发微愿，欲一一校正之，以见闻极少，学力复弱，惭而中止。然反观吾国之起而行者又何如？城坚社固，爪利牙长，社会有此，但能付之一叹而已。因校阅竣事，谨附数语于后。

民国五年五月十二日　半侬识

---

① 第四十一案《红圆会》，渔火译，载《福尔摩斯侦探案全集》第十一册，今通译作《红圈会》。

《亚森·罗苹案全集》序[①]

包天笑

世有福尔摩斯，然后有亚森·罗苹，物固必有相待也。福尔摩斯藉其智慧，使人无遁形；而亚森·罗苹亦藉其智慧，遁人于无形。由是以观，则凡人之智慧，亦宁有穷期也。

英法小说家，每好以奇诡之笔，写特异之人，佐之以科学，纬之以理想，又故为险境，以震荡人心魂，富于刺激之力。

吾国人无不喜读福尔摩斯、亚森·罗苹之书者，然福尔摩斯不过一侦探耳，技虽工，奴隶于不平等之法律，而专为资本家之猎狗，则转不如亚森·罗苹以其热肠侠骨，冲决网罗，剪除凶残，使彼神奸巨憝，不能以法律自屏蔽之为愈也。

拉杂书数语，以告阅是书者。

甲子十二月天笑序

[①] 见《亚森·罗苹案全集》，大东书局 1925 年版，原题"包序"。

清末民初的"戏仿"福尔摩斯小说(代后记)

战玉冰

自从柯南·道尔第一篇"福尔摩斯探案"小说《血字的研究》(*A Study in Scarlet*)发表于《1887年比顿圣诞年刊》(*Beeton's Christmas Annual for 1887*)以来,仅十年之后这个系列侦探小说就陆续被译介进入中国,并在清末民初掀起了一个侦探小说的翻译热潮。按照阿英在《晚清小说史》中的说法,当时的侦探小说翻译,"先有一两种的试译,得到了读者,于是便风起云涌互应起来,造就了后期的侦探翻译世界。与吴趼人合作的周桂笙(新庵),是这一类译作能手,而当时译家,与侦探小说不发生关系的,到后来简直可以说是没有。如果说当时翻译小说有千种,翻译侦探要占五百部上"①。进一步参考陈平原的统计,"翻译小说中,柯南·道尔的《华生包探案》1906—1920年间共印行了7版,而《福尔摩斯探案全集》1916年初版后,20年间共印行了20版"②,足见其销量之长盛不衰。

---

① 阿英:《晚清小说史》,上海:东方出版社,1996年,第217页。
② 陈平原:《二十世纪中国小说史》,北京:北京大学出版社,1989年,第74页。

在这一翻译热潮背景之下,当时西方最知名的侦探小说作家柯南·道尔也广为中国读者所熟知,《小说月报》的主编恽铁樵就曾说过:"欧美现代小说名家,最著者为柯南达利。"① 而其笔下的名侦探福尔摩斯,甚至成为"侦探"这个职业的代名词,陈冷血即认为:"福尔摩斯者,理想侦探之名也。而中国则先有福尔摩斯之名,而后有侦探。"② 在刘鹗的《老残游记》(1903年)第十八回中,白子寿竟然对老残说:"你想,这种奇案岂是寻常差人能办的事?不得已才请教你这个福尔摩斯呢!"③ 其正是用"福尔摩斯"来指代"侦探",其中还特别包含了"神探"的一层意思,可见"福尔摩斯"的形象在当时中国读者心中已经有了相当的普及程度,因此才会在刘鹗小说中被直接借用。而中国第一部本土创作的长篇侦探小说《中国侦探:罗师福》(南风亭长作,1909—1910年)中的侦探名为"罗师福",其中也分明含有"师从福尔摩斯"之意。由此,智慧勇敢、目光如炬、英明神武、无案不破的"神探"福尔摩斯形象就在广大中国侦探小说读者心目中被慢慢树立起来了。而与之相伴的另一条侦探小说史发展线索,则是中国小说家们关于福尔摩斯行事愚蠢、被人捉弄、查案失败、浪得虚名的一系列改写和戏仿之作。甚至我们可以说,清末民初的"戏仿"福尔摩斯小说创

---

① 恽铁樵:《小说七人·序》,《小说月报》第六卷第七期,1915年。
② 陈冷血:《福尔摩斯侦探案全集·冷序》,上海:中华书局,1916年。
③ 刘鹗:《老残游记》第十八回《白太守谈笑释奇冤,铁先生风霜访大案》,天津:天津古籍出版社,2005年,第124页。

作，和当时大量译介和阅读"正典"福尔摩斯小说，几乎是同时进行的。

一、侦探外壳下的谴责小说："福尔摩斯来上海"系列

晚清"戏仿"福尔摩斯小说的"开山之作"当属陈冷血的《歇洛克来游上海第一案》（1904年）。小说紧紧抓住了柯南·道尔原作中福尔摩斯擅长通过观察他人身上的点滴细节并由此展开逻辑推理的核心侦探技能。福尔摩斯通过仔细观察来访"华客"（中国人）的牙齿颜色、手指老茧和面容状态等外貌特征，判断出其"吸鸦片""好骨牌""近女色"。不想却被"华客"反唇相讥，认为这些不过是"我上海人寻常事，亦何用汝探"，以致令"歇洛克瞠目不知所对"。① 类似的，包天笑"接力"创作的《歇洛克初到上海第二案》（1905年）中，福尔摩斯面对"今支那方汲汲以图改革，青年志士之负箧东游者"（中国留日学生），通过其鞋底磨损、"袖多蜡泪"、眼有皱纹等细节推理出该青年一心救国、四处奔走、彻夜工作云云，不想却与事实情况大相径庭。正如这名青年所自陈，"我归自东京，见世事益不可为，我已灰心，我惟于醇酒妇人中求生活"，而他身上被福尔摩斯观察到的诸多细节不过是其经常奔走于张园花天酒地

---

① 陈景韩：《歇洛克来游上海第一案》，《时报》，1904年12月18日（清光绪三十年十一月十二日）。

或和友人"雀战"通宵的结果。①陈冷血"第一案"和包天笑"第二案"彼此间相似的地方很多,比如其都是抓住了福尔摩斯善于观察的人物形象特点展开"戏仿"式写作,写法上都具有当时"谴责"小说的文类特征,两篇小说讽刺的对象都是当时中国社会上的种种"怪现状",以及小说本身都尚显简单、稚嫩,等等。但二者间也存在很大的不同。一方面,陈冷血"第一案"所批判的具体内容是晚清时期很多中国人沉迷鸦片、赌博和酒色的社会现象,竟然已经发展成为一种令人见怪不怪,甚至不值得专门一提的生活"常态",是以"常态"来反衬"非常态"的扭曲,而包天笑则将批判的矛头指向中国的知识青年群体,揭露出当时一批满怀理想的留洋知识青年归国后,在现实困难面前渐渐感到心灰意冷,以致最终走向消沉和堕落的社会图景。大体上来说,包天笑"第二案"在内容上或许可以视为陈冷血"第一案"的延伸或结果——正是因为社会常态的扭曲,才使得知识青年理想幻灭。另一方面,更有趣的地方在于,在陈冷血"第一案"中,福尔摩斯的观察与推理从头至尾都完全正确,但其仍然遭遇"失败",恰恰是因为当时中国社会本身的"不正常",而在包天笑"第二案"中,则是福尔摩斯自身的推理出现了偏差,才导致其得出与事实相反的结论。这里存在三种可能的解释路径:第一,陈冷血的写法

---

① 包天笑:《歇洛克初到上海第二案》,《时报》,1905年2月12日(清光绪三十一年一月初九)。

更"高级",福尔摩斯推理正确和结果失败之间的反差形成了一种更具整体性的反讽张力,甚至是社会批判的效果;第二,包天笑"第二案"中福尔摩斯虽然将青年沉湎酒色所留下的细节证据误认为是其救国奔波的结果,其中却暗含了一层未曾言明的"前史",即青年之所以沉湎酒色正是因为其此前救国奔波遭遇失败、理想幻灭,由此来看福尔摩斯又不能算是完全错了,而青年向福尔摩斯挑衅本身即带有一丝理想破灭后的虚无主义味道;第三,将这两篇小说视为一个整体来看,无论福尔摩斯观察与推理正确与否,最终结果都是"失败",如果将其视为一种隐喻,似乎又暗示出了福尔摩斯所代表的理性、科学、法制、正义等西方现代性因素在当时中国所必然遭遇到的"水土不服"和"失败"命运。如果我们进一步将侦探小说视为克拉考尔所说的作为理性与秩序象征的特殊文类①,那么侦探福尔摩斯在上海的一系列失败经历则恰恰反证了当时中国社会的非理性面向和失序格局。

此后,清末民初沿着这一脉络而产生的"福尔摩斯来中国"小说还有不少,比如陈冷血的《歇洛克来华第三案》(1906年,又名《吗啡案》)、包天笑的《歇洛克来华第四案》(1907年,又名《藏枪案》)、煮梦生的《绘图滑稽侦探》(1911年,短篇小说集)、啸谷子的《歇洛克最新侦案

---

① 参见[德]西格弗里德·克拉考尔:《侦探小说:哲学论文》,黎静译,北京:北京大学出版社,2017年。

记》(1918年)、龙伯的《歇洛克初到上海第四案》(1918年)等，甚至到了1923年，包天笑还写过一篇《福尔摩斯再到上海》。大体上来看，这些"续作"中虽不乏个别饶有新意的本土化细节，但大多还是显得比较粗糙。其中相对较为精彩的如包天笑《藏枪案》，这篇小说中福尔摩斯本来要解决私藏枪支的社会问题，不想当时中国人所说家中"藏枪"却是指鸦片烟枪，于是，福尔摩斯只能感叹："休矣！不图中国之枪，乃是物也！""此又我来华侦案失败之一也。"①这个由"多义字"（"烟枪"的"枪"和"火枪"的"枪"）所引发的乌龙事件，很好地抓住了汉字本身的特性，对当时中国人抽鸦片、收集各类烟枪的恶习展开了辛辣的批判，甚至我们可以从这篇小说中读出"烟枪"比"火枪"更可怕，更能够摧毁一个民族国家的"言外之意"。

相比起包天笑《藏枪案》中的"别有匠心"，啸谷子与龙伯的"续作"则可以说是"辞气浮露，笔无藏锋，过甚其辞，以合时人嗜好"（鲁迅批评晚清谴责小说语）。比如啸谷子的"第三案"中，福尔摩斯因为调查一家女儿被杀案，找到了曾经提亲未果、具有重大嫌疑的官员家中，发现男主人身体颤抖、衣染血迹、浑身尸臭，并在房内找到头颅、凶刀等一系列"物证"。不想在诸多"铁证"中，"身体颤抖"是因为鸦片女色而导致气血两虚；"衣染血迹"是因为虚怯之

---

① 包天笑：《歇洛克来华第四案》（又名《藏枪案》），《时报》，1907年1月25日（清光绪三十二年十二月十二日）。

症需要喝人血来补充营养,不小心染上血迹;"散发尸臭"其实是满身铜臭;"房内找到的头颅"更是"闻得一革命党头颅可为终身之饭碗",而杀其家眷、斩首冒功的结果,等等。① 啸谷子在这里的批判意图再明显不过,甚至其因为意图太过外露、心情太过急切而最终造成了批判案例在小说中的堆砌,这反而削弱了批判本身的力度。如果将小说中喝人血及砍革命党头颅做饭碗等内容和一年后鲁迅小说《药》(作于1919年4月25日)中的"人血馒头"进行比较,高下立见。当然,将这些"戏仿"福尔摩斯的"游戏之作"和鲁迅的经典名篇相提并论,本身可能也不太公平。至于龙伯的"第四案",也存在着类似的不足之处,小说借"华客"之口说道:"你不晓得我们中国最擅长的是变法,他们可以做官绅,就可以做忘八;他们可以做官绅家里的女眷们,就可以做窑子里面的窑姐;他们可以做新党,就可以做杂种。"② 整段内容表达得太过直白浅露,反倒没有了小说本身的韵味和反讽所应该具有的内在力量。因此,即便作者龙伯在小说结尾处极力为自己申辩,但正如他所刻意回避和否认的那样,这篇文章的"作者之本旨"显然只能算是"骂世语也"。

整体上来说,一方面,这些"戏仿"福尔摩斯小说与其说是侦探小说,不如说只是福尔摩斯破案这一侦探外壳之下

---

① 啸谷子:《歇洛克最新侦案记》,《友声日报》,1918年5月28日至1918年5月31日。
② 龙伯:《歇洛克初到上海第四案》,《友声日报》,1918年6月4日至1918年6月5日。

的社会谴责小说。即小说借助福尔摩斯这一外来者的视点，观察和展现晚清社会的基本面貌。福尔摩斯在其中所起到的观察者与叙事者的功能，和《二十年目睹之怪现状》中的主人公"九死一生"，或者《新石头记》里"历了几世劫"、来到上海的贾宝玉颇为相似。小说表面上是写福尔摩斯探案的失败，实则是借此来揭示晚清社会的种种"怪现状"。而这些社会"怪现状"又通常具体表现为社会价值、伦理、身份、行为的错位和扭曲，比如在煮梦生接续陈冷血的故事所写的《绘图滑稽侦探》中，福尔摩斯在西吴（大概指今天湖州一带）连续八次探案失败，其原因都可以归结为当时社会上妓女/女学生、警察/窃贼、学生/优伶、马夫/少爷、官兵/盗匪身份与行为的颠倒，而这种"颠倒"背后的真正批判指向则是当时社会的"失序"。甚至在陈冷血的"第三案"中，小说已经完全跳脱于福尔摩斯查案的基本故事情节，而是借用柯南·道尔原作中福尔摩斯有注射吗啡习惯的人物设定，令其在上海四处寻找吗啡以解自身"燃眉之急"，并由此暴露出当时中国人将吗啡作为戒掉鸦片毒瘾的"戒烟药"，而在药店里堂而皇之地出售，最终产生了"药欤？毒欤？且颠倒而莫能知矣，更罔论其他"[①]的社会混乱。因此，陈冷血、包天笑等人的这些"戏仿"福尔摩斯小说与其说是在写福尔摩斯探案的"失败"，不如说是在批评当时清廷政

[①] 陈景韩：《歇洛克来华第三案》（又名《吗啡案》），《时报》，1906年12月30日（清光绪三十二年十一月十五日）。

治改革与社会治理上的"失败"。或者正如煮梦生在《绘图滑稽侦探》一书的"小引"中所说:"吾观学界之现状,而愤而哭,吾观军界之现状,而愤而哭,吾观警界之现状,而愤而哭,吾观社会种种之现状,而愤而哭。然吾愤而人不知也,吾哭而人不闻也,则亦何益之有哉?吾乃息吾愤、止吾哭,吮笔濡墨,而作《滑稽侦探》。"① 其正道出了这类"戏仿"与滑稽书写背后的真正"警世"用意之所在。更有意味的是,煮梦生所说的"哭"恰是另一篇晚清谴责小说《老残游记》的关键词,而以"冷嘲"写"热泪"、以"笑闹"写"哭泣"则是晚清谴责小说中普遍存在的写作手法之一。

另一方面,也正是因为其本质上的谴责小说属性,这些"戏仿"福尔摩斯之作才同样共享了晚清谴责小说中"小说新闻化"的特点。张丽华即认为陈冷血与包天笑接力完成的这个小说系列其实是"处于笔记、新闻和小说之间的短篇叙事作品",且和其刊登于当时新兴的报刊媒体上有关。② 具体而言,这些"戏仿"福尔摩斯小说中的张园游玩、鸦片、烟枪、骨牌等同时也都是当时上海常见的社会现象和报纸上经常出现的新闻题材及内容,而其在小说语言和形式结构方面的简洁性也颇符合新闻文体的一般要求,甚至时人所称道

---

① 煮梦生:《绘图滑稽侦探·小引》,上海:改良小说社,1911年。
② 参见张丽华:《现代中国"短篇小说"的兴起——以文类形构为视角》,北京:北京大学出版社,2011年。

的"冷血体"一定程度上即具有新闻报道叙事风格简短、冷峻、铿锵有力的特点。当这些"新闻化"的小说与"小说化"的新闻同时并置于报纸上时,其中的相互影响、文体混杂与读者接受方面的"真假难辨",最终形成了弗兰克·埃夫拉尔所指出的"杂闻文章与文学体裁(短篇小说、戏剧及侦探小说)之间的某些主题及结构相似性使得这些实用文章更顺利地融进文学虚构之中"[①]。

1923年,包天笑"旧事重提",又创作了一篇《福尔摩斯再到上海》。小说中福尔摩斯吸取前车之鉴,用两个月时间化装潜伏,想要充分了解中国的风俗习惯,为此他还特别学习了中国话。但福尔摩斯所了解到的"中国风俗"更多是传统风俗习惯,比如其见到一名女性头戴白头绳,就判断出其父母离世,原因是其掌握了关于"戴孝"的知识。但实际上,这名中国女性戴白头绳却是当时堂子里妓女们的一种流行时尚,所谓"若要俏,常带三分风流孝",于是,福尔摩斯只能遭遇新一轮的失败了。包天笑的"再到上海"所批评的对象主要是其时正处于传统与现代转型期的中国和上海,延续传统文化习俗和崇慕现代生活方式交织在一起,形成了很多令人啼笑皆非的文化断裂和扭曲现象。而这篇小说也因此部分摆脱了谴责小说的社会批判,而带有一些文化反省的意味。进一步来说,前文所述啸谷子、龙伯,乃至包天笑自

---

① [法]弗兰克·埃夫拉尔:《杂闻与文学》,谈佳译,天津:天津人民出版社,2003年,第35页。

己民国时期的"续作"都没能再超越冷、笑晚清时期的"开山之作",其原因可能是作者笔力不逮所致。比如这些小说中过多的案例堆砌、直白的批评谩骂等虽具有讽刺和"戏仿"的意图,但无疑缺少了讽刺和"戏仿"所应该包含的艺术形式与文学技巧。与此同时,我们或许也可以将这种"技不如前"视为一种文类发展的表征,即这些"续作"的"失败"在一定程度上说明了"谴责小说"进入民国以后,其文类本身所蕴含批判能量和文学价值的衰竭。

二、"福尔摩斯谜"的"滑稽"改写:"福尔摩斯大失败"系列

清末民初的"戏仿"福尔摩斯小说中,可以和陈冷血、包天笑等人的"福尔摩斯来上海"系列小说并举的当属刘半农曾以"半侬"为笔名创作的五篇题为《福尔摩斯大失败》的"滑稽小说"系列作品。在刘半农"第一案"的开头,一方面提到了"数年前,世界大侦探福尔摩斯自英伦来上海,以不谙世故,动辄失败,《时报》曾揭载其事"[1],似乎在表明自己的这篇小说也是对之前"福尔摩斯来上海"系列的延续;但另一方面,和冷、笑前作中小说新闻化的风格截然不同,刘半农的这个系列是以"于是吾书乃开场",带有一股

---

[1] 刘半农:《福尔摩斯大失败第一、二、三案》,《中华小说界》第二卷第二期,1915年2月1日。

强烈的传统说书意味,而整个故事也更多只是"徒欲与君捣乱而已"的游戏之作。

在刘半农接下来的几篇小说中,福尔摩斯或者被骗得"赤条条如非洲之蛮族"(《第二案·赤条条之大侦探》);或者被对手捆成了一个"大粽子",只得大叫求饶(《第三案·试问君于意云何……到底是不如归去》);或者娶了一个"能于燕瘦环肥两事中之第二事,独具登峰造极之妙,而其面目,亦特别改良,与众不同"的中国妻子[①];或者在"一点钟之内,连续失败三次"(先后被偷羊、偷马、偷衣服),并沦为掏粪坑、吃巴豆的下场[②],其中透露出一股强烈的故意"捉弄"福尔摩斯的意味。这些小说在发表时即标明"滑稽小说"而非侦探小说,当时的读者也多半是将刘半农的这组"大失败"系列小说当作滑稽小说来看的,比如"麻鲁蚁"就说这些小说"充满幽默笔调,突梯滑稽,读之令人喷饭"[③]。苏雪林在回忆自己早年读刘半农的这些小说时也曾说:"民国三四年间,我们中学生课余消遣,既无电影院,又无弹子房,每逢周末,《礼拜六》一编在手,醰醰有味。半侬的小说我仅拜读过三数篇,之觉滑稽突梯,令人绝

---

① 刘半农:《福尔摩斯大失败第四案》,《中华小说界》第三卷第四期,1916年4月1日。
② 刘半农:《福尔摩斯大失败第五案》,《中华小说界》第三卷第五期,1916年5月1日。
③ 麻鲁蚁:《旧文坛逸话(六):刘半农的"福尔摩斯大失败"》,《新亚》第十卷第四期、第五期合刊,1944年。

倒……"①

由此，刘半农的"戏仿"福尔摩斯小说与陈冷血、包天笑的同类型作品之间就形成了有趣的差异。内容上，冷、笑之作更接近谴责小说，而刘作更接近滑稽小说②。与之相对应的，在文体形式与风格上，冷、笑之作侧重新闻体，而刘作则采取了传统说书体。一方面，无论是"大失败"系列，还是"来上海"系列，在文学手法上都是对福尔摩斯侦探小说原作的"戏仿"。按照吉尔伯特·海厄特关于"戏仿"的定义可知，戏仿（parody）是讽刺的重要形态之一，"在这里，讽刺作家选取一部现成的具有严肃旨趣的文学作品或是某种拥有成功范例而被人称道的文学样式，然后他通过羼入不相称的观念或是夸张其艺术手法而使这一作品或样式显得滑稽可笑，或是通过不恰当的形式表达这些观念而使其显得愚蠢，又或是双管齐下"③。具体而言，这些清末民初的"戏仿"福尔摩斯小说中，其所"戏仿"的"拥有成功范例而被人称道的文学样式"显然就是福尔摩斯在柯南·道尔原作系

---

① 苏雪林：《东方曼倩第二的刘半农》，载左克诚编：《苏雪林文集》（第二卷），合肥：安徽文艺出版社，1996年，第316页。
② 此外，刘半农的"福尔摩斯大失败"系列也有其后来继承者。比如署名"曼倩"的《福尔摩斯》（刊于《大世界》，1919年7月7日至1919年7月16日）就明确表示是承接刘半农的"福尔摩斯大失败"系列故事而写的续作。值得一提的是，其中"曼倩"为西汉文学家东方朔的表字，东方朔在历史上以诙谐幽默著称。因此，以"曼倩"为笔名本身就透露出作者想要创作滑稽小说的意图。
③ ［美］吉尔伯特·海厄特：《讽刺的解剖》，张沛译，北京：商务印书馆，2021年，第13—14页。

列中的完美侦探形象，然后"戏仿"者在其中"羼入"了福尔摩斯破案失败等"不相称的观念"和"不恰当的形式"，以制造出某种"滑稽可笑"的阅读效果。另一方面，如果进一步辨析刘半农与陈冷血、包大笑"戏仿"福尔摩斯小说创作上的区别，不妨继续参照吉尔伯特·海厄特的洞见，讽刺是"一种逗笑和鄙夷的混合，在某些讽刺作家那里，逗笑的成分远远超过了鄙夷的成分。在另外一些讽刺作家那里，逗笑的成分几乎完全消失不见：它变成了尖酸的冷嘲、无情的嗤笑，或是对生命无法被视为合理或高贵的苦涩自觉"①，即刘半农的"戏仿"还只是停留在海厄特所说的"逗笑"层面，陈冷血、包天笑的作品则更贴近于"鄙夷"，而后者显然才更符合讽刺与"戏仿"的精神内涵和艺术要求。甚至我们可以稍微严苛地认为："戏仿不仅是歪曲；而单纯的歪曲也并不是讽刺。"②并以此作为判别刘半农与陈冷血、包天笑相关作品艺术高下的一个理解角度。

换一个角度来看，借鉴阿瑟·波拉德根据模仿者与讽刺者的统一或不同所作出的关于"讽刺"与"讽喻"的区分，"讽刺模仿嘲笑其所模仿者；这些讽喻又运用它们所模仿的形式来突出其真正的讽刺对象"③。在这个意义上，刘半农的

---

① ［美］吉尔伯特·海厄特：《讽刺的解剖》，张沛译，北京：商务印书馆，2021年，第22—23页。
② 同上书，第74页。
③ ［美］阿瑟·波拉德：《论讽刺》，谢谦译，北京：昆仑出版社，1992年，第43页。

"大失败"系列仍属于"讽刺",而陈冷血、包天笑的"来上海"系列则更接近于"讽喻"。与此同时,冷、笑之作更侧重"讥讽"(sardonic),其"产生于一种深切的幻灭感"①,而刘作则属于"挖苦"之作,"挖苦(sarcasm)是没有玄妙和不加精心安排的反讽。它是随意的,口头上的。它比反讽还率直粗鲁,是一种相当鲁钝的方式。它缺少宽容大度。它一直被视为诙谐的最低级的形式"。②

在区分了刘半农与冷、笑的"戏仿"福尔摩斯小说之不同后,另一个需要解释的问题在于,刘半农为何要以"逗笑"和"挖苦"的方式来改写福尔摩斯小说?一方面,刘半农其实是民国初年"福尔摩斯探案"系列小说进入中国最重要的推手之一,比如在《福尔摩斯侦探案全集》(中华书局1916年版)的汉语译介过程中,刘半农就曾深度参与其中,甚至可以说是直接主持了这项翻译工作的展开。他不仅亲自上阵翻译了其中的《佛国宝》(今译《四签名》)一册,还为这套译书撰写了《跋》文和《英国勋士柯南道尔先生小传》,并且在《跋》文中热情讴歌了柯南·道尔的侦探小说创作,称"彼柯南·道尔抱启发民智之宏愿,欲使侦探界上大放光明。"③另一方面,在"大失败"系列中,我们也能够看出刘半农对"福尔摩斯探案"系列小说原作

---

① [美]阿瑟·波拉德:《论讽刺》,谢谦译,北京:昆仑出版社,1992年,第105页。
② 同上书,第104页。
③ 刘半农:《福尔摩斯侦探案全集·跋》,上海:中华书局,1916年。

非常熟悉（甚至远比陈冷血和包天笑要更为熟悉）。比如其注意到福尔摩斯"平时每出探案，必坐马车，车既有人控御，吾乃得借车行之余暇，思索案情"，并针对此专门设计出委托人写信要求福尔摩斯必须骑马赴约的情节①。又如"大失败"系列中多次称华生为"蹩脚医生（华生尝从军，左足受创）"，这也是根据福尔摩斯探案小说所生发出来的一个细节，体现出刘半农对小说原作有着相当的熟悉程度。

此外，刘半农的"大失败"系列中还处处有意关联和提及福尔摩斯小说原作中的对应性细节，比如写到福尔摩斯娶妻，就立马会"超链接"到《室内枪声》（今译《查尔斯·奥古斯都·米尔沃顿的故事》）中福尔摩斯为了偷信而假意与米尔沃顿的女仆订婚的情节；提到华生妻子的职业，则会立马翻出《佛国宝》（今译《四签名》）；当福尔摩斯在家被中国妻子骂到生不如死时，也会拉来《悬崖撒手》（今译《最后一案》）中福尔摩斯和莫里亚蒂一起跳悬崖的情节，来类比其此时的痛苦心情；涉及和照片有关的委托案件时，更会第一时间想到《情影》（今译《波西米亚丑闻》）和《掌中倩影》（今译《第二块血迹》）这两部与之题材相近的小说；而当小说中出现聘请、雇佣等相关情节时，则会自动联想到《金丝发》（今译《褐色山毛榉宅案》）和《佣书受

---

① 刘半农：《福尔摩斯大失败第五案》，《中华小说界》第三卷第五期，1916年5月1日。

给》(今译《证券经纪人的书记员》),等等。在某种意义上来看,整个"福尔摩斯大失败"系列几乎同时也就是一部关于"福尔摩斯探案"小说原作的"情节宝典"和"阅读指南"。而"大失败"系列中所关联的原作篇目版本,又都无一例外地出自于刘半农亲自组织、策划并翻译的1916年中华书局版《福尔摩斯侦探案全集》。并不严格地来说,我们或许可以认为,刘半农的"大失败"系列其实更像是专门写给当时中国"福尔摩斯迷"们的一系列"同人小说"(Fan Fiction),其中的"玩梗"之处非"福尔摩斯迷"而不能尽知其妙。这里不妨化用亨利·詹金斯关于粉丝文化研究的一个经典结论:"粉丝不再仅仅是流行文本的观众,而是参与建构并流传文本意义的积极参与者。""对粉丝来说,观看电视剧(引者按:这里可置换为'阅读小说')是媒体消费过程的起点,而不是终点。"① 即刘半农的"大失败"系列小说是基于"福尔摩斯探案"小说原作的一系列文本再生产,是一名资深福尔摩斯读者/"福尔摩斯迷"的游戏之作。小说里看似挖苦、贬损福尔摩斯的情节背后,是作者刘半农身为资深福尔摩斯读者/"福尔摩斯迷"的一种知识炫耀,其挖苦与"玩梗"本身都包含了一种内行与外行之间的身份区隔。

---

① [美]亨利·詹金斯:《文本盗猎者:电视粉丝与参与式文化》,郑熙青译,北京:北京大学出版社,2016年,第22—23、266页。

三、从"智斗"法国"侠盗"到"福尔摩斯来台湾"

需要补充说明的是,"戏仿"福尔摩斯并非是清末民初中国小说家们的独创,早在"福尔摩斯探案"系列小说风靡西方之际,就已经有不少捉弄福尔摩斯的侦探小说"同人作品"①出现。其中最著名的当属法国作家莫里斯·勒伯朗笔下的"侠盗亚森·罗苹"系列。在这个系列小说中,亚森·罗苹经常通过释放假消息、团伙配合作案、易容换装等手段来捉弄福尔摩斯。他不仅曾经易容成福尔摩斯,把华生骗得团团转,还多次乔装成华生,并成功潜伏在福尔摩斯身边。而其目的有时是为了盗取宝石,有时只是单纯地想要"捉弄"福尔摩斯一下。周瘦鹃很早就敏锐地指出了亚森·罗苹与福尔摩斯各自背后微妙的民族身份:"英伦海峡一衣带水间,有二大小说家崛起于时,各出其酣畅淋漓之笔,发为诡奇恣肆之文。一造大侦探福尔摩斯,一造剧盗亚森·罗苹。一生于英,一生于法。在英为柯南·道尔,在法为马利塞·勒伯朗。"②即将亚森·罗苹对福尔摩斯的"挑

---

① 我们现在一般所说的"同人作品",是基于粉丝文化来讨论作品改编行为及其文化衍生品。而"福尔摩斯探案"小说发表时,虽然还没有现在通常所说的"粉丝文化",但其已经具备了很多粉丝文化的雏形特征。比如在作者柯南·道尔试图通过"福尔摩斯之死"来完结这部小说时,就遭到了大量"粉丝"读者的反对,致使作者最终不得不又续写了"福尔摩斯归来"等后续作品。

② 周瘦鹃:《怀兰室杂俎》,载蒋瑞藻编:《小说考证》(下册),上海:上海古籍出版社,1984年,第592—593页。

衅"视为英法两国之间国家关系与"民族感情"的某种投射。与此同时,莫里斯·勒伯朗所开创的这一侠盗与名侦探之间"双雄斗智"的侦探小说模式也一直被后来者反复书写,比如我们熟悉的江户川乱步笔下明智小五郎大战怪人二十面相,中国作家张碧梧、孙了红所书写的"东方福尔摩斯"霍桑对决"东方亚森·罗苹"(鲁宾或鲁平)系列小说等,一直到日本侦探漫画《名侦探柯南》中,柯南与怪盗基德之间的关系也是这一经典模式在当代流行文化中的复现。

与此类似,法国人嘉密曾写过一本《白鼻福尔摩斯》(*Les Aventures de Loufock Holmès*,罗江译,乐群书店出版,1929年),该书中一共收录了34个侦探短剧,其中就有不少是用撷趣的笔法来"伪造"和戏仿"福尔摩斯探案"的相关内容。其在贬损英国侦探的意义上,大概可以和亚森·罗苹系列小说归为一类。沿着上述法国作家的思路,民国文人陈小蝶也写过一篇名为《福尔摩斯之失败》(1915年)的小说,故事里福尔摩斯原本要追查一起绑架案,不想自己却反遭绑架,泡在水里,最后"淋漓而归",其状苦不堪言。绑匪则扮作福尔摩斯逃之夭夭[①]。整个小说风格和情节套路与嘉密《白鼻福尔摩斯》中的系列故事如出一辙。

如果说陈小蝶的这篇小说更贴近于嘉密的喜剧风格,那么王衡的同名小说《福尔摩斯之失败》(1923年)则更多继承了莫里斯·勒伯朗小说所开创的传统。整个小说故事不过

---

① 陈小蝶:《福尔摩斯之失败》,《礼拜六》第四十五期,1915年。

是一对青年男女想要尝试自己究竟能否骗过福尔摩斯，于是他们各自乔装改扮，并成功将福尔摩斯骗得团团转。当他们离开时还留给福尔摩斯一笔"劳务费"（或者也可以叫"赔偿金"），以作为整个恶作剧的经济补偿，其中捉弄之意再明显不过。① 更有意味的是，在王衡的小说中，华生曾梦见福尔摩斯大战亚森·罗苹，并出拳相助，醒来之后才发现自己刚才在梦里对着身旁的福尔摩斯一通拳打脚踢。我们或许可以把这个有趣的"华生一梦"（噩梦）视为亚森·罗苹多次"捉弄"福尔摩斯后在华生内心深处所留下的"精神创伤后遗症"。相应地，小说里那对无事闲来恶作剧的男女青年，也完全可以视为亚森·罗苹的某种"化身"和"继承者"。

最后，中国台湾作家馀生的小说《智斗》（1923年）写的也是福尔摩斯"智斗"亚森·罗苹的故事，只不过其将"智斗"的地点改到了台湾。就目前所见小说"残篇"而言，其最令人感兴趣的地方在于小说中各种文化知识的交杂和共存。比如小说开场时福尔摩斯和华生仍在伦敦家中，其场景是"福尔摩斯与华生闲坐暖炉左右，福手里卷烟力吸，投身安乐椅中，仰视烟雾飞散状，意其中有佳景在然"②，暖炉、安乐椅、卷烟……俨然是一派柯南·道尔小说原作中的英伦生活场景。而当福尔摩斯和华生远赴台湾查案后，则遭遇了

---

① 王衡：《福尔摩斯之失败》，《春花》（毕业纪念刊），1923年。
② 馀生：《智斗》，《台南新报》，目前仅见1923年9月26日、9月27日、9月30日和10月11日四期片段，其余不详，也不清楚其最终是否完结。

一连串的台湾地名,诸如基隆港、嘉义市、八掌溪等。按照吕淳钰的研究,这里的嘉义显然是巴黎的替代品,八掌溪则可以视为塞纳河的镜像之物。① 简而言之,作者馀生只不过是将勒伯朗小说中福尔摩斯与亚森·罗苹对决的地点由巴黎平移到了台湾,进而替换掉了一连串的地理单位名词。但我们也需要看到,每一个地名背后都有着其自身的地方性知识和空间地景想象(特别是对于熟悉当地的读者而言),因此,这几个地名的引入,其实也在某种程度上为小说代入了一整套关于当时台湾的空间和文化想象。而等到福尔摩斯进入案发现场后,眼前的风景又是"花木竞茂,山水庐亭悉备",颇有中国传统散文中风景描写之笔调。更有趣的地方在于,委托人家宅的格局竟然是"后屋连着公园"。如果我们将中国传统小说中男女幽会的"后花园"视为古典文学中的重要空间场景,"公园"无疑是西方现代文明与公共空间的产物,那么我们由此尝试进一步解读小说中"后屋连着公园"的空间结构设计,则是在无意中表征了传统中国与现代中国之间的历史和空间联结与过渡。最后,当福尔摩斯问起案发时间时,委托人回答说:"土曜日也。概必土曜日之夜,日曜之望。"则又提醒我们注意到当时台湾正处于日据时期,因此这种起源于中国,后流传入日本并得到普遍运用的"七曜记日法"此时又重新传回到中国台湾,并构成了当地人们记录

---

① 参见吕淳钰:《日治时期台湾侦探叙事的发生与形成:一个通俗文学新文类的考察》,硕士学位论文,台湾政治大学,2004年7月。

和理解时间的重要单位和日常表述。由此，英伦生活的场景、台湾本土的地理单位、中国传统的风景描写、中西合璧的空间构成，以及日本传来的计时方法就在这区区几百字的小说"残篇"中被交织在了一起，形成了这个看似简单移植福尔摩斯智斗亚森·罗苹的台湾故事翻版，实则包含了复杂而有趣的文化融合现象与文本衍生案例。

关于中国最早的"福尔摩斯探案"小说翻译，一般认为是张坤德于清光绪二十二年（1896年）八月一日至同年九月二十一日发表于《时务报》第六至九期的《英包探勘盗密约案》(*The Naval Treaty*，今译《海军协定》)。随后，"福尔摩斯探案"系列小说陆续被译介进入中国，出现了各种单篇、选集、全集译本，甚至还有不少"伪翻译"之作。而随着福尔摩斯形象一并进入中国的，还有当时中国知识分子对于理性头脑的笃信、对于法制普及的坚持、对于疑案必破的乐观，以及对于小说救国的期望等。但与此同时，也随之出现了一批"戏仿"福尔摩斯小说的文学创作，他们或者是对西方（尤其是法国）"戏仿"福尔摩斯同类小说的"二度模仿"；或者别有怀抱，希望借福尔摩斯之失败来"谴责"中国社会之诸种弊端；或者更单纯地只是作为一名"粉丝"读者的游戏之作。对这样一条清末民初"戏仿"福尔摩斯系列小说演变线索的历史与文本梳理，既有助于进一步了解当时福尔摩斯在中国热闹非凡且复杂多样的接受场域，也可以向后牵引出一条民国时期赵苕狂"胡闲探案"、朱秋镜"糊涂侦探案"和徐卓呆"外行侦探"系列等"滑稽侦探小说"创作的类型文学史发展线索。其甚至可以进一步令人联想到现如今票房异常火爆的诸如《唐人街探案》等系列电影背后所谓"中国式侦探喜剧"的源头之所在(在该系列电影中,王宝强和刘昊然所饰演的侦探角色也是到不同国家——泰国、美国、日本——查案,并在其中通过遭遇文化冲突来制造笑点),虽然这些清末民初的"戏仿"福尔摩斯小说与民国时期的"滑稽侦探小说"可能只是后来"中国式侦探喜剧"电影一个相当渺远的源头罢了。

(本文首发于《学术月刊》2023年第4期,被"人大复印资料"《中国古代、近代文学研究》2023年第8期全文转载。)

图书在版编目(CIP)数据

福尔摩斯中国奇遇记 / 陈景韩等著；战玉冰编 . —上海：上海社会科学院出版社，2024
ISBN 978-7-5520-4278-8

Ⅰ.①福… Ⅱ.①陈… ②战… Ⅲ.①侦探小说—中国—现代 Ⅳ.①I246.5

中国国家版本馆 CIP 数据核字(2023)第 235997 号

福尔摩斯中国奇遇记

著　　者：陈景韩　包天笑　刘半农　等
编　　者：战玉冰
责任编辑：邱爱园
特约编辑：华斯比
封面设计：周清华
出版发行：上海社会科学院出版社
　　　　　上海顺昌路 622 号　邮编 200025
　　　　　电话总机 021-63315947　销售热线 021-53063735
　　　　　http://cbs.sass.org.cn　E-mail：sassp@sassp.cn
照　　排：南京理工出版信息技术有限公司
印　　刷：上海展强印刷有限公司
开　　本：787 毫米×1092 毫米　1/32
印　　张：12.375
插　　页：8
字　　数：261 千
版　　次：2024 年 1 月第 1 版　2024 年 1 月第 1 次印刷

ISBN 978-7-5520-4278-8/I·514　　　　　定价：88.00 元

版权所有　翻印必究